U0925130

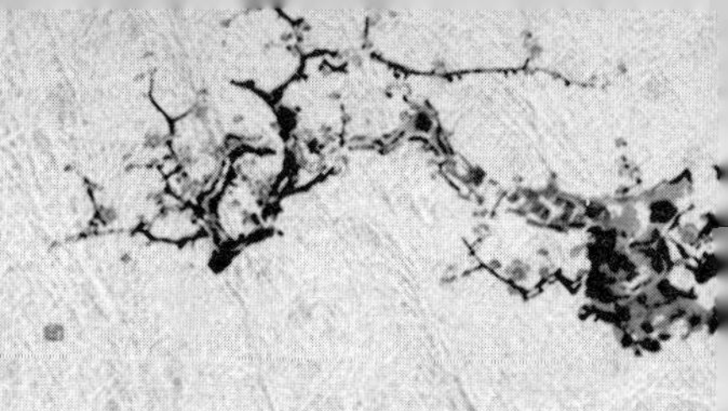

# 田埂上的墨香

——韩玉珠作品集

韩玉珠 著

中国农业科学技术出版社

**图书在版编目(CIP)数据**

田埂上的墨香:韩玉珠作品集/韩玉珠著. —北京:中国农业科学技术出版社,2014.12
ISBN 978-7-5116-1764-4

Ⅰ.①田… Ⅱ.①韩… Ⅲ.①中国文学—当代文学—作品综合集 Ⅳ.①I217.2

中国版本图书馆 CIP 数据核字(2014)第 167572 号

**责任编辑** 崔改泵
**责任校对** 贾晓红

**出 版 者** 中国农业科学技术出版社
北京市中关村南大街 12 号 邮编:100081
**电　　话** (010)82106624(发行部) (010)82109194(编辑室)
(010)82109709(读者服务部)
**传　　真** (010)82106650
**网　　址** http://www.castp.cn
**经 销 者** 各地新华书店
**印 刷 者** 中国标准出版社秦皇岛印刷厂
**开　　本** 850mm×1 168 mm 1/32
**印　　张** 8.375
**字　　数** 228 千字
**版　　次** 2014 年 12 月第 1 版 2014 年 12 月第 1 次印刷
**定　　价** 38.00 元

# 挚友赠诗

## 赠玉珠妹妹

尹淑莲

碧玉生寒苦几何，披肝沥胆任雕磨。
聪明爽朗邻家妹，质朴清纯岭上娥。
乡景乡音描做韵，人情人性绎成歌。
大山赋予通灵气，田埂修书佳作多。

# 赠韩玉珠

高云平

玉指敲山问水声，松泉高卧唤流莺。
珠玑起处三春妒，锦绣飞时四野惊。
苦沥秋心人未老，沉磨夜烛纸犹撗。
窗前独占乡间月，拢入新篇照旧情。

## 赠韩玉珠大姐

杜宝贤

本是璇瑰没野坡，还珠况遇苦难多。
久经砥砺终成器，并与苍庚共放歌。
几许闲愁归草莽，一轮华彩出嵯峨。
只因不肯逐流去，才隐韬光月下磨。

## 韩玉珠文集出版有赠

赵印国

璞玉含珠历岁艰，乡间风雨集成篇。
不言爱恨难成句，流露真情到笔端。

# 赠玉珠妹

杨亚玲

乡间一璞未心寒，泣血还珠岁亦难。
莫道冰肌磨砺苦，须知玉骨秉持端。
倚云弄月惜清影，韵墨流香满桂阑。
不与繁华争艳色，天虹独守做山丹。

## 序一

# 绽放在田埂上的墨香

## ——记迁西县农家女作家韩玉珠和她的100万作品

迁西宣传部　贠开芳

她，是一位普通的农村妇女，只上过6年学；但她，36年间写稿100多万字，10万字长篇小说《大山的呼唤》被《农家女》杂志连载，被多家媒体聘为特约通讯员。

她，就是迁西县滦阳镇黄石哨二村的普通农妇——韩玉珠。

**16岁　因贫辍学，难舍读书情**

1958年秋，燕山深处的亮甲峪村，虽果香正浓，却也凉风透骨，韩玉珠就是在这样一个矛盾的季节出生的。

"那时家里太穷了，10岁才上一年级……"想起小时候，韩玉珠的表情没有闪过丝毫童年的快乐。

"16岁离开了学校，随父亲到田里干农活。"两个妹妹开始上小学的时候，为了生活，韩玉珠担起了家庭的重担。"一家八口人，太困难了。"

虽然小玉珠上学不多，但是对读书的渴望，就像满山栗花，在春风中不断膨胀。

"那时候，疯子似的找书看。"

白天她到地里干农活，傍晚挨家挨户借书。到了晚上，在昏暗的煤油灯下翻开书，忘记了一天的疲惫。

"一本书1块钱左右，但是自己买不起。"韩玉珠感慨地说，"啥书都稀罕，有字的都想读读。"

每次借来书，小玉珠都像找到了宝贝一样，先用废报纸把书包好，破损的地方用糨糊粘好，然后再看。这样许多人都愿意把书借给她。

“最后，村里没有可借的书了，就去学校找老师借语文课本。”

也许是自己不能上学的原因，韩玉珠特别关注妹妹的学习。她对妹妹说：“你好好上，姐供你上大学。”在她的资助下，小妹终于考上了大学。说起这件事，韩玉珠脸上满是自豪的表情。

**33 年　笔耕不辍，未醒文学梦**

“18 岁，自己也想投稿试试，于是就开始写……”这一试，就是 33 年。33 年她把梦放飞了近千次，却全部石沉大海。

投稿要到 10 公里以外的邮电所。家里穷，没有自行车，就借来一辆，由于不太会骑，20 里路程摔倒了无数次，胳膊、腿擦伤多少次，已记不清了。

结婚生子，时间少了。她花了几十元钱订了两份报纸、一份杂志。因为家里困难，几十元钱，已经是不小的数目，为此，家里人说：“你疯了，那东西当不了饭吃，当不了水喝。”可韩玉珠宁可不吃不喝，也要买书。为了买书，正值青春年华的韩玉珠，3 年没有买过一件衣服。

1991 年，韩玉珠一段坎坷、不幸的婚姻结束了。但重新振作起来的韩玉珠，更加发奋。由于总是晚上写，眼睛很快就近视了。

“一个没上过几天学的农村妇女，整天戴个眼镜，还要写书，真是不务正业。”街头巷尾的议论，让韩玉珠心在滴血。

一路坚持，却并没有看到曙光。

自己精雕细琢的稿子，一次次寄出去，却始终如石沉大海。

“等待，已经成为习惯。”韩玉珠说。但她坚信，是金子总会发光的！

**51 岁　执着前行，田埂溢花香**

一段新的婚姻开始后，韩玉珠心存梦想，执着前行，“在文字中追寻新的自己。”

2009年初，已经51岁的韩玉珠，像往常一样把稿子寄了出去。

“等回音，等得都麻木了，”韩玉珠说，“3个月没有回音，自己都忘了它了。”

5月，她那历经20年风雨的小屋周围，栗花飘香，春意盎然。

就是在这个美丽的季节，她接到了《农家女》杂志社寄来的样刊和107元稿费。看着杂志中自己的文章《走出困境，做更好的自己》，她的眼泪再也抑制不住了。

为了这篇处女作，她拼了33年。

好像命运的暗示。就像这篇稿子的题目——走出困境，做更好的自己。韩玉珠终于迎来了写作的春天。

2009年7月，她应邀去北京，参加了某杂志社举办的通讯员培训，开阔了视野，“知道自己该怎么写了……”

《多嘴老刘》《爷仨抓鱼为解馋》《不要抱着死亡的婚姻不放》等50多篇生活气息浓郁的小说、散文、评论陆续发表；10万字的长篇小说《大山的呼唤》被《农家女》杂志连载……

毕竟农村，农活，才是生存之本。韩玉珠的老公不反对，也不赞成，只是发现报刊上有韩玉珠的文章时，就乐呵呵地举着报刊喊：“老韩，有你的文章。”

现今，许多刊物不再接收手写稿。她在家庭条件很困难的情况下，借了2000元钱，买了电脑。

“2000块钱，分了两次才还清的……”

51岁的韩玉珠，白天干农活，晚上学电脑。女儿手把手教她，开始很有耐心，渐渐地发觉母亲怎么也学不会，就烦了。韩玉珠自己也着急得直掉眼泪。看到母亲急成这样，女儿又耐下心来。

“现在我打字、发邮件、建博客，都很熟练了。”韩玉珠拿起一张报纸，指着说，“看这篇文章，就是编辑部在我的博客上选的。”

“作为一个受益于改革开放的农民，我有责任做一些记录！”为此，韩玉珠写了《新农合门诊统筹带动参保积极性》《抗议的拳头举得好》等描写农村变化的稿子，发表在各级报纸上。

“读书、写作，就像一针强心剂，让我心潮澎湃。”继《大山的呼唤》一、二部之后，韩玉珠又创作了长篇小说《随波逐流》《女牢轶事》，现在正在写《大山的呼唤》第三部。

采访结束的时候，韩玉珠站在自己家门前的田埂上，挥着因干农活而满手是茧的手，仿佛开在田埂上的兰花，散着浓郁的墨香。

此文刊登在 2012 年 4 月 16 日《唐山劳动日报》

# 序二

## 农家女韩玉珠的追梦人生

中国妇女报记者　周明顺

世界上的人都有梦,农家女也不例外。河北省迁西县的韩玉珠是一个普普通通的农家女,却不是一个平平凡凡的农家女,30多年来,只有小学文化水平的她始终坚守着自己的梦,刻苦学习,坚持写作。时至今日,她已在各类报刊上发表不同文体作品几十万字,还写就了《大山的呼唤》等三部长篇小说。

初见记者,韩玉珠像见到了亲人,脸上洋溢着发自心底的笑。原来,生活在偏僻山村的韩玉珠非常孤独,偶尔见到一个文化人,她就高兴得不得了,几句“文化人”之间的交流,就会让她动情。

韩玉珠告诉记者一个深藏在她心中多年的梦:当一名民办教师,拿着教鞭,站在黑板前教山村孩子们学文化。这个梦她没有达成,但是,另一个梦想始终伴随着她……

**断梦**

**学校是韩玉珠梦开始的地方。**

10岁那年,韩玉珠终于可以上学了。上学这么晚,是因为家里困难,奶奶患肝积水长期卧床,母亲患肺心病时好时坏,两个咿呀学语的妹妹需要照看。那年,母亲的病好转了,小妹妹学会了走路,韩玉珠才得到了读书的机会。

上学的第一天,拿着教鞭的老师让她羡慕不已。从此,一定要上到高中毕业,一定要当一名民办教师成了她终生的梦想。

然而,这个梦在她6年小学生涯中就被强力撕扯过3次,最后终于梦断。

第一次是韩玉珠上到小学3年级的时候,大姐要出嫁,家里没了劳动力,父亲要韩玉珠辍学回家挣工分。尽管知道自己的姐姐就是读到3年级辍学务农,韩玉珠还是哭闹起来。韩玉珠的大闹让父母心软了,一直认为女孩子上学只要学会写自己的名字就成了的父亲,答应让韩玉珠读到小学毕业。

第二次发生在韩玉珠小学毕业的时候。执意要读到高中的韩玉珠央求父母亲让自己继续读书。父亲坚决不同意,还把韩玉珠的书包扔到了河沟里。韩玉珠哭着从河沟里捡起湿书包。为了说服父亲,上学以来,韩玉珠第一次旷课了。她跑了20多里山路,去请舅爷为自己说情;还请来同村的姑姑出面讲情。父亲又一次妥协了。

第三次是韩玉珠初一刚上了几天,家里就出了大事——母亲病重瘫在了床上,连饭都不能做。看着两个妹妹都到了上小学的年龄,韩玉珠心想:学不能都让自己上了,也得让妹妹们上学呀;看着父亲一个人靠干木匠活儿挣的那点工分换不回家里足额的口粮,韩玉珠心想:《红灯记》里的铁梅17岁就把家担起来了,自己也16岁了,得为家里做点什么。于是,她噙着眼泪答应了父亲的请求,辍学回家挣工分。

上不到高中,就没法考师范,就当不了民办教师。韩玉珠的梦断了。

**续梦**

**听韩玉珠讲她继续梦想的故事,记者强烈地感觉到一个词——挣扎。**

看着同学们上学的背影,韩玉珠既苦恼又烦躁,每当这时,她就抱着一本字典拼命看。书使她进入了另外一个世界,在这里没有苦恼、没有烦躁。渐渐地,书成了她的命。家里的书读完了,她就到街坊家、到学校去借。没有像样的书可读,她就读课本甚至菜谱。为了读书,她曾把母亲的汤药给熬干了;为了读书,她这个小队会计竟在统计栗树数量的报表里写出了小数点……每天晚上,她都守着一盏小油灯读书到深夜。

没有了梦想的生活是枯燥的。一次，韩玉珠在别人那里借到一本《读者文摘》。她惊异地发现里面有的作者竟然是农民。这一发现让她激动。从没有走出过老山老峪的韩玉珠一向以为杂志里的文章只能由记者来写。“别的农民能写我也能写！”韩玉珠像黑暗里的迷路人忽然看到了一丝光亮。她又有了新的梦想——写作。

“这辈子就指望写作了”。韩玉珠的生活又充满了阳光。看到农村人的辛苦，她写，看到村里人垫猪圈造肥，她写……18岁那年，韩玉珠投出了自己写作生涯的第一篇稿。

然而，打击还是多于希望。

一篇篇的稿投出去了，但都如泥牛入海，没有消息。一年是这样，十年也是这样……但屡投屡挫的韩玉珠不为所动。她想：你爱登不登，反正我想写就写。不管是出嫁前还是出嫁后，韩玉珠去得最多的地方就是村邮电所。

在山村，韩玉珠知道自己是个另类，不会做针线活，只会写写画画。所以，写作的事都是偷偷地进行。然而，隔三差五地往邮电所跑还是引来了讥讽。

家族里的奶奶、大婶们说：你一个丫头家的不张罗着学点针线活，鞋底不会纳，衣服也不会做，出门子咋办哪？

韩玉珠去投稿，邻居们嘲笑说：“你看你，成天写也看不到个回信，还有啥写头呢？有这工夫你干点啥不好呀？你种两棵黄瓜卖了也是钱呀！”

外人的不理解韩玉珠笑笑也就过去了，可是家里也有难以翻越的墙。有一年，韩玉珠背着丈夫花40多块钱订了一份报纸和一份杂志，丈夫发了大脾气。韩玉珠像一个犯了错的小学生那样给丈夫赔不是：“你别生气了，这钱就顶我买衣服了还不中吗？我三四年不买新衣服把订报的钱给你省出来。”果然，三四年中，韩玉珠没有添置新衣服。每年，别人家的大姑娘小媳妇都穿上新衣服过年，韩玉珠就终始是那身褪了色的衣服。

投稿音讯皆无，外人的嘲笑、家人的不解，韩玉珠都不在乎，然而，苦闷还是时时纠缠着她，贫瘠闭塞的山村找不到一个知音，没人给她鼓劲、没人听她倾诉，没人能够理解，韩玉珠感到孤独。她开始写日记，把所有不痛快的事都写进日记里，自己跟自己诉说。

在那条大山沟里，独行侠一般的韩玉珠默默地坚守着自己的梦。

**圆梦**

**韩玉珠盼望的春天，终于还是来了。**

改革开放改变了山村人矮化知识、轻视文化的落后观念，尊重知识、重视文化渐成风尚。村里建起了文化广场、图书室，读书、学习的人也越来越多。从此，韩玉珠可以大大方方地看书、写作、投稿，人们投给她更多的是羡慕的目光。

有一段时间，村旁的矿山不分昼夜地爆破开矿非常扰民，可大家又没有什么干预的好办法。韩玉珠知道《河北农民报》有个“有理说理”的栏目，于是，她写了一篇题为《半夜放炮太扰民》的文章，投寄给报社。文章不仅见报，还引起了有关领导的重视。此后，村民们夜里再也听不到恐怖的爆破声。

韩玉珠非常兴奋，从此，韩玉珠更加勤奋写作。旅游的时候，遇到宰客现象，她写；看到服务窗口怠慢顾客，她写。韩玉珠见报的稿子越来越多。有一次，邮局的工作人员对本职工作不到位，让她和一些想购买打折书的人白跑了 70 多公里的山路失望而归，她当即写了一篇《如此邮政广告真是害人不浅》的文章投给报社，还发布在了互联网上。这件事在当地引起了轰动。事后，邮电局领导派人亲自登门致歉。

从这件事上，韩玉珠看到了文字的力量。从此以后，人们总是看到韩玉珠拿着一个小本本，像一个记者似的采访这采访那。《中国妇女报》《河北科技报》《唐山日报》《农家女》杂志以及当地的报纸《今日栗乡》都有她的新闻作品见报。几年时间，她的见报作品达到了几十万字，她还被《河北农民报》《农家女》杂志社聘为通讯员，被选为迁西县报友俱乐部政委。

如今，村里人看韩玉珠的眼光变了，她丈夫对她的态度也变了。走在村里的街道上，她丈夫会抖落着手里的汇款单自豪地说："去给我媳妇取稿费去。"

新闻写作不能让韩玉珠感到满足，她决定挑战自己——写长篇小说。对一个只有小学文化水平的农村妇女来说，创作长篇小说几乎是一项不可能完成的任务。但年轻时就开始热爱文学的韩玉珠义无反顾。为了写长篇小说，她常常半夜惊醒，提笔就是天亮。经过几年努力，她创作了《大山的呼唤》《随波逐流》《女牢轶事》三部长篇小说。每部小说都在10万字以上。其中，《大山的呼唤》还在《农家女》杂志上进行了连载，在互联网连载，在《栗花》杂志刊登。

韩玉珠谦虚地说自己还没有成功。而记者认为，只要写着，韩玉珠就是一个成功者。

此文刊登在2013年2月17日《中国妇女报》

## 自序

# 读书写作　靓丽自我

我是一名普通的农村妇女，只上过六年学。生活道路上的艰难坎坷，让我饱尝了人世间的辛酸苦辣，在铺满荆棘的生活里挣扎过，彷徨过，自暴自弃过，甚至自杀过。是读书和写作让我找回了自我，靓丽了自我。

人本无异，异的是心情。记得我上小学时作文写得可好了，写的文章经常被当做范文受到老师表扬。年轻时心比天高，也曾有过写作梦，18 岁开始投稿。尽管开始投出去的稿子都是石沉大海，有去无回，我就是不死心，坚持，还是坚持！在写作的路上一走就是 30 多年。从青丝到白发，一直坚持不懈，自强不息。只要有决心，铁杵磨成针。功夫不负有心人，幸运的是，我的文章终于被中国妇女报社的《农家女》杂志发表了！看着杂志社寄给我的样刊，看着自己的文章在书本上终于变成了铅字，看着拿在自己手里的第一笔 107 块钱稿费，激动的心情就像自己变成了山谷里的雄鹰。以后，通过自己的执着努力，陆续在杂志、报纸上发表着自己的文字。

读书、学习和写作，让我生活得很充实。我信心十足。"只要有决心，黄土也会变成金。"我竟然有了一个大胆的尝试：用了两年多的时间，写出了自己十万多字的处女作——长篇小说《大山的呼唤》（本书中精简改为故事）。书中通过一对离奇恋人的离奇故事做背景，来展示中国农村在改革开放前后的巨大变化，来展示中国亿万农民对美好生活的呼唤。完稿后，我特有成就感。后来小说被《农家女》杂志选登了。一个普通农村妇女的作品也能载入国家级的刊物里了！这是我连做梦也没想到的！继而又被互联网连载，被《栗花》杂志刊登。

读书、写作，就像一针强心剂，鼓足了我的勇气，激发了我的热情，让我心潮澎湃。我又创作了长篇小说《随波逐流》《女牢轶事》《气象男人》。在《今日栗乡报》《河北农民报》《河北科技报》《中国妇女报》《农家女》杂志等，陆续发表了我的新闻报道、小说、散文、评论等各种题材的文章。我也光荣地拿到了报社和杂志社的通讯员证。多次被省报评为优秀通讯员。每次在颁奖会上，当我接过领导发给我的鲜红面烫金字的荣誉证书时，心里都会升起无限的喜悦。

值得庆幸的是，我在读书、写作的过程中，还受到了县妇联、县文联、县宣传部、县作协以及县市省各界领导的大力支持和鼓励；迁西县妇联的于桂新主席曾几次到我家看望，她指导我如何把文字写得更贴题，还给我买了纸和笔；县文联主席孟祥莲和县宣传部的干部永生、开芳等也来家里看望我；我还应邀去北京农家女学校参加了通讯员的培训；中国妇女报的记者也来到我家和我坐席长谈交流，征求我的意见，修改我小说里的文字。这一切，就像春风吹拂绿草，使我沐浴了人间大爱的温暖，让我绽放出了小草的一片绿色。

回首往事，为了买书，也曾被家人训斥过，为此，我曾三年没买过一件新衣服，几次去外面参加笔友会都是穿女儿的校服；为了买打折书，也曾惊动了县邮电局的局长；为了买书，也曾踏雪步行十几里……我只是一名普通的农村妇女，也和大多数村妇一样，下地干农活，看孩子，做饭，伺候丈夫和公婆。我又和别人不一样，因为我父母没有儿子，娘家父母和我一起过日子，而我的母亲又有着严重的肺心病、哮喘，常年卧床，我还得伺候年迈多病的母亲。所以，我的生活压力很大。但是，我却从没放弃过写作梦想。白天实在是没有时间，只有晚上的时间才属于我，所以，读书、写作到深夜是常有的事。

书是珍贵的。“书籍是人类进步的阶梯。”这句话是高尔基说的，也是我最喜欢的格言。《钢铁是怎样炼成的》是我最喜欢的书。这本书我读了好几遍。保尔那了不起的气概，安东尼的英雄气魄……我被书里那些人物深深感动着。读书还让我懂得做人的道理。我坚信，只要坚持不懈地读书、学习，就一定会有收获的季节。读书能积累知识。冰心老师说："多读书，读好书。是写好文章的开始。""读书似爬山，爬得越高望得越远。读书是学习，写作是创造。"伟大的文学家鲁迅先生也说过："读书必须和现实社会接触，必须如蜜蜂一样，多方采花。""生命有限，知识无涯。"只有多读书才会给写作奠定良好的基础，所以我读书、写作已经坚持了30多年了，发表手稿已有100多万字！在读书、写作中，才能实现我的梦想。

读书，改变了我的生活；读书，靓丽了自我。现在，我的生活里已经离不开书了。为了更方便读书写作发稿，我借钱买了电脑，年过半百的我开始练习打字；学习发电子稿件；练习在电脑上看书。有了电脑，就开始在网络里发表文章。在农民互联网、科技新闻网、实名博客新闻网、长城网、新浪博客、栗花网和滦河网等都积极发稿。有了电脑，还结交了很多的老师和朋友，栗花网的老师们就是在网上结识的，这个团队里的老师们给予了我极大的帮助，给予了我无限的温暖。江山文学网是一家拥有严格审稿制度的大型文学网站，以打造精品文学品牌为目标，面向全球华人文学爱好者，是一个理想的交流沟通服务平台，更让我开阔了眼界。网络使我的文化生活更加丰富多彩，取得了好多意想不到的收获。

只要自己坚持不懈地努力，就会受到关注和鼓励。有付出就一定会有收获。2012年初，我非常荣幸地被迁西县委宣传部、文明办和文联评为迁西县优秀农民作家；同年6月被迁西县委县政府评为自强不息道德模范，在颁奖会上我的眼里浸满了激动的泪花！这是我一个普普通通农村妇女人生的最高荣誉！更是我30多年读书、笔耕不辍努力的结果。我的这些收获成果来源于各级领导和朋友们的支持和鼓励；来源于身边人的理解和帮助；同时，也来源于自己坚持不懈的努力和付出。

写作是自己心情的抒发，而笔端就是自己感情的前沿！为了自己的心声，我将永远不放下手中的笔。

知识是走不完的路，知识是翻不完的山。只有不断地读书学习，倾力攀登，才能在自己的生命中看到最好的风景，才能在新的生活里找到新的自己、靓丽的自己。

今后，我一定更加努力，在读书中品味人生，感悟生命；在读书中陶冶情操，健全人格。在写作中提高自己的审美与品位。用梦想指引我的田间小路，小路定会越走越宽！用笔墨点燃我的田园风景，希望的田野就会越来越美！

韩玉珠

2013 年 5 月 1 日

# 目 录

## 散文篇



## 小说篇

## 诗歌篇

# 散文篇

# 感动在梨花坡

## ——参加迁西梨花节有感而发

给一缕风，就会在春天里划过一片风景。一年一度的梨花开了。春天来了！在这美丽的春天里，我荣幸地被迁西县委宣传部、迁西县精神文明建设委员会办公室、迁西县文联评为迁西县优秀农民作家。

我带着感恩的心，有幸去参加迁西花院的"春之约"梨花节会议。坐上镇里小张开的车行进在路上。我还是第一次去迁西的南部，美丽的乡村奏响春的交响曲，一路的风景，在思绪中飘过。

在老师、领导和亲人们的陪同下登梨花坡。美丽的梨花展现在眼前，看那朵朵沾满露珠儿的花瓣里，蕴藏着多少春的故事！还有田埂上那片片丛丛的兰花花，更使梨园春色靓丽了几分。我轻轻地放慢脚步，生怕一不小心踩了花瓣。在盛开的梨花园里侧耳聆听：那一朵朵花儿都在俯首，散发出密集整齐的声音："春天来了！"多么有诗意的乡间！春天的门栏被这一朵朵、一树树盛开的梨花打开了！我们来了，来到了春天的梨花园里。

梨花之海，释放出生活的喜悦。一朵花就能点红生活的气息，两朵，三朵……万万朵，当它们手挽着手，心贴着心，就能洗彻万物的尘霾！这满山坡、层出不穷、光芒闪耀的精灵，能让我们的热血沸腾，词汇苍白。在梨花丛中，就是"春之约"的会场，如姹紫嫣红点缀在梨花园中，自然和谐。早有整齐的学生队伍和来自全县各地的各届群众代表排列在会场的两侧和正前方；工作人员忙前忙后紧张有序；各位领导和老师的亲切问候；采编、记者、摄像师勤奋工作着；演员热情饱满整装待发……啊！这是梨园之海，生命之海！

多少岁月滔滔流逝,心儿总是随着风儿流淌。多少春天花儿开放,今天的梨花分外香!

春风,轻轻地擦过梨花低音绕唱的枝丫;孩子、乡亲、领导,一句句问候的话语把我揉进绚丽温暖的梨花园里。意境让我沉陷于美丽的梦中,不能自拔。

大会上,县领导的讲话;花院各级领导的欢迎与热情款待;演员们的精彩演出;我们十位来自乡土的农民——迁西县优秀农民作家登台领奖;自己在大会上宣读了读书倡议……就像音乐音符,此起彼伏,在美丽的梨花坡上,弹奏出了大地母亲的心声!

我,突然就有了从来没有过的潇洒,就像脱缰的野马撒欢在幸福的梨园里!我,如醉如痴,醉在这春风里;醉在这细雨里;醉在这亲情里;醉在这蓝色的风铃里;醉在这粉红色的憧憬里。

走了,回头。留下一路的思念。留下了我最幸福的回忆,更留下我最真诚的祝愿:待到满山红叶飘香,我们美丽的家园,一定会是果实累累、漫山红遍。

# 清晨,踏入春天的田野

清晨,踏入春天的田野。灰蒙蒙的天空里下着今年的第一场小雨。雨滴落在脸上凉凉的,爽爽的,心境也清新起来。身临其境,才知道人家诗人的"春雨贵如油""润物细无声"的诗意情感。

我们大山里的春天来得早,山坡上已经有了动静,小草偷偷地从土里钻出来,嫩嫩的,绿绿的。细雨像母亲的手抚摸着它们。山上松树的针叶也由黑绿变成了翠绿,枝条上的小鸟"啾啾"地鸣唱着春天里的清晨小曲。

春天的雨是连绵的、柔和的,它滋润着大地,抚摸着大地,小声地呼唤着大地。在人们不知不觉的时候,它们静悄悄地给田野带来绿色的生命。站在田埂上,放眼望去,小草叶子上的露珠儿晶莹透亮,就像串串珍珠悬挂在草丛上,真美呀!

春天的风是生命的使者,它吹拂着眠了一冬的田野,欣欣然睁开了惺忪的睡眼,无数的生命复活了,小蚂蚁从深穴里爬出来,各种昆虫忙着伸展开翅膀,鸟儿争鸣青蛙高唱。小蛇也从冬眠中醒过来,从深深的洞里钻了出来。

清晨,踏入春天的田野,烦恼没有了,后悔没有了,萎靡也没有了。感谢春天的色彩给我带来了向上的力量。今天站在田野上,感谢清晨的风,感谢春天的雨,让我关上昨天和明天的两扇窗,过好每一个今天。

"一年之计在于春,一天之计在于晨。"刚起头儿,有的是工夫,有的是希望。

# 栗花

杏花婀娜多姿，桃花绚丽照人。然而，我更喜欢栗花。栗花，不像牡丹一样光彩显赫，也不像玫瑰一样引诗入画。她像少女，美得含蓄，香得典雅；她又像贵妃头上的凤钗，金黄高贵。每到栗花飘香的季节，我的心儿都随着栗花而醉。

我家的后院便有两棵百岁老栗树，岁数虽大，但在每年里都会花儿飘香、果实累累。栗花盛开时，满院飘香，打开窗子睡觉，在梦中都能闻到花香！

世上有万紫千红各样花，唯有这栗花，她开放时是芳香的；落地后还是芳香的；最大的特点是花儿被晒干后点燃时所冒出的烟都是芳香的！这是任何花都无法媲美的。

栗花不但味道芳香，而且还有许多用途。每到栗花飘香的季节，总会有许多远方的养蜂人来到我的家乡——河北省迁西县，让蜜蜂在这里采集栗花的粉蜜。据说这栗花蜂蜜还是上等好蜜呢，要不，怎么会有这么多的养蜂人来到这里放蜂呢！

栗花的驱蚊效果更是我们家乡人人皆知的。栗花开过落地后，人们拾起拿回家，或直接点燃压灭放烟，或拧成绳点燃放烟，这种烟的味道人闻起来芳香无比，且对人体无任何伤害，而蚊子却怕得要命。睡觉时屋内点燃栗花，蚊子就再也不会侵袭人了。

我是五十年代出生的，小时家境贫寒，那时根本买不起驱蚊药，我们就用栗花驱蚊。现在，随着社会的飞速发展，各种驱蚊药、驱蚊器材相继问世。然而在我们栗乡还有许多人喜欢用栗花驱蚊，因为愿意闻这栗花香。

栗花还可以做成各种工艺品，编成小动物，如小猫、小狗等；栗花能作为燃料用来做饭，煮出的饭菜香甜可口；栗花还能作为庄稼的肥料。总之，栗花香、用途广，它是我们栗乡人人都喜欢的花。

我的家门前有着一眼望不到边的板栗林。五月里,栗花盛开了。我踏青来到高高的山顶上,放眼远望,那大片大片的板栗林尽收眼底。树林郁郁葱葱,蜂儿在林中嗡嗡地歌唱,鸟儿在这里自由地飞翔！景色如画。一阵风儿吹过,栗花随风起舞,像绿色大海中的波浪！真壮观啊！

阵阵清风吹,阵阵花香浓。我醉了！醉在这山中,醉在这景中,醉在这栗花中。

# 夏

浪漫夏季是一年中最灿烂的季节,我们可以穿上短裤、短袖衬衣,尽情地感受着夏日的空气以及播撒在皮肤上的阳光;当然我们也会满身是汗,燥热地躺在床上,而无法入眠(那些没有空调设施的人们);有了一身夏日的记忆,晒黑了,变瘦了,也健康了,这一切都是我们经历的夏日的美妙事情。

夏日展现出一片翠绿、美丽的图画,还有那轻声吟唱的微风。夏日的夜晚也是美丽的,与其称它为夜晚,它其实更像一个阳光照射不到的、晴朗的白昼,它携带清露、阴凉以及一丝丝清爽降落到了地面!这漫长柔和的夏日黎明也是如此美丽,它就像一个银扣,将今天与昨天紧紧地连在一起!

夏日是一叶小舟上的船夫,夏日是赤裸着上身的男人,夏日是浸入你脚趾间的湿漉漉的沙子,夏日还是朝阳初升时那花园里的清香味。

不管我们如何看待它,夏季总有着那么一种我们无法否认的魔力。

每当夏日来临,栖息在泥土里的蝉,就从树下爬出来,爬上高高的树枝,爬进绿油油的密密的树林。开始它们一年一度的歌唱。从日出到日落,从清晨到傍晚。就是这样,它们不停地唱。从旷野到田间,从密林到人居。只要有树的地方,就是它们快乐的演奏场。直唱到大人们头晕脑胀,小孩们心花怒放。小孩们心花怒放——因为捕蝉的日子到了。

捕蝉的日子到了。准备好长长的钓竿,再深入到密密的树林里,去到大树下,去到那蝉们的家。在那高高的树枝上,在密密的树林里,美丽的蝉们就在那儿尽情地歌唱。那汇集的声音,铺天盖地,让人无法想象。在那遮天蔽日的绿荫下,在那震耳欲聋的蝉声里,悄悄地寻找蝉的隐蔽的身影。而那一只只美丽的蝉,就伏在那高高的树干上,藏在严密的枝叶中。走进及膝的长草,惊走栖息的飞虫,避开树隙刺眼的日光。放轻自己的脚步,屏住自己的呼吸,抑制住狂乱的心跳。用长长的钓竿,小心翼翼地将蝉一一粘下。不要多的,每人两三只,就够了。带回家,放在花枝上。肥胖锃亮的身躯,晶晶闪亮的翅膀,这就是我们的音乐家。从那时起,就开始了我们热闹的夏,快乐而喧嚣。

# 金秋十月

伸出双臂感受秋的舒爽，敞开心扉品味秋的芬芳。一年四季，我最爱秋。

如果说冬是一位老爷爷，历尽风、雨、霜、雪的沧桑，把自己的棉被给大地盖上；春则是小娃娃，充满希望；夏是火一样的少女，热情火辣。那么，秋呢？

秋……

噢，秋是一位母亲，她用慈祥的脸庞贴近大自然，在秋妈妈的怀抱里，各种各样的果实成熟了。秋妈妈还要为大地改变颜色，脱下春娃娃和夏姑娘的衣裳，来换上秋妈妈做的各式各样的服装——枫叶红，栗叶黄。

瞧，高粱喝多了秋妈妈酿的美酒，脸儿变得通红通红的；谷子莫非睡了？为什么个个都低下了头？苹果像做了什么害羞的事儿，脸儿是一面儿红一面儿绿；栗子像颗颗紫玉从树上撒落，阳光下大地上则出现了星星闪闪的紫辉；玉米最憨厚，刚刚换上秋妈妈的服装，则高高兴兴地咧开了大嘴……

我最喜欢秋妈妈的女儿——雨，你瞧她那纤美的身姿，瞧她那飘飘洒洒，瞧她那朦朦胧胧。她不像春雨那样润物细无声，也不像夏雨那样火爆刚烈。秋雨有一种特殊的美。看，她悄悄来到人间，又悄悄离去，默默无闻，她从不向人们索取什么，而是把丰收的希望留给人们。

而秋妈妈的儿子——雾，可就不那么老实了，他东窜窜西跑跑，一会儿把大地盖上，一会儿又跑得无影无踪了。你看在那高高的群峰里，白雾翻腾着，就像白色的大海，而在雾海里耸立出来的山峰就像矗立在大海中的岛屿！哦，原来，这秋天的雾也很美啊！

深秋，不仅黄蝶纷飞，而且大地也围上了白围巾。秋妈妈已经开始打点行囊，她是多么舍不得离开呀，可是冬爷爷在不停地拿他的信使——霜，来催秋妈妈上路了。

秋妈妈终于走了。秋叶落下，在来年的春光里重生！

期待着您——明年的秋。

# 徜徉在冬天的怀抱里

春风之情思，夏雨之气势，秋叶之精神，冬雪之典雅。一年四季，各有各的景色。

看，雪飘舞了，土地冻了，冬天来了。

那渺茫茫的天空悬挂着清凛凛的高远，空旷旷的大地袒露着黄澄澄的真诚。好素洁的冬！雷电歇息，鸟虫封喉；叶儿都脱去了绿装，花儿也卸去了彩容；蜜蜂随养蜂人搬了家，又去另一个鲜花盛开的地方继续着它们的事业；蝴蝶住进了自造的房子，正回味着它们昨天工作的翩跹；燕子带着孩子去追赶下一个动人的呢喃；布谷夫妻去了远方孕育着又一个丰收的黎明；麦苗躲在雪被下，正在计算着主人今年为它们付出了多少辛劳，明年要回报给主人多少赤诚；冬眠的青蛙在盘算着，明年该如何"稻花香里说丰年"；小溪停下了叮咚叮咚的琴弦；杨树不再哗啦啦地鼓掌；连小蚂蚁也躲进温馨的家园，有滋有味地咀嚼着自己大半年的辛劳……

冬天是思索的季节，冬天是等待的季节。不是吗？那么多的花儿都睡了，不，都在梦中思量着明春该用怎样绚丽的色彩迎接声声惊叹；那么多的叶儿都依偎在根儿的近旁，思考着明年怎样化作更多成熟的金黄！

冬天是刚劲的，你看那凛冽的风雪，就好像一把大扫帚，把那些作恶多端的蝇蚊毒虫一扫而光，把那些孳生罪恶的劣草毒藤处以极刑；浊水缩小了身体，结成冰块；连垃圾都收敛了恶臭。

冬天是美丽的。那翩然而至的大大小小的雪花，又把大地银装素裹，装扮得一片银白。看吧，山上的劲松越发的青黑，树尖上顶着一髻儿白花儿。大山白了，给蓝天镶上一道银边。经过风儿一吹，大山上，凹的地方雪厚点，凸的地方枯草露出来，这样，一道儿白，一道儿暗黄，给大山穿上一件带水纹的花衣；看着看着，这件花衣好像被风儿吹动,叫你看见更美的山的肌肤。雪,停了,等到快日落的时候,微黄的阳光斜射在山腰上,折射出耀眼的线条。

是啊,没有冬的思索和等待,哪有春的张扬,夏的狂野,秋的欢腾。所以说冬最真诚,不事虚华,拒绝矫情。冬始终敞开胸怀,显露品性,不需要绿色装裹,也谢绝所有花儿引诱,更拒绝鸟儿的歌颂,只留下高洁的梅花来诉说衷情。大山里那岁寒中的松柏永远能够承风雪的沉重!冬知道自己的价值,毫不羡慕,更不嫉妒春的娇艳、夏的热烈、秋的火红。

有多少文人骚客歌颂春、赞美夏、礼赞秋,而我却说:大山的冬天依然美丽。没有冬的真诚和本色,哪有春的萌发、夏的繁荣、秋的丰盈。冬的素洁、沉静,冬的思索、等待,冬的真诚、本色,不都是睿智的表现吗?冬把自己的一切都交付给了春、夏、秋。冬深知它们就是自己的希望、幸福和光荣!冬知道怀抱里有着许多生命,爱护和养育它们是自己的使命;冬更知道自己的力量很有限,就无时无刻不在吸收着太阳的热能。

冬一直在忙碌着——给躲藏在自己怀抱里冬眠的动物讲述着“不经风雪怎能见春天”的故事,给落入自己体内的种子描绘着明年春华秋实的美景;给无数根、茎注入足够的茁壮,给光秃的枝条蓄积更多绿色的冲动。啊!原来冬天本身就是永远不老的诗篇!

大山里的村庄,村庄里的屋房,房屋的上面卧着白色的雪。哦,多么富有诗意的水墨画呀!这就是我的家乡。

徜徉在冬的怀抱里,游弋在冬的素洁、沉静中,我只觉得冬如诗如歌、如画如图。我愿唱一首冬之歌,和冬一起交流,如诉如慕,如师如友。

# 窗花映出新年乐

严冬数九天，地冻天寒。清晨拉开窗帘，大玻璃窗上的冰窗花玲珑剔透，多彩多姿。喜欢看这大自然赋予的美。欣赏着窗花，就像一幅幅抽象画，你看它像啥就像啥，有的像一座座大山连绵起伏；有的像骏马奔腾气势磅礴；有的像花花草草栩栩如生……窗花赋予你美妙的想象。

触及新买来的日历，不禁感慨万千，现在幸福生活的美好和我小时候的那些不堪回首的贫穷，形成了天地般的对比。小时候的日子固然贫苦，可是，那些难忘的童年趣事的记忆就像眼前的冰窗花一样清澈。

1968 年腊月，我 10 岁，已经是个一年级的“大学生”了。记得也是在元旦来临之际，因为要过年了，再加上天特别的冷，父亲就给我放了假，不用去大山里拾柴了。我非常珍惜这样的“假期”，每次都是早早起来跑出去和伙伴一起玩。有一次，在前一天晚上就和几个好伙伴约好了，早起就去一个叫瑞敏的伙伴家玩，因为只有在她家才会有几本小人书看。她家可是村里独一无二的富裕户。说她家富裕，也就是瑞敏的爸爸在唐山煤矿上班，每月能拿几十块钱的工资，相比之下要比我们这些在家吃大锅饭种地的人的日子要强上百倍。我们去得很早，太阳还没出来呢，到了她家后因为天特别的冷，我们几个“疯”丫头就赶紧地脱掉鞋子，爬上大炕。在我们的“叽叽喳喳”中，疯抢地看着新鲜的小人书。为了敞亮，瑞敏就把她家的窗子上仅有的两块玻璃上的小窗帘给拉开了。我一眼就看见了她家的玻璃窗上的冰窗花了，我兴奋极了：“看你家多好啊，窗子上还有两块玻璃呢，还有这么好看的窗花呢！”那时候，一般人家的窗户是没有安玻璃的，都是木头窗棂子上糊上窗户纸，稍微讲究一点的还能在过年时买几张白净的好纸糊窗户，而大多数的人家也只有买几张廉价粗糙黑黑的"毛头纸"而已,更不要说安玻璃了。所以,当看到瑞敏家玻璃上的冰窗花时就感到特别的新鲜。

被我这一惊一乍的喊叫,几个小伙伴都围过来,看起了冰窗花。有的说:"这个像只鸽子。"有的说:"这个像棵大树,树下还有小兔子呢!"还有的说:"这一道一道的就像咱们村山上的大寨田!"(大寨田就是农业学大寨时围山而修的一层一层的蜿蜒起伏的梯田)兴奋之余,我们还用小手争前抢后在玻璃窗上画出自己的图案,有画苹果的,有画玉米的,还有画小鸡、小鸭的。而我则画出来一本书来,还在上面写上了"小人书"三个字。尽管我们的小手都在冰凉的玻璃上划蹭而冻得通红,可心里的那种热乎劲儿就别提有多快乐了。

自从那次在瑞敏家看冰窗花,我心里就有个梦想:在我们家的窗户上也能安上一两块玻璃有多好啊! 童真的愿望哪知父母的无奈,我整天和父亲纠缠:"咱家也安两块玻璃吧,一块也行啊!"开始,父亲没有理会我的无理要求,还斥责说:"咱家哪有条件啊!再说了,也没处淘换去啊!"谁知道父亲遇上了个小魔头,一次,两次……我还嘟嘟囔囔地低声叫板:"还是个干部家庭呢(当时父亲是生产队长),一点也不像个样,窗户上连一块玻璃都没有!"也许是我的这句话刺痛了父亲的要害吧,很爱面子的父亲竟然答应:"等过年时,我去托人弄块玻璃来。"父亲的这句话,就像一支强心剂扎在了我的心上一样,我已经兴奋得不得了了! 我心急如焚地掰着手指数着日子算着时间,一个多月过去了,好不容易熬到了过春节的时候了,父亲终于散假了,在我急切的要求中,父亲托了个在秦皇岛上班的表哥过年回家时给捎来两块玻璃,我和父亲一起去表哥家像拿宝贝一样,小心翼翼地把玻璃拿回了家。

就在那个寒冬,腊月二十八那天,也就是过年的前两天,父亲把我家的窗子摘下来,把窗子最下面那几行木头窗棂锯下来,安上了玻璃。因为父亲本来就是个心灵手巧的木工,干起这种活来还是满在行的哦！下午，父亲把镶上了玻璃的窗户重新安上，而母亲也在当天就缝制好了两片用旧布做的窗帘。

看着我家的有玻璃的窗子，不禁心潮澎湃、神采飞扬。我家也有玻璃窗了！明亮的玻璃窗口紧挨着窗台的地方，我们坐在大炕上，透过玻璃就能看到外面的雪山连绵、群峰银白，松树上的银花、栗树上的“树挂”（冰雪融化滴下的水珠凝成冰柱倒挂在树上，我们这里管它叫树挂）。盼望的夜幕也终于来了，睡在大炕上，就游戈在梦的画廊里……

清晨，天刚蒙蒙亮，我就迫不及待地从大炕上爬起来，起身不顾得穿衣服就把窗帘拉开了，啊，好美的冰窗花呀！莹白的曲线，流畅的画笔，有山水画，有水墨画。坐在窗前，就像徜徉在画的怀抱里，游弋在画的激情中，在我幼小的记忆里，那可是最开心的日子了。正月里，我把要好的伙伴们都“请到”我家来，来看我家的窗花，在“画满”各种图案的冰窗花上写写画画，快乐的童年里留下了最快乐的记忆。

如今，我们农家的日子就像那芝麻开花一年更比一年高，家里的窗户也都是明亮的玻璃窗了，对于过年也好像没有啥具体的愿望了。但是，当我看到这美妙的窗花时，就想起童年的那些快乐，想起那些好伙伴。我拿起了电话打给远在几百里以外的住在唐山的能说会道的才女瑞敏：“想你了，啥时候回家来看看啊？记得小时候我们可是最好的伙伴哦。”那边的瑞敏回音说：“可想回家了，想家乡的那些大山，想看家乡的山山水水呢。好想和你们在一起，爬上山顶，看蓝天下白云朵朵……还有啊，在冬天里我们一起看窗花。”“好啊，看窗花。”哦！敢情她也没忘看冰窗花啊。最后我们约定，新年我们这几个好伙伴也搞个浪漫聚会，过个最有意义的快乐的新年。“新年快乐，新年见！”“新年快乐，新年见！”

在新年来临之际，好伙伴们都发出了迎接新年的快乐的声音。

# 过年

春夏秋冬一年一度,花开花谢,岁月的年轮又翻过了一年的四季。我们虽然留不住时间的无情奔跑,可我们却能留住一年一度的美好快乐的记忆。

又要过年了。提起过年真是感触多多啊!解放前就不用说了,富人过年穷人过关,欠人家钱的、欠人家粮的,就怕过年,因为欠人家的年底被逼债,当家人只好舍妻弃子外出躲债。大家都看过《白毛女》吧,那可是旧社会的真实写照啊,要不,咋会有千百万人为此剧而愤怒、流泪呢。

新中国成立后,20 世纪 60 年代,我们这里大多数的农民,正赶上饥荒年代,温饱的问题还没有解决,过年更是寒酸得可怜。记得我家有一年就在过大年的那天,吃的是红高粱米干饭,爷爷还说呢:能吃饱不错了。

70 年代,我们的生活略有好转,过年时经过生产队的按人分配,我们每人还能分到两斤猪肉,粮站供应每人几斤大米白面。我们大山里的农民一般平民家庭平时可没有这些好吃的东西。过年了,我们这些青年人搞联欢,打扑克,写春联(那时都是自己写),感觉年味很美,很浪漫,很快乐。

80 年代初,改革开放后,没有了按人分配供应的制度,不但是过年,就是平时,只要有钱也可以随便地买肉吃了,大米白面整袋的往家扛。但那时吃肉不再是过年的奢食了,还要看哪家买的爆竹多。吃过年夜饭,大人孩子欢闹着走东家串西家,搞个小串联,看人家包的饺子是啥馅的,看人家放的爆竹是多大的。然后,就到那几户有电视的家里看电视了,虽然电视只有一两个台,虽然图像并不清楚,可还是屋里屋外的挤满了人。

90 年代末,我们农村也刮起了吃牛羊肉的风,说吃猪肉脂肪多爱血黏。到了过年时，一大桌子的好菜，丸子、肘子、蒸肉和炖肉，外加炒菜和凉菜，总是吃不完的，留着，初一到初五不用再弄新菜了。饺子也得吃过破五（就是初五）才罢休，其实早就吃够了就是得忍着，哪怕只吃几个呢，说这才叫过年呢。别看平时当家人把钱紧得很，可过年了，不管是大人还是孩子，都会得到当家人的奖赏——压岁钱。大人拿着奖赏去打牌了，赌注是一毛两毛的，有钱的主儿凑一桌玩大的，赌注可是五毛的！白天玩个够，晚上可得按时收看央视台的春节联欢晚会了，几乎是家家看，人人看。看春晚是过年时谁也不放弃的最大的娱乐。

到了 2000 年以后，过年的餐桌上又增加了新鲜菜——海鲜，带鱼、皮皮虾还有大螃蟹。有钱的还会弄两只甲鱼，也不管好吃不好吃，也不管它的肉少得可怜，只是为了喝口汤，大补啊，其实也不知道该补的是啥，反正补就好。人家说了，长肉越少的东西就越珍贵，吃的就是这个珍贵劲儿。

时代飞速发展，生活水平飞跃提高。到了现在，过年的时候，吃肉已经不再上表了，男人们的话题是讲喝啥酒了。早年时，买酒看价钱，超过 10 元的不买；现在是 30 元以下的不看。而围着锅台转的妇女们的地位，也是随着过年在噌噌地涨啊，过年买红酒，和家里人举杯同庆。她们是做饭电饭煲、炒菜煤气罐、蒸饭电磁炉。炕凉咋办？烧暖气呀，炉子里扔上两块煤半天不用管它了。屋里冷咋办？开空调啊。现在过年的时候哪家的电费不是噌噌地涨啊。

一家人，年轻人上网坐在电脑前忘却了时间，一天不吃饭也不知道啥叫饿。年老的就去麻将机上一玩就是一天。

而过年的餐桌上也时兴了青菜萝卜。春夏季节里，自己的山上漫山遍野的那些山菜，也没人在乎，可到了过年了，却去超市花高价去买那些苦菜、荠菜等山菜吃了，虽然都知道那都是大棚里人工种植的，还得买。没办法，谁让不想吃肉呢，就想吃口青菜。因为在平时基本上是天天过年了，想吃啥就买啥。到了过年了，客来人往的，就想吃素菜了。而过年时的餐桌上四菜一汤足矣，原因是不愿吃剩饭，说是怕亚硝酸盐超标。

春晚的节目可以挑着看，先看节目单，然后选择自己喜欢的节目。电视不是唯一可以看电视节目的工具了，还有电脑，挑自己最爱看的节目收藏起来随时可看啊！

过去，吃不上肉的时候，人都在家，一家人团团圆圆，吃糠咽菜心也甜；邻里乡亲的都亲亲热热，大家的心是聚的。现在，酒足饭饱了，撑得没事可做的人吧，就干起了这样那样的勾当了。不用说一庄子的人了，就是一家子的亲哥弟兄们，也有的闹起了经济纠纷，许多是为了赡养父母问题，年终了，亲兄弟明算账该出手时就出手！常常在过年时闹得最凶！父母为此流泪：这是咋了？日子好过了，人心却散了？

过了年，就得赶礼了。看吧，公路上，车水马龙人来人往，骑摩托的大包小箱送礼的，那是没钱的；开小轿车空手送礼的，那是拿干的（钞票啊）。

过年，一年一个样。过年，满载着历史，满载着记忆，满载着昨天、今天和明天。回味过去，展望未来，就让我们充满希望：一年更比一年好。

# 留住过年的快乐

草儿枯了,来年还会发绿,花儿落了,逢春也会有新的花季。而流逝的时间似风、似雨、似流水,总是一去不回。花开是因为有阳光细雨,草枯莫说风雪残酷,莫悲伤时间的无情流逝,我们年年都能有美丽的回忆,快乐仍在幸福中。留住过年的快乐,留住自己一生美好的记忆。

记得我在上小学的时候,那是在六十年代。虽然那时家境还是非常贫寒,过年也是寒酸得很,没有新衣服,没有好的吃食,可是我还是非常盼望过年。因为,只有在过年时,家里才会给我放几天假。不用去上山拾柴。平日里只因我是上学的,是个最不得脸儿的人了。大姐每天去生产队劳动挣工分;父亲起早贪晚地去大队的木纤厂上班;母亲看管着年幼的弟弟妹妹,还得负责一家八口人的衣食;爷爷辛勤地收拾着家里的两亩自留地和菜地;奶奶有病躺在床上。只有我是最不听话(爸爸不让我上学,是我哭闹着非上学的),是个上学的,所以,父亲命令我每天起早和放学后必须得去山上拾柴供家里烧火。我家两个屋都是大炕,那时可没什么暖气和电饭锅之类的东西(这些东西当时听都没听说过),做饭全部是烧大锅,还有两个屋的两铺大炕也需要烧柴热炕。所以,家里最离不开的就是柴火了。

提起拾柴,那可是我童年时代的心酸史啊!为了能上学,我拼命地拾柴。早上天刚蒙蒙亮,母亲就得心疼地叫醒熟睡中的我,去大山上拾柴了。我用的柴火篓子和我一般高,我背着柴篓从山上下来,远远望去,根本看不到人,只看见一个大大的柴火篓子下面长两条短腿儿似的往山下艰难地挪动。下午放学后,别的同学可以在学校里玩耍,打乒乓球的,玩猪骨儿的,抓石头子儿的。可我不能,总得快步往家赶,放下书包背起柴篓……

春天,满山的山花无心观赏;夏天,清澈的小溪不懂得留恋;秋天,漫山的野果也没有惊喜。只有到了冬天了,看见了漫天飞舞的雪花了,心里就会升起无限的希望——冬天来了,就快过年了!盼着,想着,腊月了,快过年吧!我一天天地数着日子,熬着时间……

过年了!终于过年了!从年三十到正月初五这几天里(过了破五儿就得和往常一样了),我可以和小朋友们一起玩了。我们在大山里小溪上面的冰上滑"冰车"(就是每人一块木板儿而已);在雪地上堆雪人、打雪仗;十几个人排成长队玩老鹰抓小鸡;去同学家里的热炕上玩纸牌;去"书香门第"看小人书;去学校的操场上闯拐、打乒乓球(尽管小手儿都被冻得裂口出血,还是非常的快乐);晚上,房屋前后,小树林里,在淡淡的月光下捉迷藏……

我们这些从不懂得忧愁的大山里的穷孩子们,总是在过年的时候玩得最开心。我们喊着,笑着,闹着,快乐的童音在大山里回响……那些精彩的片段,那些快乐的时光,就是我童年最值得回忆的幸福,它已经镶嵌在我的脑海里,装进了我幸福的行囊,永远不忘,一生都不会丢失……

现在我们的日子好过了,吃穿不愁,过年更是丰富多彩了。虽没有童年那样期盼过年,可在过年的时候,还会有许许多多的幸福快乐的事情值得留在记忆里的。难道不是吗?

祝福过年!留住快乐!

# “偷来的”元宵

1968 年,是轰轰烈烈的一年,尽管当时我上小学一年级,却是一名光荣的红小兵“战士”了。一次,学校奉革委会的命令,去村里的一个“大地主家”搜查抄家。小学生们就一窝蜂似的闯进了地主家里,东翻西找地寻他们的什么“证据”(到现在我也不知道到底是去搜啥了)。搜着搜着,我突然看见在一个小箱子里有个小面球儿,拿起正要细看,旁边一个大人(大红卫兵)低声对我说:“不要上交,咱再找找看还有没有……”在那个箱子里,我俩找到了好多这样的东西(大概有 20 多个吧),看看没人注意,大红卫兵便偷偷地把面球装进了自己的口袋里,当然,他也给了我几个,帮我装进了口袋,并神秘地一再叮嘱:“不能告诉别人啊,要不咱俩人就得挨批判!”

我就像做了惊天动地大案的偷盗大贼似的,加着一万个小心,终于把东西拿回了家,就像偷来了稀世珍宝,赶紧送到了妈妈的手里。虽然东西已经很不干净了,可妈妈还是擦擦弄弄,给我和小妹煮着吃了,好香,好香!是人家用自己种的黏米压成面儿,装上芝麻馅儿,可能是还没来得及吃,虽然藏起来了,还是被“革命红卫兵”给发现了,并让我们给吃了。

原来,那东西就叫元宵。那是我第一次吃元宵。

岁月流逝。第一次吃元宵的事儿,已经过去几十年了。随着社会的飞速发展,我们的生活水平在不断地提高,我吃过的元宵也是五花八门,可是,我仍然觉得还是那次“偷来的”元宵最好吃!

一生的回味不仅仅是那元宵的味道和自己不光彩的一页,还有那时的社会:贫穷饥饿的“革命”时代。回味,也让我永远记住过去,珍惜今天。不忘本,不奢华,更要记住不要去拿别人的东西……

愿天下勤劳的人们都能吃上香甜的元宵,并能像元宵一样,团团圆圆,幸福美满。

# 永远的美好　童年的记忆

阳光西斜,人过半百。我已经进入了人生的知天命阶段。一生中,坎坎坷坷,道路弯弯曲曲,走得好辛苦,好漫长……物转星移,岁月流逝,过去的东西永远属于过去。然而,留在心中永不磨灭的是童年的记忆。不管是长夜漫漫,还是昼日绵绵,童年的影子总会出现,还有那些美丽的、精彩的、有趣的片段……

小溪流水里的童年,就像一道美丽的彩虹,留在自己一生的记忆里,昨天,今天,明天,直至永远!童年是梦的开始,难怪这么珍贵!难怪这么让人会永远记得。

人世间,会有许多甜甜蜜蜜:春梦、缠绵……人世间,会有许多无奈:痛苦、离别……人世间,一切都在改变,而永远不能改变的是自己的童年,那不曾磨灭的梦幻,依然蕴藏在心间!春去了,不再回。我更希望在秋阳里,夕阳下,想着花儿还会红,草儿还会绿。

日历在一页一页地被撕掉,而自己心中美好的童年是永远也撕不掉的!尽管人生旅程崎岖难行,但有美好的童年记忆相伴,我会一路前行,永不言败。

# 我的第一个老师

## ——献给教师节,献给老师

大雨过后,满街的流水哗啦啦,像小河。有几个孩子在水里嬉闹。看着眼前的情景不禁使我陷入了那遥远的回忆。

1966 年,我 8 岁。由于家境贫困,再加上我父亲有点重男轻女,不想让我上学,所以我还没有上学,整天待在家里。无所事事的我,就和伙伴们一起去爬山,一起去玩水。我特别迷恋大山里的那条小河,夏天里,几乎天天泡在水里。每天吃过早饭,我和几个小伙伴就会很“勤快”地背着小筐拿着镰刀,说去割猪草,其实就是合伙地欺骗父母到外面撒疯去。我们去山上采山花,去小河里打水仗。

一次,刚刚下过大雨,天气放晴,雨后山村的空气格外清新,蓝蓝的天空上白云朵朵,像骏马奔腾;山上的野花儿争相昂起头,忙着抖掉身上的雨滴,享受透过云层的阳光。雨天待在家里最苦闷了,所以天一晴我就迫不及待地招呼上小伙伴,到小河里去趟水了。我们挽起裤腿儿,光着小脚丫,像一群小疯子似的在水里来回奔跑、嬉闹,溅起的水花湿透了我身上的裤褂,还会时不时地摔倒在水里,喝上几口纯正大山牌的“农夫山泉”。

在我们村里,住着十几个省里派来的地质队员,其中有一个 50 多岁的“右派分子”,听说他原来是在省城当教师的,因为被革命的红卫兵划为“右派”,称之为“臭老九”。老师被罚入地质队来到深山里,说是帮助当地寻找矿源,其实就是接受监督改造,接受贫下中农再教育。“右派”伯伯很喜欢孩子,经常和我们这些孩子们玩一会儿,还常常送给我们一些我们从来没见过的他从省城带来的小吃:泡泡糖、饼干、锅巴等。

在小河旁,我们看到这个“右派”伯伯又向我们走了过来。我们可不管他是哪派的，只要对我们好他就是“好派”。我们踏着水花奔上“岸”来，围着伯伯是又蹦又喊。他笑着，他很开心，他说：“你们都这么大了，还不去上学？还在家里疯？”嘴最快的我像个小喜鹊叽叽喳喳地说：“我爸不让去上学，说丫头家上学没用，还说我是个脸儿朝外的人”（长大后才明白这句话的意思是姑娘家早晚是别人家的媳妇，就是外人）。伯伯笑容没了，心情沉重了许多，“唉！”他无奈地叹息着。突然，他高兴地说：“今天我教你们写字吧！”“好啊”“好啊”！我和几个小伙伴甩掉身上的湿衣服，挂在树上，围在了伯伯的身旁。

伯伯用树枝在地上写下了八个大字：中国、大山、小河、山花。他先是指着字领着我们高声朗读，我们几个孩子就随着伯伯一起高声朗读“中国！大山！小河！山花！……”高高的群山、潺潺的溪流伴着清脆的童音，在大山里回响！那是我记忆里的最快乐的时光！更是我记忆里的第一个“学堂”！我们学的是那样的认真，一丝不苟，念完了写，写完了再念，我们牢牢地记住了这八个字。最后，我们就要回家了，我们真舍不得走啊！我突然高声喊道：“老师！”我的伙伴也同样地叫了起来：“老师，老师！”听着我们的喊声，伯伯流下了欣慰的泪水。“你们都是最好的学生，以后我们有时间就来这里学习好吗？”“好！”大家异口同声地回答。我们这些大山里的孩子还是第一次叫老师。我们多希望这个老师能永远留下来教我们啊。

可是，就在第二天，伯伯就走了，有人说他这个“臭老九”不老实，他被“押解”到别处接受“教育”去了。

我们的老师走了。从此杳无音信。在深山里留下了我们对他永远的思念。

40 年过去了。山还是那道山，梁也还是那道梁，只是，由于自然的变迁、人为的破坏，再也见不到美丽溪流的容颜了，那条小河也早已枯干。但是，每每来到这里时，“中国、大山、小河、山花”八个大字犹入眼帘，“老师！老师！”的声音仍在大山里回荡。虽然我们以后也上了学,也有过谆谆教导过我们的老师,可这个我们从不知他姓名的“右派”伯伯老师,却永远留在我童年的记忆里,他那带着愉快泪花的容颜已经深深地铭刻在我的脑海中,伴我一生。难忘老师,我们就像一滴水流入小河,而小河的流水必将流入大海。老师,您一定是桃李满天下了。

难忘童年最快乐的时光;难忘大山里最难忘的“学堂”!难忘我的第一个老师。

# 童年鱼香

## ——写于父亲节

随着社会的发展,人们的生活水平也在不断提高,喜庆酒席上鸡鸭鱼肉很普遍。然而,每每回忆起40多年前在童年时吃的那次鱼香,就像镶嵌在记忆里的宝典一样,永远闪着幸福的光。

那是1965年的夏天,我7岁。父亲带着5块钱光彩地应邀去参加我村一个富户职工家庭的婚庆酒席,也许是因为喝了酒太兴奋了,回家后就说起,人家的饭怎么怎么的好,都是白花花的大米饭,没掺一点小米;人家的菜怎么怎么的丰盛,三桌(包括不是新亲的)都是八碟八碗啊;还有更出众的呢,父亲说:"人家的酒席里还有一碗炖鱼(当时一般人家可没有)呢!哎呀,人家炖的鱼是真香啊!"父亲光顾着炫耀了,才注意到:我和小妹都在"咯液咯液"地咽唾沫了,我们长这么大还从没吃过鱼呢。我问爸爸:"鱼肉啥味儿啊?是甜的还是酸的?肯定像蜂蜜一样甜吧?我在姥姥家就吃过蜂蜜,可甜了!爸爸,咱家也买一条鱼吧?"小妹更是闹得厉害:"爸爸,我要吃鱼,我要吃鱼……"眼泪在眼圈里直打转儿,就快哭了。

当时我们分明看到爸爸脸色的变化,由刚才的激情高涨一下子跌落到无奈的低谷里。他很后悔自己的失态,母亲也责怪他:"都是你呀!"父亲不语,沉默了许久,突然,他高兴地说:"丫头,走,咱去抓鱼!"看母亲不解地望着父亲,他笑了:"我是谁呀?是诸葛亮。"

父亲用手推车,把我和小妹,还有一把镐头、一把铁锹和一个脸盆儿,一起推着,就去了离家很远的大山里,在山沟下有一条小河,在河中有一个很深的水塘。啊!在那个水塘里有好多的小鱼!有小白条,有花里钻儿,还有泥鳅。水塘可不算小,水也很深,我们怎样才能抓住小鱼呢？5 岁的小妹好“聪明”啊，只见她拿起了脸盆儿就从水塘里往外舀水。父亲笑了：“傻丫头，这样舀水你们这辈子也别想吃上鱼。”是啊，水塘上边不断地哗哗地往下流着水呢。父亲让我们坐在山坡下水塘旁等着。他挽起裤腿，脱掉鞋子，甩下小褂光着脊梁，拿起锹镐，来到水塘的上游，开始开挖水渠，让水塘上游的水从新开的水渠里流下去，截断了水塘的进水。然后他开始用脸盆儿从水塘里往外泼水，一下，两下，十下……记不清是泼了多长时间，只记得当时父亲满脸是汗，时不时地用粗糙的手背抹着汗水。水塘里的水眼见着少了，那些小鱼再也无处逃了，它们在水塘里乱窜。水更少了，只剩下塘底那点了，父亲先在水塘旁挖了个深坑倒上水，就把舀到盆里的带鱼的水泼到我们待的山坡旁，并吩咐我和小妹：“把鱼捡起来，放到坑里。”

我们那个兴奋劲儿啊就甭提了，顾不了泥也顾不了水，也顾不了在泥水里一次又一次的摔倒，我和小妹争前抢后地把父亲从水塘里泼出来的小鱼捡起放到那个深坑里，上面还用树枝盖上。一条，两条，十条，二十条……好多小鱼啊！小妹和我都吵着，闹着，喊着，幸福的童音在大山里回响……

斑斓夏日。大山里开放着好多的山花。我和小妹抱着山花，坐在父亲的推车上，守着半盆的鱼(其实里面还有水)，我们父女三个“泥鳅”回家了！

到了家，我就迫不及待地要抱柴烧火——炖鱼啊！父亲又笑了：“傻丫头，还没加工呢，咋吃啊。”父亲坐下来耐心地加工小鱼：除去内脏，漂洗干净，并在每一条小鱼的肚子里塞上一颗小盐粒。没有油，父亲就用生姜把热锅蹭一遍，然后开始煎鱼，我和小妹就站在锅台边等待。当时我们咋觉得时间那长呢(其实就十来分钟)，小鱼终于煎熟了！父亲把鱼盛到两个碗里，分别给我和小妹。“丫头，快吃吧。”我们就像几天没吃饭似的，狼吞虎咽地吃起来。煎好的小鱼黄黄的，酥酥的，啊！小鱼真香啊！也不知是我们吃得太快了，还是父亲的手艺好把鱼煎酥了，我们竟然没吃出鱼骨头来。吃完了鱼，我和小妹舔巴着嘴上的余香，带着满足，带着幸福，躺在大炕上进入了甜甜的梦乡。而我在梦里还在抓鱼呢。

记得当时我们吃鱼时，让母亲吃，她说：“我不爱吃鱼，你们吃吧。”让父亲吃，他说：“我在别人家吃够了。”我们长大后才明白父母的心。

春去春又回。40 多年过去了。我自己的黑发也染起了白霜。父亲就像一棵大树，绿叶里留下多少故事，有苦有乐，而那次给我们抓鱼吃的事，就像一杯烫心的酒，把我的心烫热到如今。它已装进我幸福的行囊，伴我一生。

# 父亲教我做豆腐

如今世事,就像春风吹拂满山的野花一样,多姿多彩。而人们餐桌上的饭菜更是丰富多样。然而,却还是会有好多好多的人喜欢吃豆腐。吃豆腐,在过去是奢食,现在是为了保证自身的健康。豆腐,无论古今中外,都是人们离不了的食品。

我不禁又一次想起了去年初春时,父亲教我做豆腐的故事来。

我父亲今年79岁了,年轻时可是个做豆腐的好手,困难时期,他就是以卖豆腐为生养活家小的,他做的豆腐总是抢手货。随着年龄的增长,加上我们的反对,父亲在十几年前“退休”了。可那些做豆腐的工具还都在,我分明看见过父亲去抚摸它们,老人对这些工具有感情啊!

有一天,我在超市给父亲买了几斤豆腐。父亲就是吃不上口,说是:“石膏点的,不好吃”,还喃喃地说:“要是有人帮我,我还想再做豆腐呢,也想让你们学会我做的豆腐。”不都是黄豆嘛?不都是豆腐嘛?父亲从我的表情中看到了我的内心独白。“人和人不一样,豆腐和豆腐也不一样!”父亲生气了!完全是为了哄老人高兴,我答应父亲让他教我做豆腐。我马上骑车去超市买回来10斤黄豆。

第一次和父亲学习做豆腐,感受太多了。首先是做豆腐的不易,父亲就像一个严师,细心指导着我:先是把黄豆破成豆瓣,用凉水浸泡,让黄豆把“衣服”都“脱”下来,等“光着身子”的黄豆浸泡涨后,再一小瓢一小瓢地入进打浆机里,然后就看见了白涟涟的生豆浆了。一种成就感油然而生,我干得更起劲了。第二步,就是把生豆浆放进大锅里烧开,父亲再三叮嘱,要用文火烧豆浆,如果火烧得太急了,做出的豆腐就会有那种火燎味儿。敢情做豆腐烧火都是有严格要求的呢!在父亲的指导中我把生豆浆烧开了。父亲不让起豆皮儿,也不让在锅里点卤水。他说:起了豆皮儿的豆腐就囊了,没有光泽吃着不香;在锅里点卤水不好把握豆浆的温度。一切听从父亲的指挥,半天的工夫,一大木箱子的水豆腐终于做成功了!揭开豆包布,雪白雪白的亮泽泽的香喷喷的豆腐真诱人啊!我的口水直往肚里咽呢。

而父亲更是表现出极大的喜悦,高兴地喊道:"水豆腐喽!"他又像年轻时一样,发出了响亮的喊声!我知道,父亲是高兴了,他终于又看见自己曾经的、引以为荣耀的成就了!我看见了!看见了父亲的眼里释放出了喜悦的光芒了!父亲激动地让我们吃豆腐,然后,又让我们把所有的豆腐带走,晒豆腐干,染豆腐乳。看到老父亲这种久违了的喜悦,我的心突然被感动了,不知不觉的幸福愉快的泪花也悄然浸在了眼里……

经过了父亲教我做豆腐的全部过程,我不仅掌握了做好吃的豆腐的方法,更深深地体会了"一丝一缕物力艰辛"的含义。然而,更让我感恩的是和父亲学会了做人:实实在在地做事。

父亲,我会永远记住您的话。

父亲,我会永远以您为榜样。

# 母亲

## ——写于母亲节

说母亲是平凡的,是因为母亲和千千万万的农村妇女一样,生孩子、做饭、伺候丈夫和公婆。说母亲是不平凡的,是因为她经历了比别人更多的苦辣辛酸。

母亲1933年生人。她17岁就嫁给了父亲,上面有公婆,下面有三个小姑子。自从母亲嫁到了这个家后,就开始了像个奴隶一样的生活。早起晚睡有着干不完的活。父亲是爷爷奶奶的独苗,所以爷爷奶奶对父亲是疼爱有加。然而,封建社会造就了老人的封建思想,他们对母亲却是百般挑剔,特别是奶奶,满脑子的封建规矩,对待母亲,她的脸色总是阴着天。母亲每天都小心翼翼地做活,生怕哪点做得不好惹到公婆。

母亲20岁那年,生了我大姐,看到了孩子,奶奶的脸上总算有了晴天。可母亲"不争气",第二胎又生了我——还是个女孩,奶奶很生气地说:"又是个锅台转儿。"然后母亲相继又生了第三胎、第四胎,可都是女儿。看到母亲一连生了四个女儿,可把奶奶气坏了!爷爷和爸爸也不满,可爷爷是个老实人,他只是叹气。爸爸是个出了名的孝顺儿子,他一切都听从他父母的。对母亲最恶的就数奶奶了,她骂母亲是个"扫把星",只会生女不生男!为此,母亲不知受了多少气,流过多少泪。她拼命地干活以减轻自己的"罪过"。白天得去生产队参加劳动,抓时间看孩子、洗衣、做饭、拾柴。晚上在昏暗的小油灯下,纺线织布,缝补衣裳,一干就是大半夜。记得我小时候睡醒了一觉后,总是看到母亲还在干活,奶奶给的任务必须完成后母亲才能睡觉。

母亲又怀孕了,她暗暗祈告苍天:这次千万要生个儿子。可在那年月,连老天都不帮她。结果第五胎她又生了个女儿。当婴儿呱呱落地时，母亲的眼泪也随之落下。

母亲又一次“犯罪”了！以后的日子怎么过呀！

奶奶和父亲简直要气疯了，奶奶对着刚刚生产的母亲大骂：“你这个不争气的东西！我们家上辈子做了什么孽呀！……”母亲只是哭啼，她还能有什么办法呢。这年是1968年。

一连生了五个女儿，母亲可是犯下了“滔天大罪”，婆婆甩脸子，丈夫发脾气。母亲经常以泪洗面。奶奶和父亲最后下了决心：让母亲继续生，不生男孩决不罢休！可是，就在五妹刚刚满月时，公社大队管计划生育的干部来到我们家，他们像押犯人一样把母亲“请”到公社卫生院，给母亲做了绝育手术。这下奶奶爷爷还有父亲，他们彻底绝望了！

怎么办？这不断了香火（奶奶和父亲不把女儿当接班人）？他们愁的连饭都吃不下。最后，他们商量了一个补救的办法：和别人家换个儿子。几经打听，终于找到了一个接连生了五个儿子的主儿，那家的母亲盼女儿都盼疯了，她的五儿子也刚刚满月。中间人像个媒婆似的两家跑，最后终于达成了协议：两家换孩子终身不悔。中间人抱着那个男孩来换五妹。直到把孩子抱来那天，母亲才知道此事，他们根本不管母亲的感受，那个中间人把男孩放到奶奶的怀里，父亲就把正在炕上熟睡的五妹抱走了！母亲喊啊，哭啊……女儿是她身上掉下来的肉啊！母亲的心像被刀子割了一样的疼。可她却毫无反抗能力，更没有反抗的权利。

从此，母亲开始喂养用女儿换来的儿子。她小心翼翼，也是全心全意，孩子没有错，谁的孩子都是娘身上的肉。母亲用十倍百倍的爱抚养这孩子，晚上孩子尿炕了，母亲就把孩子换到另一边，自己睡在尿窝上，要是两边都尿湿了，母亲就把孩子放在自己的身上睡。因为那个炕上睡着父母和五个孩子共七口人，实在是没有一点空地方。母亲的爱是那样的无私，是那样的全心全意，这种爱是世界上任何一种爱也比不上的。

母亲对我们姐妹四个也是全心呵护。由于奶奶和父亲都是重男轻女,对我们姐妹上学都极力反对。父亲说丫头家上两年学认识自己的名字就够用了。我大姐只上了三年学,中间还经常停学在家帮母亲看孩子做饭。我也是在一次又一次的哭闹中,在母亲的苦苦央求中,断断续续地上了六年学。到了三妹、四妹上学时,农村已包产到户了,家里条件略有好转,可父亲仍然不乐意让妹妹上学。母亲总是想尽办法,有时只好背着父亲偷偷卖点家里的栗子供妹妹上学。为了我们上学,母亲每天起早做饭,把父亲安排我们做的活她都替我们做好,真是历尽了辛劳。要是没有母亲的支持,我们姐妹是不能上学的。我们永远也忘不了母亲对我们付出的无尽的辛劳和大爱。

伴随着这个弟弟的成长,母亲承受着别人没受过的痛与苦。一次,小弟被别人家的孩子打哭了,母亲问:“为什么要打我儿子?”那个孩子的妈妈冷言说道:“哼!那是你儿子吗?你也只会生丫头吧!”为此,母亲偷偷落泪了好几天。

到了1983年,就在弟弟15岁时,他突然得了暴病在送往医院的路上就断了气。母亲的心又被刀子割了一遍,在她的心里就像天塌了一样。她经历了太多的苦与痛,经受了太多的劳累艰辛。她欲哭无泪,因为她的泪水早已哭干。几十年的劳累,几十年的苦辣辛酸,她不知道什么叫甜。她想念小女儿,思念死去的儿子,还不到60岁,憔悴得像个80岁的老人,再加上长期的积劳成疾,她终于倒下了!她得了严重的心脏病,还有肺气肿。

直到母亲临去世时,她还感慨地对我们说:“现在的社会多好啊,生男生女都一样,都会有人疼,有人敬。我要是能晚出生50年该有多好啊!”

这就是我的母亲,饱经风霜的母亲,伟大的母亲!

# 大山，栗乡，梦的天堂

大山妈妈，故乡的路，带我回家，迁西县的大山深处，我生长的地方，这里是我梦的天堂。温情的阳光伴我走进故乡的大山里。青草悠悠，山路绵绵。眼前，还是那一座座山梁，那是我最熟悉的山岗！大山，我爱你，你脚踏大地，头顶蓝天，从不怕风雨雷电，百年千年万年，脚跟不挪半点！大山，我想你，你是万物之最，春天，你光彩夺目，花枝招展；夏天，你浓妆淡抹，衣冠斑斓；秋天，你果实累累，漫山红遍；冬天，你银装素裹，典雅庄严。啊！大山，你是我的摇篮，无论何时，我都对你有着炽热的情，深深的爱，永恒的恋！

大山，它以永远不变的姿势耸立在此，而那条进山的路却已彻底改变了模样，绿树丛荫中一条平展的水泥路犹如飞天仙女臂上的彩绸，线条柔美地飘逸在郁郁葱葱之中。这就是著名的村村通工程啊，它把山里犹如珍珠的千家万户串在了条条银线上。山路，在我的脚下蜿蜒着，山道两旁是一道道迷人的景色，看花了我的双眼。路两旁树的枝桠洒落在我的肩上。那清澈透明的山泉慢条斯理地下山，它时而隐浮于灌木丛中，时而顺岩而下挂一叶小瀑，瀑下是一汪清澈透明倒映蓝天的水潭，阳光照进林中，斑驳的树影如筛如网……

转过了一道道山湾。突然，发现一轮明镜挂在半山腰上，在镜中倒映出美丽的群峰、丛林、人影，还有各种游船来回穿梭在其中，这就是坐落在燕山深处的旅游圣地——潘家口大水库，它就像一颗璀璨的明珠镶嵌在这大山之中。它不仅是供天津、唐山两大城市的饮用水、工业用水，也是重要的发电枢纽，而且还是一个天然的旅游圣地，中外游客纷纷慕名而来，来这里，看山、看水、休闲、观光、旅游。有了这座大水库，这里的旅游业迅速兴旺起来了；有了这座大水库，居住在这里的人们，拥有了更美好的生活；依靠它，让我们看到更精彩的人生。

望远山，群峰叠连一抹翠绿，浩若云烟。大山，花草树木在上面生长，鸟儿在林中栖息，各种动物在林中居住。在我家乡的大山中，还蕴藏着各种各样的宝藏。更有天下闻名的板栗，迁西人民的骄傲。

我们家乡的人们依靠着大山生存，依靠着大山而富裕。难道不是吗？现在我们这里满足富裕的生活可都是来源于大山啊，你看，那一座座高山的俏模样：山顶松柏盖帽；山中板栗围腰；山下瓜果梨桃。多么美丽的画卷啊！

在大山中，开发矿山，建造工厂，百姓鼓了腰，山峰变了样。是啊，这人间万物皆是相互依靠，我们依靠着大山改变了生活，大山依靠着人类而改变了模样。

我的家就在一个群峰环绕的小山村里，依山傍水，这里很美。我家的后院，有着百年的栗树，每年开花结果。我家的后山，有着一望无际层出不穷的板栗林，花开季节，蜂儿飞舞，鸟儿鸣唱。金秋时节，颗颗“紫玉”闪闪亮亮。

我，如醉如痴，深深地爱着大山。我爱群峰峻岭，森林绿草；爱山花烂漫，满山庄稼；爱山泉流水叮咚响，爱小河流水潺潺，更爱家乡的板栗甜甜喷香！

我爱迁西，爱我的大山深处美丽富饶的家乡！这里永远是我梦的天堂！

# 快乐和健康都在“骑”中

在当今的社会里,随着社会的飞速发展,人们的生活水平也在飞速地提高。就是在我们农村里祖祖辈辈居住的农民,受益于党的富民好政策,也都过上了小康生活,还有很多的农民都买上了电动车、摩托车、小轿车。为了快乐和健康,我却又买了一辆自行车。我已经有着近40年的自行车的“骑龄”了。正是因为有了这自行车的陪伴,让我感受到了无限的快乐和健康都在这个“骑”中。

记得小时候,因为家里穷,温饱问题都没有解决,根本就买不起自行车,看着别人家有辆自行车羡慕得不得了,总想着啥时候自己也能有一辆啊?直至到了1973年,我家才借钱买了辆二手的自行车,可是父亲却不让我们骑,怕给摔坏了。每次趁父亲不在家时,我就偷偷地把车推出去练习骑车,先是练习单跨,就是手扶车把一只脚蹬着脚踏板几米几米地遛,后来练习熟练了才敢放开手闸。但是,由于车子是个“28”的,我个子又矮,开始只好是一只左脚蹬着左边踏板,右脚则从车梁下伸过去蹬车子右边的那个踏板,来回“噶撒”着骑,就这样每次“骑车”都会累得满头大汗,尽管如此,还是感到说不出的满足和快乐。

1980年,我自己挣钱买了一辆新的飞鸽牌自行车。每次骑车走在大街上心里都充满自豪,哼着小曲唱着歌“咱们老百姓今个真高兴”,心情也随之愉快。以后又买过两辆加重自行车,为的是能多带东西做点小买卖啥的。

1990年以后,我就感到自己岁数大些了,日子也好过了,再买车时就买“26”车了,这种车骑着轻松,搬着方便。其实,在那时,家里已经买了摩托车了,在家人的帮助中,我也学会骑摩托车了,只是有急事的时候我才会去骑摩托车,平时赶集上店的,还是喜欢骑自行车,行动方便。

前几年里,儿子和女儿都买了小轿车了,为了体现他们对老妈的孝顺,每次看见我再骑着自行车出门的时候,都极力反对。儿子说:“现在有车了,还骑您那自行车干啥?有事您说话,我是随叫随到。”我就说你们都忙不是,谁没有自己的事啊,一点小事就麻烦你们干啥?女儿也说了:“老妈就是我们的最高领导,我是一切行动都听您的吩咐。您的事再小也是大事,我的事再大也是小事!”小嘴巴就像抹了蜂蜜,极力要说明白她这个“小棉袄”的温暖。对于孩子的孝顺,有一种幸福的感觉。我只好说:“行,以后出门就坐你们开的小轿车了。”

但是,坐车的感觉,看似像个享受者似的,往座位上一坐,可以闭目养神了,可是总觉得不如意。首先,不让开着车窗,说进尘土、不安全啥的;开着个空调,放着音乐,都是人家年轻人喜欢的曲子,我咋就这么不乐意听呢,可还是得忍着听,总不能啥都得依着自己吧;明明看见了要好的亲朋好友,却不能打个招呼,车子“嗖”的一下就过去了;在街上买东西时总得看着时间,生怕磨蹭的时间长了耽误了孩子上班啥的。总之是觉得有点憋闷,不如自己骑个自行车自在逍遥。

有人说我是“有福不会享”,其实啥叫福啥叫快乐,只有自己心里最明白。在前两年的时候,有一次我觉得腰有点痛,经过医生检查,说是有点腰椎增生,医生建议最好少坐多站、少车多步。为了健康,我尽量少坐孩子们的车,又开始骑我自己的自行车。少坐多站——我连晚上看电视都站着看,有时腿都站疼了。少车多步——我干脆就不坐车了。坚持每天早上去家门后院的山上登山。最主要的是,我没事也要搬出我的自行车,骑上它去安静的路上“遛车”玩,下地干活、串门走亲戚,都是骑着自行车去,主要是为了锻炼,增强体质。我骑着轻便的小车子,见着好友了就停下来和他们畅谈一番,亲密了我们之间的友情,就觉得很快乐。

我们这到了秋天里,都得去山上拣栗子了,有时能拣一大袋子。山下就有能通车的马路,别人都是骑着摩托车或开着轿车去,在山上拣完了往车里一放，一溜烟就回家了。而我每天都骑着自行车去拣栗子，有时也是累得满头大汗的，正是因为如此，才得以保证了健康，因为我会让燥热的身体在骑车的过程中慢慢地释放。在不知不觉中，我的腰椎病好了！现在一点也不疼了。锻炼身体贵在坚持啊。

在我将近 40 年的“骑龄”中，先后买过 7 辆自行车。现在，我把我新买的小自行车上好了油，擦拭干净，准备收秋了。告诉大家个秘密吧，我也在为自己加油，我已经和几个好友“密谋”好了，准备成立个小小的骑自行车小分队，我就是队长，我会带领着我的队友们，骑着我们的自行车，在农闲的时候出去旅游呢。相信我们一定会在这个“骑”中享受着无限的快乐和健康。

# 心　情

父母给予我们生命和爱，可他们迟早会衰老；孩子给予我们满足和喜悦，可他们终究会长大；金钱是水中的浮萍，时聚时散；美丽是芬芳的花朵，适时绽放，无奈凋零；美好的梦的内容刚刚记牢梦就醒了……原来，能伴随我们一生的是自己的心情啊！所以，拥有一份好的心情才是人生的最大乐事。

拥有一份好心情，看天是蓝的，云是白的，山是青的，水是绿的，世界是绚丽多彩的；拥有一份好心情，唱唱快乐的歌，跳跳动感的舞，身体充满无限激情；拥有一份好心情，则任何容颜都会靓丽；拥有一份好心情，能帮你获得知识，交结良师益友，把握机遇，缔造和谐，成就事业。

我们需要天天拥有一份好心情，必须心胸开阔，宽厚待人。朱德元帅曾诗云："开心常见胆，破腹任人钻。腹中天地宽，常有渡人船。"一个人若是有了如此宽广、豁达的心境，遇事就能拿得起、放得下，就能驱散忧虑、恐惧、烦恼、苦闷等绕在心头的乌云。没什么想不开的事情，心情自然就会轻松而愉快，就会大度处事，平等待人，营造一个和谐的人际关系。

千万别小看心情，它能让天地为之动容，为之变色。同样走进大观园，刘姥姥开心，林妹妹伤心；同样的江水，李后主低吟："问君能有几多愁，恰似一江春水向东流"，苏东坡豪唱："大江东去，浪淘尽，千古风流人物。"湛蓝夜空，一轮明月，有人举杯邀约，对影浅酌，有人黯然泪下，思乡情浓，总是故乡月最明。景无异，异的是心情。

作家毕淑敏说："人，可能没有爱情，没有自由，没有健康，没有金钱，但我们必须有心情！"如果你渴望健康美丽，如果你想珍惜生命中的每一寸光阴,如果你愿意为这个世界增添欢乐和晴朗,如果你跌倒了也要面向太阳,就请你努力筑造一个好心情吧,让生活对我们微笑。

# 善良的女儿

我的女儿叫韩蕾,从燕山大学的里仁学院毕业后,现居秦皇岛市。她从小就愿意帮助别人,这一点我很自豪。回忆着女儿所做的一件件事,听着大家对她的赞誉,总有一种自豪感洋溢在心头。

记得在女儿上小学时,在一个寒冬的晚上,我和女儿出去买一包方便面,因为当时女儿最喜欢吃方便面了。回家的路上,发现村子的碾棚里蜷缩着一个蓬头垢面的中年妇女,围观的人说她是个哑巴。是迷路了?还是有病?在碾棚里多冷呀,我在心里同情她。谁知,就在大家闲唠嗑的时候,只见女儿端着一大茶缸子热水来了,她走到那个阿姨的面前,把热水送到她的手里,又把我刚给她买的方便面递给阿姨说:“阿姨,你快吃吧,喝点热水,暖和了就赶紧的回家去吧。”包括我在内的大人们,都被女儿的行为感动了,爷爷奶奶们都夸奖女儿善良。就是在善良的女儿的带动下,乡亲们纷纷对那个妇人献爱心,有送衣服的,有送被子的,最后一个好心人把她送回了家。

2011 年 3 月,河北宁晋县的少女韩雪娟生病需要巨额医疗费。我是县报友俱乐部的政委,通过互联网得知这个事情后,准备给面临危难的韩雪娟捐款。根据自家条件,我就准备捐款 100 元。当女儿知道我要给韩雪娟捐款时,是这样说的:“老妈,我们坚决支持您的善举!我是要有所表示的:我也拿 100 元。就由您一起给小雪娟寄去吧。”“蕾啊,你就不用了吧!”女儿恳切地说:“我困难是暂时的。您爱农报、爱农博、爱小雪娟,您爱的我也爱啊!”说真的,当时我的眼泪已含在了眼里。因为我知道,女儿刚结婚,她和她丈夫在秦皇岛买房身背房贷还有三十多万元呢,他们两个每月工资三千多元,每月还房贷就得两千多元!他们有时连贵点的菜都舍不得吃。这一切,我这个做妈妈的怎会不知道呢!(真没出息,我写到这里时,又落泪了……)我拿着200元钱去了邮局,捐出了我和女儿的一份爱心。

我的女儿和我一起受了不少的苦,可她从小到大,更是做过很多的善事儿:从小学到大学,多次在校照顾生病同学,为困难同学捐款。2009年,为了支持我给《农家女》天天基金捐款的愿望,她在学校放暑假时去复印社打了一个月的工,交给了我200元钱,督促我捐款!为此,中国妇女报记者徐旭老师在电话里对我说:“韩大姐,你为《农家女》捐款,我心里特难受,看你家的状况(她来过我家,知道我家的困难),我心里感到酸酸的……”。她说:“你的捐款是带着你女儿的善良和全家人的浓浓爱心的……”

我有一个善良的女儿。我忽然感到,我就是世界上最幸福的人!在女儿的支持中,我做着自己想做的事儿是多么的开心和幸福。好女儿,你已经成为了我学习的好榜样。谢谢女儿!

# 收获2012的感动

## ——写于2012年年底

岁历翻新页,一年又过。在春夏秋冬的轮复里,收获感动。

2012年,再见了！时间似流水一去不回。然而,在流逝的时间里所有收获的感动,却能够永远留在自己的心里。记忆是财富,感动是珍藏。这些只属于我们自己,永远不会丢失。所以,我要收藏起珍贵的2012年,收藏起记忆和感动。

2012年2月2日,栗花网的好友在迁西聚会。我意外有幸参加了团队的聚会。曾记得:我刚到车站时,从没见过面的高云平兄却奇迹般地把车停在了我的身边,难道说这就叫“心有灵犀”吗?曾记得:在“渤海”里尹淑莲、杨亚玲和杜宝贤三位姐妹给我们大家准备的丰盛的午餐;曾记得:快乐温馨的滦水湾游玩……一切的一切,瞬间的瞬间,都牢牢地铭刻在了我的心里！对于在这个团队里还是个“幼儿班”学员的我来说,能和各位老师——亲爱的兄弟姐妹们畅谈学习,是多么幸运啊！别看他(她)们都是大腕级别的诗人团队,可却没有一点老师的架子,他(她)们热情善良和蔼可亲,从没把我这个“小学生”当外人。各位老师从不嫌弃我才疏学浅,还把我当做最亲的挚友,鼓励我、帮助我。这是我在2012年收获的第一次感动,也是我最珍贵的收藏记忆！感谢你们,杨姐、尹姐、杜妹、赵兄、高兄……我亲爱的兄弟姐妹们!

2012年3月24日,我和栗花网的兄弟姐妹们去往高云平老师的家。好一个书香门第,小院不算大,干净、整洁。屋子装饰高雅加文雅,很温馨。茶几上堆满了花生、瓜子、栗子加各样水果,就像进了食品店,因为我们像一家人,所以也不客气,吃了这个吃那个的,把我忙坏了！在观看完了热闹的平顶山庙会后,中午,高云平兄还在镇上的酒店里用丰盛的酒宴招待了我们。只记得自己是酒喝多了、饭吃撑了。在这次聚会中，我还第一次看见了在网上交谈了许久的小弟梁富。谢谢高兄给大家搭建了交流学习的平台！感动在心里我不说，我要说的是：我真的还想去看看善良热情的嫂子，还想去看那里的山山水水。希望寄托在2013年了。相信我这也是代表大家的愿望吧！

2012年3月31日，"春天的约会"奏响了春天的乐曲。春醉赛上海，春醉栗乡园，春醉大刀风情谷。来自丰润、唐海、乐亭、滦南、保定、石家庄等地的报友，来到我家。大家来看我了！我和他们的交往甚深，因为我们都是报友俱乐部成员。在农民报、科技报、妇女报和杂志社里，我们曾经一起学习、一起交流，我们都是报社和杂志社的通讯员，有几位还是报社的特约新闻记者呢。好朋友自远方来不亦乐乎！4月1日，这些朋友和迁西栗花论坛的老师们，共同在迁西的大刀园里观光旅游，迁西的杨姐、尹姐和赵兄三位摄影大家还给朋友们拍了许多珍贵的照片，并和大家一起合影留念。那些照片他们都珍藏着呢。高兄又指路又讲解的，给朋友们留下了美好的记忆。人家都说"你们迁西人真诚、实在、热情。"看，从每个人身上的点滴，就能看到我们大山人的特点，我们迁西人真光荣！漂亮的翛然妹妹所赠的《冀衡诗草》让大家如获至宝，滦南的那个李艳琴朋友总是提起，要拜翛然为师呢。记得丰润的张淑芳小妹还送给我们每人一个笔记本和一支笔作为留念。他们要我代问迁西的老师们好！三天的聚会，一生的感动！我珍藏心底了。

2012年4月13日，尊敬的文联主席孟祥莲和海帆一行来到了我的农家小院。迁西骄子——弟弟妹妹们，你们的到来使我家小院蓬荜生辉，使我的心情无比激动！孟主席还给我带来了自己的《琴逝微歌》和其他老师的许多书籍，您可知道这是我的最爱！海帆老师还专程采访了我，第一次见面，却感受到了久违的亲切！一篇《绽放在田埂上的墨香》(4月16日唐山劳动日报)浸放出了无限的感动！继而，迁西电视台的贾丽霞老师一行、唐山电视台公共频道张记者一行、生活频道的王娜主任一行，先后来到了大山深处我的家，对我进行了采访。在唐山电视台公共频道4月24日的三农大视野“咱村咱事”中、生活服务频道4月30日关注与记录中，陆续播放了采访我的片子。农家女也能上电视已经不是梦了！感动、感恩、感谢融为一体，这会是一种什么样的感动呢？

2012年4月20日，梨花盛开的季节，我荣幸地参加了在迁西花院举行的“春之约”梨花节，在老师、领导和亲人们的陪同下登上梨花坡。美丽的梨花展现在眼前，看那朵朵沾满露珠儿的花瓣里，有多少春的故事在花的绽放中！在美丽的梨花坡，我有了从来没有过的潇洒，就像脱缰的马儿撒欢在幸福的梨园里！我，如醉如痴，醉在这春风里；醉在这细雨里；醉在这亲情里；醉在这蓝色的风铃里；醉在这粉红色的憧憬里……就在梨花盛开的花丛中，我光荣地拿到了迁西县优秀农民作家的证书。感谢县宣传部、文联和文明办的领导和老师对我的鼓励！这份感动将永远收藏在心中！

2012年5月13日《中国妇女报》乡间达人版、5月28日《今日栗乡》李欣和黄金凤老师对我的报道文章，是对我极大的鼓舞。感谢各位老师。

2012年6月我光荣地被迁西县委县政府评为自强不息道德模范。7月2日参加了颁奖晚会，县委县政府、宣传部和文联的领导们的亲切关怀和殷切希望，似滚滚暖流温暖激励着我。其中的感恩、感动之意船纸车墨又如何能写出其中之情！终生难忘的感动。

2012年8月4日，我和来自石家庄、保定、邢台等地的16名报友通讯员一起，在唐山相聚，开始了三天的“海之韵”报友联谊会。无限的感动收藏在心里。

2012年10月30日上午九点整，在迁西文联领导的亲切关怀中，我的《童年鱼香》荣获了优秀奖。孟主席亲临并颁奖。一本荣誉证书、乐山老师的亲笔书画如珍宝，更有《迁西滦河韵》一著作伴我回家，幸福极了！

2012年11月1日,喜鹊鸣唱,百花芬芳。党的十八大即将召开之际,在迁西宾馆礼堂,来自全县的各级妇联领导和妇女姐妹们,市妇联的卢主席和迁西妇联的各位领导,县委县政府的领导,宣传部的马部长以及各位领导们,政协、作协的领导们,迁西电视台的老师们,还有歌唱、朗诵的老师们,大家欢聚一堂,纵情歌唱。在“喜迎十八大,赞美新栗乡”征文活动中,我的《栗乡大山,我的天堂》喜获三等奖。李妙霞老师对本文的朗读,使文章如虎添翼,老师靓丽的声音感动了在场全体人员,艺术性的朗诵给本文增添了许多美。感谢妙霞老师!我感谢领导们对我无微不至的关怀和鼓舞!我为自己是迁西人感到幸福和快乐!付跃老师的诗词写得好啊——“我骄傲!因为我是中国人;……我骄傲,因为我是迁西人!”

收获着2012年的快乐,收获着幸福,收获着感动。脚下的路,没有年度,也没有冬夏春秋,只要是快乐积极向上,踏踏实实一步一步地走好自己脚下的每一步路,那么,我们心里的一年四季,都会是温暖的春常在,幸福的花常开。

# 小说篇

# 多嘴老刘

万物皆有规则。宇宙给予人类的生命规则就是:人,有两只眼睛,两个耳朵,两只手,两只脚。然而,却只给了人类一张嘴。按这个规则人类就应该是多看、多听、多做、多走,而少说。这就是宇宙赋予人类的规则。你想,如果你违反了这个规则,长了一只眼睛,一个耳朵,一只手,一只脚,而却长了两张嘴,哈哈,这不成怪物了!不拿你到马戏团展览才怪呢!这下,你就明白了:我们本应该是尽量用两个的;而是少用一个的,就是少说,因为我们只有一张嘴。

话说黄村有个老刘。老刘的生长虽然是按人类规则而长,从外表看,和别人没有区别,然而,他为人处事的做法,却严重违背了人类生命规则:他用嘴太多了!该说的他说,不该说的他也说,还爱抢别人的话头,整天唠唠叨叨的没完,你说,这种人不招人烦才怪呢。为此,他和老伴是经常因为他多嘴而大吵小闹;为此,大家也是对他避而远之,生怕因为他的多嘴闹出啥不快的秘密事儿来。可老刘就是改不了这个毛病。所以,大伙都非常讨厌他,大家给他起了个绰号"多嘴老刘"。

雨天里,三婶二大妈七叔八姨的坐在一起唠家常嗑。三婶最爱出风头,总想唠点"新闻"给大家。她神秘地说:"嗨!你们知道吗?我最近娶进门的侄媳妇不是她妈的亲闺女耶,侄媳妇她妈本不会生养,她本是邻村那个大闺女的私生女。你们知道她的亲妈是谁吗?"大家瞪大眼睛:"啊?是谁呀?"三婶神秘地压低声音,刚要发新闻时,老刘嘴最快,好快呦!——"这谁不知道,就是那个叫琴儿的呗。和我在一个厂上班的人说的。说了,那个琴儿,不止生了你侄媳妇一个呢,她还送给外县一个儿子呢。"大家呼啦围了过来问起了老刘:"真的呀?哎呀哎呀,你看看,这个琴儿啊,真是的,嗨!挺好的闺女呦,咋就这样……"

听着老刘喋喋不休地讲解，大家冷落了三婶。三婶心里那个不快就甭提了。她狠狠地瞪了老刘一眼，心里暗骂："真多嘴！"

村里的小伙铁蛋儿，都28岁了，还没娶媳妇。经人介绍了两个，都是因为他有个癖好——赌博，所以没成。这不，又有人来给铁蛋儿介绍对象了，人家是前后忙活，好话多说，大碗喝酒，大块吃肉，生怕这门亲事再黄了。不巧，老刘上班经过铁蛋儿家门口时，正好赶上铁蛋儿送客。老刘嘴快，上前打招呼："恭喜，恭喜啊……"。本来这一句就足够了，挺好的事儿。可老刘多嘴，偏偏要多说几句才罢休，他说："铁蛋啊，这就要成亲了，有了媳妇了就有了家了，有了家了担子就重了，担子重了就得好好地过日子了，以后可别再去和你那些狐朋狗友的瞎玩牌了。"嗨！你说说，那个铁蛋儿的丈母娘的耳朵咋就这么好使呦！不但听了老刘的话还仔细分析了老刘的话：铁蛋儿这小子不地道，赌博啊！这要是闺女嫁过来还好得了？丈母娘反悔了！说啥也不行了。老刘这祸惹得，大了！为此，铁蛋儿的父母找上门来指着老刘的鼻子就破口大骂，要是没人拦着，铁蛋真想去揍老刘几拳！为此，老刘两口子还打了一大架，老伴气得不行，骂道："赶明儿我把你的嘴给缝上！要不，就买点哑巴药给你吃了！"

村里人对老刘也很气愤，都说："这个多嘴的家伙呦！""多嘴！""多嘴！"

就这样，老刘因为多嘴，小事招人烦，大事儿也让人厌，唉！就是改不了，你说咋办。

……

六月里，气温高，草儿青青，野花香。小溪流水潺潺，林中鸟儿歌唱。王家的三代单传孙子8岁的猛子，淘气，星期天时，他和两个伙伴来到了深山的树林里，他们要抓小鸟，掏鸟蛋。咋就那么背，猛子刚爬上一棵树，鸟还没抓着呢，突然，猛子惨叫着就从树杈上掉了下来，头上划了个大口子，血顺着脸儿往下流！两个伙伴也吓懵了！可巧，老刘去深山的地里除草，正碰上了这事儿。他不敢怠慢,急忙跑过去,先是麻利地扯开自己的衣袖,把猛子的伤口扎紧,然后背起猛子就拼命往家跑,他一边跑一边不停地叨叨着:“猛子不怕,不怕,不怕啊!不就流点血吗?我小时候我可是好几次呢,都比你这次还厉害呢,有一次,我都露骨头了……不要睡啊,不能睡,知道不?你要是睡着了,那血往外流得就快……你睁着眼啊,听我说,听我说啊……”猛子虽小可也知道死太可怕啊,他不敢睡,挺着精神听着老刘的喋喋不休叨叨。尽管,老刘把猛子的伤口包上了,可老刘感觉得到,自己后背上湿乎乎的可不都是自己的汗水,还有猛子的血水啊!他不傻,知道这孩子一旦睡过去了,再醒来就不容易了!他是拼命地高声叨叨,连气都快喘不上来了。

到了村里,老刘嚷嚷得更凶了:“大家快去医院啊,快去,都去。猛子受伤了,可能需要输血,医院里万一没有呢,大家都去就好办了。”经过老刘这一多嘴的提醒,慌乱的王家明白了事情的严重性,一大家子连带求了别姓的好几个人,都急忙瞎火的一起去了医院。

那次,猛子进医院后,还真就急需输血,而医院还真就没有猛子的血型,多亏了村里去了好几个人,及时输血给孩子。医生说:多亏了孩子挺着没睡过去;多亏了村里来了这么多人。看来还多亏了老刘的那多嘴的叨叨了。

村里人都佩服极了老刘。王家的人更是对老刘感恩涕零,“这要是遇上个死肉的紧嘴巴人,这孩子……恐怕就把命丢了。”

“其实老刘就是爱说点儿,心眼儿挺好的。”

“就是,咱村里谁家的忙他也没少帮。”

“可不,我家盖房时老刘给帮了好几天忙呢。”

“以后,我们可得记住老刘的好处了。”

“……”

也怪了,自从那次以后,村里的人再看到老刘时,咋就像个英雄了呢!再听到他多嘴的话时,咋就像听戏似的,爱听多了。“多嘴老刘”也成了好人的别称了。

# 彩芬儿

在大山深处的黄峪村，有个公认的贤妻良母叫彩芬儿，她今年47岁，身板杠杠滴，山上地里的农活样样精通。她的能干，她的善良，在村里是众人皆知。如今在茶余饭后，闲谈之间，只要提起彩芬儿，没人不夸奖她的。

二婶说："彩芬儿可是个好媳妇呢，她婆婆死得早，对待公公可有耐心了，可孝顺了。她的公公脾气不好，可从来没见彩芬儿和老人拌过嘴。不管农活咋忙，也先把老人伺候好。每次做饭都是问老人爱吃啥。这个倔老头子真是好命儿，摊上个这么孝顺的儿媳妇。"

二婶言谈之间，心里羡慕彩芬儿的公公，也掺杂着几分嫉妒。

三叔说："我要是能有个彩芬儿这样的儿媳妇该有多好啊！……"

都知道，三叔的儿媳妇阿贝忒矫情，就知道把自己打扮得花枝招展，家里地里的活是从来不伸手去干的，还整天的怨天尤人说自己嫁给了穷光蛋。对此，丈夫和她是三天一大架、两天一小架，可着实委屈了家里的老人了，只要小两口子一生气，就谁也不管做饭了，这样，家里做饭、地里农活都是家里老人的了。老人心里委屈，只好偷偷地掉泪。

彩芬儿善良，看不下去，就去劝说阿贝："生气归生气，可该干的咱还得干，你不去地里干活，在家里总该做饭吧，让他们爷俩吃饱肚子才能干活儿呀。咱对老人好，让他身板儿多硬朗几年是咱的福分。咱也有老的时候不是。"

阿贝管彩芬儿叫嫂子，彩芬儿觉得自己应该劝劝她。可阿贝不愿意听彩芬儿的劝说，鉴于平时彩芬儿给她干过好多活儿的情面上，不对彩芬儿说难听的，只是说："管好你自己得了。你那么心好，对谁都好，没少给别人干活吧！你自家活更不用说了，整天的干，干！可看你自己，咋就这么没好命呢？所以，好心没好报。”

阿贝的话刺痛着彩芬儿的心。但彩芬儿不爱生气，只是说句“你自己好好琢磨琢磨吧”就离开了。

彩芬儿脾气柔和，天生善良勤劳。从不爱生气、从不服输的心态成就了她个好身板儿。可阿贝说的话对吗？彩芬儿的命苦吗？

彩芬儿出生在燕山深处的一座叫太子山的山脚下，一个很闭塞的小山村里，从小受到勤劳善良父母的熏染，她啥样的苦活累活都能干，山上拾柴，下地干活，在她 14 岁时就已经是个种庄稼的能手了。在农村，这样的好姑娘谁不喜欢？

彩芬儿 17 岁初中毕业了，就有上门提亲的。因为彩芬儿是家里最能干的人，弟弟还小，父母的岁数又大了，父母舍不得让彩芬儿早嫁，而彩芬儿自己，也是天天唱着当时最流行的样板戏《红灯记》里的李铁梅的唱词：“年龄十七不算小，应该为爹爹操点心。好比说，爹爹挑担有千斤重，我也该挑上八百斤！……”也许是样板戏词的教育，更重要的是彩芬儿本性就善良孝顺，反正对婚事是一拖再拖的，也不管是个“背篼子的”（在外上班）挣钱的，还是在家种地家境较好的，她都一概谢绝。彩芬儿 21 岁了，父母也主张要她出嫁了，母亲说：“在咱们这样的农村，姑娘家过了二十了就得出嫁了，要不就找不着好主儿了，条件好的小伙子谁不是早点结婚呀。你也不能总顾着这个家而耽误了你的终身大事啊。”

彩芬儿知道父母的心，可是她还是坚决地说：“等弟弟毕业了吧。”两年后，弟弟终于高中毕业了，可是从小就娇生惯养的弟弟，不会干农活，父母岁数又大了，彩芬儿心疼弟弟和父母，就又说：“等弟弟娶上媳妇了吧。”就这样，在父母一遍又一遍的催促中，又过了几年，弟弟终于娶上了媳妇。彩芬儿也 26 岁了，是个大龄女了，只好委屈地嫁给了黄峪村家境困难的高善达。

欣慰的是，高善达家里虽然困难，可人品尚好。彩芬儿的婆婆老早的就没了，丈夫和父亲苦巴苦业的相依为命过日子，不用说，日子过得很是清贫。但彩芬儿看中了丈夫那种实在和善良,便欣然地嫁给了他。

但是,没有婆婆的婆家,还是有许多让人闹心为难的事。首先,是伺候公公的琐事,做饭洗衣服都好说,就是当公公病了时,需要贴身细致的照顾时,彩芬儿就觉得有点困难了,丈夫得出去干活,家里事总不能都靠丈夫啊。开始,公公也是百般推辞不让儿媳妇伺候,倒是经不起儿媳妇的一再央求:"爸呀,您就拿我当做亲闺女就行了,自己孩子咋使唤不行啊。有啥不好意思的?"经过彩芬儿的苦口婆心,公公的顾忌总算减轻了好多。习惯了就好了。谁都知道这个爱生病的老头子像有个亲闺女(就是彩芬儿)一样伺候的细心周到。在这个闺女的精心照顾下,老人的身体越来越好。一家人和和睦睦。

彩芬儿心直口快,她也为此招惹过不少的小麻烦,其中有一次,本村的一个养蜂人家里没人时,去了几个孩子钻进院里玩耍,他们要看看蜜蜂是不是睡在蜂箱里,就蹑手蹑脚地走到蜂箱跟前看个究竟,正在这时彩芬儿路过那家门前,出于好心怕孩子挨蜜蜂蜇了,就大叫道:"你们快走开,去它们跟前干啥。"又怕孩子不听话就吓唬:"还不走,我要叫他家人去了呀,看人家不揍你们。"也许是她后面这句话管用了,几个孩子本能的撒腿就跑,其中有个孩子没跑利落,脚绊了一下,倒在一个蜂箱子上,这下可惹大麻烦了,箱子里的蜜蜂们发现了"敌情",负责保卫的蜜蜂们开始行使自己的牺牲精神,"嗡嗡嗡嗡"地杀气腾腾地飞了出来,对来犯者进行疯狂进攻,跑在前面的孩子挨蜇还少些,跑在后面的孩子就惨了,脸上头上被蜜蜂包围了,连疼再吓地惨叫着。彩芬儿也吓坏了,她也顾不得自己挨蜇了,一边招呼大人一边冲进去,她脱下上衣,包住了那个跑在最后面的孩子的头,抱起孩子往外跑。自然,她只穿了背心的后背让追击的蜜蜂敢死队蜇了十几处。

待这场战争结束后,伤痕累累的彩芬儿就被这几个孩子的家长们陆续找上门来,讨要说法。有人说话轻一点就是:"你也忒嘴快了,啥闲事都爱管,碍你什么事了,你要是不吓唬他们也不会跑,不跑的话也不会挨蜇了,我家孩子被蜇的挺邪乎的,药钱和输液的钱就花了一百多,你说咋办?”更有说话严重的:“你咋这没好心呢!碍你屁事了就会瞎号丧!你不瞎喊我家孩子就不会挨蜇,我家为孩子医治的医药费你给!”……彩芬儿也后悔自己管这闲事了,谁知道会有这样的后果呀,也许是,她认为这钱就该她花,就连有两家没来找她要医药费的,她也给了人家钱。她家为了给人家“报销”医药费就花了五百多块钱。这是她“管闲事”中所犯的最严重的一次“错误”。

为此事,从不对彩芬儿发脾气的丈夫也发了火:“你就不知道长记性,多少次了,都是因为你的这张破嘴惹事啊,管好你自己就行了,碍不着自己的事非得管啊?”彩芬儿委屈的说:“我也是好心,就是怕孩子挨蜇才喊的,谁知……”丈夫说了:“你的好心谁看得见啊,好心没好报。”

类似这样的事,彩芬儿真是没记性,也难怪丈夫生气。

是啊,好心没好报,彩芬儿就是个受累的命。今天阿贝也这样说。首先说家里吧,用彩芬儿自己的话说是自己的肚子不争气,她连生两个都是闺女,高善达倒是懂情理,对于女儿百倍珍爱呵护。可当爷爷的就不懂这个理了,总是埋怨儿媳妇不争气,不给自己生个孙子。时不时的就生气说老高家的香火要断了。加上老爷子脾气倔,别人劝也听不进去。彩芬儿有啥法子,只要老人不生病就好,随他叨咕吧。但有这样捋不清说不明的家长里短的交响曲陪伴,心里总是有难言的苦和不悦,彩芬儿只好忍着。她说:“家里的事反正都是鸡毛蒜皮的小事,就算是有满屋子的蒜皮、满嘴的鸡毛,只要你不当回事就没事。”

是啊,啥叫大事呢?她丈夫高善达在前两年得了病,腰腿疼。她陪着丈夫今天县医院明天市医院的跑。本来家里经济条件就不好,挣钱如接露滴,一滴一滴攒下几个钱。这住院花钱却是如小河流水,哗哗滴!这一次一次的住院,彩芬儿家里就债台高筑了。可丈夫的病就是治不好。也许是因为老早就没妈了,孩子冷寒饥饱受到了不良影响,岁数大了身体就不行了。最后高善达说啥也不住院了,医生也说慢病得慢养。他们只好回家。自此,高善达干不了一点重活儿。家里没个好劳力,经济困难不说,地里的活计也都落在了彩芬儿身上,受贫又受累的。这就是阿贝所说的“没好命”。可彩芬儿从不信命,她说:“只要一家人在一起,和和睦睦,我就满足、快乐。困难是暂时的,以后日子一定会好起来。”她有信心,能让自己家的日子变好。彩芬儿常常这样说:“男人是座山,女人就是树。男人是个屋,女人是个木。屋子塌了还有木,竖起来还是一根顶梁的柱!”

有个开矿的主儿姓钱,叫钱肥。也许是人家父母给起了这个好名字的缘故,他的矿老挣钱了,手里的钱就像大山里的树叶,哗啦哗啦滴。仗着有钱,家里盖房城里买楼,轿车换了一辆又一辆。如今,有些个别富人总是看不起他眼里的穷人家。这个钱肥就特别看不起彩芬儿家,那鄙视的眼神让人觉得特别另类。有一天,那个钱肥开车去外面大酒店会客喝酒后回家时,车撞到了路边的栗树。当时就起不来了,鲜血直流。可巧,彩芬儿正在树下拣栗子,她一看这阵势也吓懵了,但瞬间就缓过神儿来了,她知道后果严重,她一边呼喊在附近干活的人:“快来人啊,快来人啊!这儿出事了!快救命啊!”一边忙着在衬衫上撕扯下一块布来,紧紧包住钱肥头上往外冒血的大口子。她从不使用手机,也根本没有手机,因为她里穷。当被她喊叫过来的人来到跟前时,她却十分果断地说:“你们快打120急救电话,时间可耽误不起呀!”经过彩芬儿这么一提醒,忙乱中有人给120打了电话,有人也给钱肥家里打了电话,就像演电影,那个镜头好紧张好紧张啊!

120来了,把钱肥拉走了,家人来了,紧张把火地追随120去医院了。听说是拉钱肥的车到了县医院后又立刻转院了,去了北京的大医院。在大医院里经过开颅、接骨、输血等一系列的抢救,钱肥终于脱离了生命危险。人家大医院的医生还说了,多亏了当时包扎了伤口,要不,命肯定保不住了。因为当时的包扎极大地缓解了血流失速度。

两个多月后,钱肥从医院回来了,他拄着拐杖在家人的陪同下来到了彩芬儿家里,眼含热泪声音哽咽地说:“彩芬嫂子,是你救了我的命啊!以前,我对你……”彩芬儿打断钱肥的话说:“大兄弟可别说啥客气话,其实,谁看见都会这样的。都是乡里乡亲的,你不用说感谢的话。”钱家感激涕零,最后拿出五千块钱来,说是当叔叔的给彩芬儿的女儿交学费。正好彩芬儿的二丫头考上了大学,她家是借了五千块钱给交的学费。这事,村里人谁都知道。彩芬儿说啥也没要那五千块钱。钱肥满心愧疚地回去了。

后来,钱肥说要在彩芬儿家的栗树底下修一条土路,说是拉矿石用,给了彩芬家树木补偿的钱两万元。可是,也没见有拉矿石的车在那里走过。

再后来,县里评选最美家庭,说是谁要是被选上了就能有一万元的奖金呢。出人意料的是,彩芬儿的名字在名单里。有人说,是有人使了钱了,要不,这样的好事还能该着她?但更多的人是这样说的,彩芬儿就是我们学习的榜样,她在家孝亲爱子,在村里尊老爱幼,谁家的忙她没帮过?她从不计较谁对她好与不好。她就是个贤妻良母,最善良朴实的好人。

“好人终究会有好报。”这是阿贝说的,她还说了,一定要向彩芬儿嫂子学习,在家孝顺老人,在外善对乡邻。

彩芬儿,就像一簇星星之火,燎原身边的一片森林。愿天下所有的“彩芬儿”们都能做这团善良的火种,在希望的田野上燃起熊熊大火,照亮幸福的大道。

# 面　子

困难时期，深山里，峰峪村，在某大城市做工的老朱家的独子朱青云回家了，出人意料的是他还带回来了个漂亮的小媳妇。这下，这个穷乡僻壤里可热闹了。山里人没见过世面，来朱家看新媳妇的人是屋里屋外的一大帮，都想看看城里的新娘到底是个啥样。

大家议论纷纷。

“嘿！到底是城里人，看人家的脸蛋那个白净细滑。”

“不赖，不赖。”

“贼漂亮贼漂亮的耶！”

“这下，老朱可美死了。”

“就是，他老伴死得早，一个人把儿子拉扯大可不易啊！”

“你看，你们看耶，人家的头发那个光呦，蚂蚁拄着拐杖都爬不上去！”

乡亲们是七嘴八舌的，也不知都是谁在说话。

反正，老朱心里是特别的美，他觉得自己老有面子了！看看，他胸脯挺得梗梗的，自豪！对了，老朱还要更自豪一下子呢：他看了看儿子和儿媳随身带回的农村少见的两个新鲜的书包是鼓鼓的，还用说呀，准是给我带回的好嚼贵儿（当地土话就是好吃的东西）。别看平时老朱抠得很，有人说老朱是个“掉地下一个豆挖地三尺也要找到”的人，可见他是有多么会过吧。就是这么会过的老朱，今天为了面子和显摆，他宁可自己不吃了，他知道这面子比肚子更重要。辉煌一下炫耀一生啊！

“大家快来，来尝尝孩子给我带回的好嚼贵儿吧！”

他眉飞色舞，十二分的兴奋。

他伸手拿过来儿子的书包，刚要掏东西给大家，漂亮儿媳妇眼快，一把抢过了书包，嘻嘻说到：“爸爸，这个，是我的东西。”她把包包放到了屋角那个独有的小木箱子里去了。

再看看老朱的脸儿，是由红变白，由白变黑，就差变绿了。咔嚓，如果能办到的话他真想把自己的脸儿放进裤裆里！

本想露脸却丢了脸儿，老朱快憋屈死了！

再看看儿子，哎呦喂！他还没事人儿似的，在那一脸的假笑呢。

“大家坐吧，我去做饭了。”老朱自己找了个台阶离开众人去了灶台，他的眼泪差点就掉了下来。

晚上，老朱是翻来覆去的睡不着。咋了？这儿子娶了媳妇就不听老子的话了？这进门的儿媳妇咋比我还抠呢？不行！趁着小两口还没睡，得去开导他们一下，以后就在这里过日子了，入乡随俗，管你是城里人还是乡下人，老子就是老子，他们以后都得听我的。

“梆，梆梆……”老朱敲门。

儿子问：“爸，您有事？明天说行不？”

“不行！就现在说！”老朱要起了威风。

新媳妇撇撇嘴，瞪了丈夫一眼。“看你爹……”

没法儿，开门。

“有嘛事儿您就说吧，麻利儿的，我们挺累的。”儿子也懒懒的，连假笑都没有了。

老朱理直气壮地说：“你说，你们哈，当着那么多的人，一点也不给老子面子是不？不就一点嚼贵儿吗？至于的吗？自你娘走后大家谁没帮过你？这以后，在乡亲的面前我的面子往哪放？咱咋抬头？”

哦，明白了，为这呀。儿子立即变得非常难过了，声音也有些哽咽了：“爸爸，对不起……我……我知道您好面子，所以在大家面前我什么也没说，本想明天再和您详细地说，我……”

还是儿媳妇嘴好使，说话透彻：“爸爸，是这样：青云和我在一个厂子打工。我和他一样，都是农村人，本是抱着出去闯世界混出个人样来,回家也让父母光荣一下,在众人面前有面子。谁知道,在家千日好,出门事事难啊,在人屋檐下,处处受委屈不说,挣到的钱更是可怜得很。我有病发高烧了,肚子疼的在床上直打滚儿!身边一个亲人也没有。是青云,他把我送进了医院,是阑尾炎。为了给我做手术,他毅然地在医生的单子上签了字——丈夫。他不但用光了自己的那点可怜的积蓄,还借了钱。我病痊愈过后,就觉得青云是世界上最好的人!所以,我毅然地嫁给了他。爸爸,谢谢您给我生了个好丈夫!"

看着泪涟涟的儿媳妇,老朱也止不住泪往外涌,敢情这两孩子在外是受了苦了。

儿媳妇继续说:"我们实在是干不下去了,只好回家。我们觉得只有在家才会感到温暖;才会更好地孝顺您;才会报答众乡亲。可我们没钱了,青云和我商量了半天,为了让您老脸上有面子,让大家看到青云是荣归故里的样子,我们不能两手空空地回来,就用仅有的十几块钱买了最实用,但是农村又不好买的东西——卫生巾,装了两包包。不是吃的东西。"

"卫生巾啊?那给大家分分也行啊,这不比吃的东西更值钱吗。我还是当劳模那年党支部发给我一个呢,到现在都没舍得用。"

"啊?!"儿媳妇满脸的疑惑。

"扑哧",儿子笑了:"媳妇,快拿出来让爸爸看看。爸当成羊肚手巾了。"

儿媳妇也捂嘴偷笑起来。

当两个书包在老朱的面前敞开时,老朱一边看还在一边问:"还实用?这是干啥用的呀?我从来没见过呢?"

儿子笑得是更凶了:"老憨,这是人家妇女专用的东西。我媳妇用的。"

老朱还是没明白。

嗨!一家人团聚,比什么都强。孩子能回来孝顺自己,还自己找了个这么漂亮的媳妇,心里还装着众乡亲。自己有这么好的孩子,这面子够大了!

老朱笑了,那久经风霜布满风尘大寨田一样的脸儿嫣然像朵花儿似的。

# “毒老大”

## 一

在石村,有个瘸腿老汉叫郝志武,七十多岁。他平时寡言少语,不大爱和别人交往。他还有个外号叫“毒老大”。为啥有这个外号呢?一是因为他没有兄弟姐妹,是个独苗,二是因为他平时为人太刻薄,得理不饶人,且忒认真了点。有嘴上挂刺的人说他是个“放屁崩出来个豆追出二里地也要捡回来吃了”的人,这样一说你就明白了吧,郝志武忒会过了,这样的人在大家的心目中是个不随和的另类,换句话说,这个人忒没人性儿。所以,从开始管他叫“独老大”又变成了后来叫“毒”老大了。郝志武,这个名字几乎就被大家忘记,背地里都叫他的外号儿:“毒老大”。

据老大的近门亲友团成员透露:说过年时老大自己还杀了头猪,可是他都自己吃了,谁也没尝到一口。在我们农村有个习惯,谁家杀猪了都要请近门家族和要好的朋友们大吃一顿。可他没有,谁叫他是“毒老大”呢。有一天中午,老大正在炖肉时,他的近门四岁小孙女去了他家玩,小孩子看见了锅里那香喷喷的猪肉了,就嚷嚷着:“爷爷,我要吃肉!”可谁知这个老大却是把锅盖紧紧盖在了锅上,连连说:“肉还没熟呢,等熟了再吃。”就这样,在孩子反复的要求、老大反复的哄骗中时间慢慢过去,孩子终于在等待中睡着了。而在她的梦里也许正在吃肉呢。

老大把睡着了的小孙女抱回她的家里后,他赶紧回家揭锅,再看那些炖肉,早就成了油渣了!锅里那半锅的猪油热得烧脸,估计再晚一会儿就会起火了!因为大山里的人家,灶里的柴火硬,都是松木大劈柴呀,半锅的炖肉就这样都白瞎了。老大心疼得顿足捶胸:“我的肉啊!”也不知是谁给透露出去的,这件事没过多久全村人都知道了。

“毒老大”在自家的地里种了辣椒。石村的山里有个铁矿，村里几个壮年小伙子在矿上干活，三班倒，虽然累点，倒也有充足的休息时间。在休息的时间里无所事事的年青人，就到处地瞎溜达。这不，他们就看见了老大地里的那些辣椒了。都知道老大厉害不是，看着红亮亮的辣椒嘴馋却没人敢摘，有个叫东子的小伙胆子最大了，带头就摘了一把。他们就像做了大盗一样，拿着辣椒，哧溜一下跑回宿舍。中午辣椒炒肉，还真挺香啊！常言道：吃惯了嘴儿跑惯了腿儿，东子几次去老大的地里摘辣椒。开始老大还是睁一只眼闭一只眼的，眼看着辣椒像秋风落叶似的少，看来要是不管的话自己的辣椒就得让这几个臭小子给摘光了。“老子能卖2元钱一斤呢。”老大心里嘟囔着。

老大听着山里的矿山放炮了，心想这几个小子又下班了。“哼，看老子今天咋收拾你！”他藏在辣椒地旁边的玉米地里等着“贼”的到来。东子果然又来了，当他正在摘辣椒的手被老大抓住的时候，着实吓了一跳。

挺机灵的小伙子，今天却变得口吃起来：“叔叔，我……就摘几个……”他慌乱地叫错了称呼。

老大瞪眼：“臭小子，差辈了！”其实，东子的爸爸管老大叫叔。

东子顿时领悟：“哦！哦！是爷爷。”

老大不饶：“别套近乎，拿20块，要不就去村委会理论。”

“啊！就这几个破辣椒，就要20块？”东子着实的不服。

老大认真起来：“这是少要了，看看这些辣椒被你们摘了多少了？年纪轻轻的别像猪，竟吃现成的。想吃自己不会种？不给钱就去村委会，看你以后咋做人！”

这招儿够损的，谁没个面子啊。

东子气呼呼地塞给老大20块钱。心里这个恨：“死老大，毒老大，臭瘸子！不就几个破辣椒嘛，老子自己也会种。”

二

2008年5月12日，中国四川发生了大地震。举国上下齐动员，捐款捐物支援灾区。石村也不例外，村长在广播里说让各家各户在家等着，有人前去动员登记捐款。当村里三个工作人员抱着捐款箱来到老大的门外时，他们面面相觑，这么会过的人又怎么能拿出钱来？反正捐款是自愿的，又不强迫谁。三个人绕过了老大的门前去了下一家。

中午时分，组织捐款的工作人员回到了村委会。村长刚要倒出钱来，准备送往乡镇去，只听“当”的一声门被推开了，老大迈着瘸腿气势汹汹地进屋，只见他的胸口一鼓一鼓地喘着粗气。村长赶紧询问：“大叔这是咋了？谁又偷了你地里的啥了？”老大站起来指着村长的鼻子尖：“是你村长大人惹我了，你看不起人！”村长迷糊：“这是从哪说起呀？”“我问你：为啥给四川灾区捐款不去我家？”敢情是为了这事，那三个工作人员忙解释：“不是村长，是我们……觉得您……”

村长扶老大坐下，他的情绪稳定下来，诚恳地说：“我是抠门，也许是大家误会了我。就说不让小孙女吃肉的事吧，我今天就告诉你们真相：我那头猪是有轻微的咪芯肉，杀猪的师傅知道，他还建议我不要吃，把猪肉埋了。我辛辛苦苦喂了一年的猪啊，我实在是舍不得埋掉。寻思着就留着自己瞎吃吧，反正岁数大了。可是孩子不能吃啊，万一吃出毛病来咋办？我罚东子的那 20 块辣椒钱，也偷偷地给了他母亲了，还让他母亲保密。就让东子恨我也无所谓，他不是赌气在山上刨了地，种了许多的辣椒。他们几个吃都吃不完。在井下干活儿潮湿啊，多吃点辣椒对身体有好处，光凭我地里那几垄辣椒，都给他们吃了也不够不是。”

村长说：“可不是，这几年东子种植辣椒还上瘾了，承包了好几亩地，都成了种植辣椒的大户了，每年光卖辣椒的钱就有两万多。这小子发了。敢情还是您老激怒了他呀，哈哈。好钢就得经过敲打才能成材。”

老大接着说：“在大是大非面前，我不糊涂啊。就说为灾区捐款吧，我是天天的看电视啊，那场面，那情景，真叫人揪心啊！连外国人都支援灾区，我是中国人啊！捐款救灾这么大的事我哪能不参加？你广播说在家等着，我本打算上山去干活都没去，可是……”

村长和三个人都明白了，赶紧的把那个捐款的箱子推到老大的面前。只见老大从口袋里掏出来两张百元大钞，毫不犹豫地塞进了纸箱里。村长说：“大叔，您是今天捐款最多的一位。”老大感慨：“咱们的日子好过呀，咱多拿一点灾区的人就能多吃顿饱饭。”

在场的人都被老大感动了。村长看着老大那布满岁月风尘的脸庞，紧紧地握住了老人那双长满老茧带有大山泥土的手。

三

村里有个叫春妮的姑娘得了白血病，要到北京的大医院里去治疗，需要十几万的费用。春妮的父母泪流满面：“到哪里去弄这么多钱啊？”为了夺回春妮的生命，村长广播动员大家给春妮捐款。老大知道了此事后，一拐一拐地去了村委会找到村长，他从口袋里拿出了三百元钱，都是零钱攒起来的。“给，这是我的全部存款。救孩子要紧。”村长说：“大叔，你咋给这么多，你留点自己花吧。再说了，你就直接去春妮家，人家心里也有个数啊，这么多，她家往后日子宽裕了好还你。”也是，捐款大多数是十块二十块的，最多也有捐一百的。可是老大一下子就拿这么多，连村长都不好意思接了。可是老大却是执意要给。他说：“我就是怕春妮家不接才送你这里，你就把这钱和大家捐的放一起给她家，叫她记住大家的恩就行了。”敢情老大的心还挺细，他就是怕春妮家觉得欠他的情。

村里年终评选道德模范光荣户，村长建议，村委会决定，大家举手表决通过，郝志武是第一个。有好多人并不理解。也有个别“理解”的就是这样说的：“人家老大是抗日战争时的英雄呢，没看他的那条瘸腿就是给八路军送信时被日本鬼子用枪打的，拐着带子弹的腿跑进了树林才捡回一条命。可是就因为他成了个瘸子了才受累了大半辈子，还是个困难户。”

“别看老大在村里最没钱,平时过日子挺仔细,可到了关键的时刻他比谁都慷慨。”这可就是石村人现在都明白的事了。“毒老大”其实一点也不毒,他的心眼好着呢。”

我们有理由相信,在我们伟大的中华民族,在农村,在千千万万的农民中,一定会有很多很多这样的“毒老大”的存在。要不,我们的社会咋会这样的充满阳光,充满幸福和快乐,咋会这样的和谐呢?

# 这一架打得好

刘思是个地地道道的老农民,在庄稼地里干了大半辈子农活了。提起他,村里人人都夸奖他是个最好的庄稼把式。可老刘也有个毛病:脾气倔。一向是我行我素,从不爱听别人的唠叨。反正就是个干庄稼活儿的人,咋干也出不了大格儿。所以,一般是没人和他计较个高低。家里人更是对他百依百顺。可是就在今年的4月4日这天,刘思却和自己的老伴打了起来,到后来,从不服输的刘思还称赞说,老伴这一架打得好。

原来,清明节这天,刘思要去山上给已故老人扫墓祭奠。可巧那天老伴也在家,两个人就商量着买些祭祀的东西。老刘说:“这还有啥好商量的呀?就买些贡品,水果、点心,再多买些纸钱不就行啦。”可老伴不同意:“如今是新招了,我建议买水果、点心和鲜花,就不要买那些纸钱了。一是现在已经提倡新的祭祀方法了,你看花店里就卖专门为祭奠的那些花卉了。二是在山上烧纸太危险,柴草茂密防不胜防。一旦因为烧纸引起了火灾,后果不堪设想。”

听着老伴喋喋不休的唠叨,刘思早已是怒气冲天了!“别说了!我才不听你的呢,多少年来,都是烧纸钱祭奠祖先,只有那些纸钱烧掉化成灰后老祖宗才能收到。鲜花?咋烧成灰?祖宗收不到。再怎么说,老规矩也不能破。”

老伴也不示弱:“一切老规矩都可以改变,为啥这个不行?我相信,那边的老祖宗也不喜欢乌烟瘴气的纸灰了,更喜欢鲜花。”

老两口子是各不相让,越吵越凶。为此,招来了不少劝架的人。出于当前政府和宣传干部的每日广播,的确老伴是有理的一面。老伴的态度是雷打不动的坚决,还把老刘的口袋给翻了个遍,火柴、打火机全部没收。加上大家的劝解,刘思还是妥协了,气囊囊地和老伴一起买了鲜花去山上祭奠了祖先。

就在老两口从山上往家走的时候,忽然听见了鸣着警笛呼啸而过的警车从他们村里穿过。到家后听见了大家正在议论才知道:是离他们十几里地的马村的那个老董被抓了。原因就是他在上坟烧纸时失了火,烧死了大面积的松山和栗树。等待老董的是刑事责任和经济处罚。一个农民之家遭到如此的打击真是太不幸了,老董家往后的日子还咋过呀!刘思震惊了。

老伴瞅瞅刘思,无语。

老刘想到老董一家老小,感慨地说:“老伴呀,你这一架打得好啊!”

# 权 利

清晨,村里的高音喇叭一遍又一遍地广播:“今天选举村长候选人,希望广大村民放下手里的活计,抓紧时间,吃完早饭都来参加选举。”听着广播,看着大街上涌动的人群,四儿的媳妇赶紧收拾饭桌洗好碗筷,又找出了新衣服穿上,准备出门去村部参加选举。她对四儿说:“他爸,我也要去参加选举了……”

四儿瞪眼:“干啥去呀?用你去吗?在家好好待着吧,我去就行了,咱家的选票我都替你们写上。”四儿看着媳妇,恼气地训斥。四儿满以为,经他这么一训斥,媳妇就会还和以前一样,虽不乐意,也只好作罢了。

出乎意料,谁知今天四儿的媳妇哪来的勇气,只见她脖颈挺得梗梗的,脸儿扬得高高的,柔里带钢,她不紧不慢地发了言:“今天我不能听你的,我得亲自去参加选举。昨天我在电脑里找到了村民选举法了,谁也不许代替,选举权利归自己。妇女也是合法公民,一样享有选举权利!”

四儿震惊了,这是咋的啦?媳妇要上房了咋的?他想都没想,就举起手,他要给媳妇点暴力!这也是四儿的一贯做法。他怒气满胸:“我让你蹬着鼻子上脸!”

谁知,一向老实巴交的媳妇,今天还真发了虎威了:“你再敢这样我就去告你!我用电脑查到了:丈夫也不允许随便打骂自己的妻子,也是犯法的!”

说也怪了,四儿竟然放下了自己高高举起的巴掌,虽然气得鼓鼓的,却没有了理由再让自己威风起来。

都是这电脑闹的,一向柔弱可欺的媳妇却也知道翻身了。

媳妇随后又平和地对四儿说:“以前我啥都是听你的,连穿衣服都是你喜欢的我才能买。这些都是小事。选举不是家里的小事,是关系村民利益的大事,我得履行自己的权利,任何人都不能代替。”

媳妇变了,变得聪明了,还懂法了。

变了,什么都变了。春风号角吹响了,百花盛开,百鸟争鸣,社会前进的脚步也在影响着每一个人。

四儿知道,自己也该改变一下了。

四儿没词了,眼看着女人出门加入到了参加选举的人流中。

其实,他以前总是嫌弃媳妇愚昧无知,啥也不懂,总觉得在众人群里拿不出手。今天,他看到了,敢情自己的媳妇也不一般呢,学会了用电脑,还知道了属于自己的权利了。媳妇进步了,媳妇新潮了,四儿应该高兴了。

四儿哼着小曲:“老婆老婆我爱你,就像老鼠爱大米……”跟在媳妇的身后,也去村委会参加选举去了。

# 英雄的游击队长

我从小就一直听家里人说，大姑是烈士家属。而大姑的几个孩子在当时的大队也是受照顾的，什么公社县里招工啊，保送上大学啊，都是优先考虑大姑的孩子。当时我还小，只是听说大姑是烈士家属，记得当时心里还嘀咕过：如果我妈妈也是烈士家属多好，我们就可以像大姑的孩子一样受照顾了。渐渐的我长大了，才明白，这个烈士家属的名分，是经历了怎样的血的悲壮，穿越了怎样的痛苦时代……

听大姑讲，那年那月，喜峰口、铁门关一带抗日烽火激烈燃烧，著名的抗日战歌《大刀进行曲》就出自喜峰口战场上。我大姑父是我们这一带的一个抗日游击队队长，在中国共产党的领导下，他带领滦阳喜峰口地区的抗日游击队，在非常艰苦的条件下，抗击日本侵略者。白天，他们住在深山里，夜里偷偷回家拿些干粮和水，吃完饭以后，他们就行动：打住在喜峰口的日本宪兵队；挖断日本用来运输军用物资的公路；破坏日本的电话线，挖倒电线杆给扔到大山里，电线卷起来深埋进地里；还经常打死、抓获小股外出的日本宪兵。有的抗日干部不幸被宪兵抓住，大姑父就带领他的游击队员，乔装打扮，钻进敌人的包围圈，出其不意地打击敌人，去救同志。

当时，在我们这一带，这支抗日游击队，已经是名震乡村了，给当地的老百姓撑起腰、壮起胆！让日本侵略者胆战心惊。大姑父的游击队，为中国共产党领导的抗日战争在我们这一带起到了很大的积极作用。

住在喜峰口的日本宪兵队，恨透了这支游击队，他们费尽心机，出动大批的宪兵队人员，到处搜山、抓捕游击队员。为了困死、饿死、孤立游击队，日本人还强迫我们这一带老百姓都“聚家”，就是把几个村子的人都赶到一个村里居住，这样才便于看管住老百姓对游击队的供给，能便于抓捕游击队员。我们这十几个村子就被聚到滦阳村，和人家村里人一起挤住。然后，日本人就把民房都烧光了！我常常听爸爸妈妈讲起“聚家”的那些悲苦往事：洒泪告别自己的家，携妻带子委屈在别人的屋檐下，十几口人住在一个房子……我们住在大山里，至少还可以挖些野菜、摘些野果吃，不会饿死。可是“聚家”后就不行了。那年，不知因冻饿而死了多少人！

没有了老百姓的帮助，大姑父他们游击队员们经受了前所未有的困难时期。但是，他们不怕困难，继续与敌周旋作战。有时，他们几天吃不上一顿饱饭，野草充饥，山泉当餐；大山为邻，星月作伴！他们是一支压不垮、打不烂的坚强的抗日队伍！

后来，在一次战斗中，大姑父不幸被俘了，他被押往喜峰口宪兵队接受审讯。敌人希望从大姑父的嘴里找出游击队人员以及干部名单。开始，敌人好吃好喝招待他，要招安他，因为敌人知道大姑父是个能打能战的好汉，可是饿着肚子的大姑父面对敌人的诱惑只有轻蔑的鄙视！敌人软的不行又来硬的，他们开始用刑了：木棍扁担打折了；皮鞭沾凉水打累了；钉手指、掰牙齿……敌人用尽了残酷的手段，就是没有从这个铁打一般的游击队长的口里得到一丝他们需要的情报。最后，伎俩穷尽，气急败坏的日本侵略者，残忍地杀害了大姑父！

我们这一带的老年人，没有不知道我大姑父的，没有不敬重这个宁死不屈的游击队长的！因为，大姑父是光荣的抗日战士！更是一名伟大的中国共产党党员！

告诉大家：他叫李峰奇。让我们永远纪念他，以这样的共产党人为楷模，在建设社会主义中，在现代的和谐社会中，严己利人，做好自己应该做的事情。

# 大山里的“抗日”蛇

## ——听爷爷讲故事

从小我爷爷就告诉我，我们家谁也不准伤害蛇。他说：“蛇是我们人类的好朋友，蛇救过我的命，咱大山里的蛇是抗日蛇，是深山里的山龙。”

这是个真实的故事。

1943年夏的一天，我爷爷在深山的地里除草。忽然，看见对面的山顶上出现了十几个扛枪的日本鬼子。他们是驻扎在喜峰口的日寇宪兵队，是去山里搜抗日游击队时迷路了，在大山里转悠半天了，也找不到一个当地老百姓给他们带路，正好看见我爷爷了，就“叽里呱啦”地冲着我爷爷比划，并端起枪对准爷爷，意思是让我爷爷给他们带路回喜峰口。当时我爷爷吓得够呛，都知道，日寇宪兵惨无人道，给他们带路的人基本上都是有去无回，惨遭杀害。去也是个死，不去更不行，枪口对着呢！

爷爷情急中，急忙打发在地里玩的十岁儿子（就是我父亲），“快回家！别让鬼子看见！”父亲就着庄稼草木的掩护，飞奔回家向我奶奶报信去了。

听奶奶说起过：她在家是又烧香又磕头，请山神保佑爷爷。可是后来才知道，是“山龙”（就是蛇）保护了我爷爷。

爷爷看着儿子已经走远了，他自己只好向对面的山上走去。从山下往山上一边慢慢挪动，一边想办法逃生。山顶上的日寇，见爷爷走得慢，就一边放枪一边大叫：“快快滴！快快滴……”

大山深处，草木丛生，灌木林茂密，爷爷走到山半腰就钻进了密林里，再也不往上走了。任凭鬼子的子弹从山上飞下，任凭他们的嚎叫，身子紧紧地贴在灌木丛里就是不动。最后，那些日寇急了，就从山上往下走，一边叫骂，一边用刺刀往草丛里乱挑乱扎。

眼看就要到我爷爷藏身的地方了！爷爷豁出去了，反正也就是个死，就是不动。

就在这紧急的关头，那几个日寇就像踩了地雷，嚎叫着往山上跑。原来，他们是看到大蛇了，肯定是他们的骚扰激怒了大蛇，一条足有两米长的巨蛇扑向了日寇，小日本从来也没见过这么大的蛇呀，只见日寇被巨蛇吓得魂飞魄散，混乱逃跑。而我爷爷就着这个时机，在树林的掩护中，飞快地逃走了！在大山里，一个人如果一旦离开了他们的视线，就别想再找到了。爷爷说，他当时没敢直接回家，而是在山里躲到了半夜，确信鬼子都走了，才偷偷回家。

自从那次被大蛇救命，爷爷就立志，不伤害蛇。并且嘱咐我们，也要善对“山龙”。常听老人讲，只要不激怒它，蛇从来不伤害人。蛇，也叫小龙，本来就是我们人类心中的神灵，我们都要保护它。更何况，它还能“抗日”呢！

# 大山的呼唤

故事内容简介:大城市出生的孙玉丰(女)和深山里的孙大山(男)萍水相逢,从相识、相知到相爱,经过漫长的等待,终于结为伉俪。

党的好政策改变了城乡的生活,特别是农村人的生活,改变了孙大山的生活,孙玉丰最后落户到深山里。

通过孙玉丰和孙大山相爱的故事,展示了改革开放前后农村的巨大变化,展示了中国亿万农民对美好生活的呼唤。

## 上集

### 一

1971 年农历九月初六,上海某厂的一个纺织车间里,孙玉丰正在上班,她的邻居郑秀文突然风风火火地来找她。

"玉丰啊,你快去医院,秀她爸,松涛出事了!"

"出事?出了什么事?他……他怎么了?"

"他出了车祸了!"

啊!如五雷轰顶,孙玉丰的腿一软瘫在了地上。

车间主任走过来扶起了她,提着孙玉丰爱人的名字说:"陈松涛这么好的人苍天会睁眼的,他不会有事的……"而孙玉丰根本听不清人们都在说什么,她迷迷糊糊地跟着郑秀文走出了车间,奔向了医院。

郑秀文用自行车带着孙玉丰,孙玉丰问:"他是怎么出的车祸呀?"郑秀文一边蹬车一边喘着气说:"还不是松涛的心太善了,他总是先想别人的安危。今天他去郊区送货,开的是厂子的大卡车,装的是三角钢材。到了一个拐弯处,他发现有三四个小孩子玩弹玻璃球儿,他们全神贯注地盯着球儿玩,突然随球儿闯到了路中央,根本没看见来了车。重车呀,又是在拐弯处,等松涛看见孩子突然闯到路中央时,再踩刹车已经来不及了。就是把刹车踩到底也得冲出去五六米呀!松涛知道这后果。就在这千钧一发之时,他把坐在身边的小刘一下子推下车,然后把方向盘一打,把车开下了山坡……"

到了医院,孙玉丰问迎面走过来的一个医生:"大夫,陈松涛在哪?"

那个医生看了看他们,没说话,他沉痛地用手指了指前面的抢救室。孙玉丰和郑秀文忙奔过去,刚一进屋,他们就呆在了那里。

只见床上的遗体已经用白床单盖上了!

"松涛!"孙玉丰只觉得天旋地转,一时竟昏了过去。

为了救孩子,陈松涛付出了年轻的生命,那年,他年仅26岁。

孙玉丰比丈夫小三岁,而他们的小女儿秀秀刚过了两个生日。

看着年轻的孤儿寡母,多少人流下了同情的眼泪。

厂里给孙玉丰放了长假,在当时,她属于"根红苗正",又有个英雄丈夫,所以厂里多方照顾,但愿她能从极度的悲痛中走出来,把孩子养大。

一晃半年过去了,孙玉丰的心情渐渐好转,厂领导的关心,邻居郑秀文的帮助,还有郊区那几个孩子的家长也常来看望,更有女儿的安慰。

孩子虽小,可她特别可爱,那是丈夫的影子,守着她心里就有一种甜。

孙玉丰又去上班了,她不能总在家里待着呀。把孩子送进了厂里的幼儿园,上班带过去下班接回来。

过了陈松涛的周年,有人给孙玉丰介绍对象,她还太年轻,一个人带孩子多辛苦啊。总不能就这样一个人过日子,也有不少小伙子追求她,他们不怕她已结过婚,愿意和她一起抚养孩子。因为玉丰长得漂亮,又聪明又能干,谁能不喜欢?

可陈松涛的影子一直在她心里,她还不能容下任何人。身边有女儿这个命根子,她是丈夫的再现,她要守住这个宝贝,什么也不再去想了。

可苍天对她太不公平,她的命根子丢了!

后面的故事也就从此开始了。

二

那是一个星期天的上午,孙玉丰陪女儿秀秀到外面买烤肠吃,到了烤店,肠刚上炉。那个年月都是八点上班挣工资。她们就在外面等。大街上有几个小孩,秀秀就和他们一起玩了起来。

天下起了小雨。反正离家也不远,玉丰就对秀秀说:"你在这儿先等着,我回家去拿伞。"小秀秀和伙伴正玩得高兴,她根本没听见妈妈在说什么话。孩子太小了,才三岁。

过了一会儿,肠烤好了,服务员叫:"小姑娘,你要的肠好了,给你,三毛钱。"

小秀秀高高兴兴地接过肠咬了一口说:"真好吃"。然后转身就走。阿姨笑了:"光知道好吃,还没给钱呢。"

"我妈妈给钱,我妈妈呢?"孩子寻找着妈妈。

这时,一个胖女人走了过来,她从口袋里掏出了三毛钱递给了服务员,回头对秀秀说:"我是你妈妈的同事,正要去找你妈妈呢。走,咱一起去找妈妈。"

"太好了,去找妈妈喽!"孩子高高兴兴地和胖女人走了。

孙玉丰拿回了雨伞却不见了孩子,她问卖烤肠的人,那人说:"是你的一个同事领走了。"

"什么样的同事啊?""一个40多岁的胖胖的女人""……我没有这样一个同事呀……"

孙玉丰惊呆了。那个服务员也是一惊:"看你女儿和她那亲热的样子,我还真以为是熟人呢,去了哪里,也没在意……"孙玉丰顾不上再听下去。她飞奔在大街上大声呼喊着女儿。

哪里还有回音。她快急疯了,拼命东跑西问。有人提醒她:这样找哪行啊,人家既然偷了孩子还能留在这附近?肯定也不是本地人,应该到火车站、汽车站去找找。

一语惊醒梦中人。孙玉丰急忙奔回家。她想多找几个人一起去找孩子。她先到了郑秀文家。

“秀文哥!我的秀秀……秀秀……”她上气不接下气地说不出话来。郑秀文不知道发生了什么事,他扶住摇摇晃晃的孙玉丰问:“秀怎么了?你别着急,快告诉我!”

“孩子丢了!让一个胖女人拐走了!”

“天哪!”郑秀文也是惊恐万分。他忙活了起来。“我去找人,分头找。我让你嫂子去报案!”他又看了看精疲力尽的孙玉丰说:“要不你就在家等着吧,我们去找!”

的确,孙玉丰的两条腿已不听使唤了。郑秀文急忙走了,嫂子也去报案了。孙玉丰稍微休息以后,她的头脑开始清醒了。虽然有许多人去找,他们有的认识孩子,有的不认识,找起来是很渺茫的;那个年月里的公安们也没有太多的手段。谁找也不如自己去找。

镇静。只有镇静下来才会有清醒的头脑。孙玉丰回忆着那个卖烤肠的人所说的一个40多岁的胖胖的女人,这也是她知道的唯一线索。她会是哪儿的人呢?但绝不会是本地人,干这种缺德事儿还能在家门口干?汽车站没有去太远处的车……对!去火车站!孙玉丰决定赌一下自己的判断。

要不说人急智生呢。孙玉丰就用自己的智慧感动了苍天。不但找回了女儿,还找到了属于她一生的真爱。

孙玉丰到了火车站,就在广场上、候车厅、售票处,来回奔跑,高声喊叫。她的行动终于惊动了车站保安处的人,他们问明情况后也都和孙玉丰一起找。由于有穿警服的人跟着目标大,终于,一个售票员记起来了:一个胖女人领个小女孩,小女孩一直哭。

“同志,你还记得小女孩儿穿的什么衣服吗?”孙玉丰就像在大海中捞到一棵救命的稻草一样!售票员说:“当时她买票时挺不麻利的好像没决定去哪儿似的,我还特意向外看了一眼,小女孩穿的是一件黑白格的连衣裙……”“对!对对对!正是我的女儿”!保安员问:“记得她是买的去哪的车票吗?”

“这……”售票员有些模糊不清。这时,一个老大爷突然说:“我记得,买票时我就在她身后。她买的是去‘三棵树’的车票。”

“三棵树……”孙玉丰使劲记下这三个字。

售票员说:“三棵树是东北长白山深处的一个小站,离这儿有五千多里路呢。”孙玉丰坚定地说:“就是到天涯海角,我也要追上她!”

售票员又说:“今天没有去三棵树的车了,那附近有个小站叫宽峰,还有一次车。”

孙玉丰说:“那就去宽峰吧,到了那儿再倒车去三棵树。”

三

万程路,千山隔阻,崎岖凹凸。为了找回心上的肉,找回她生活的全部,她不怕千辛万苦。

在北上的列车上,孙玉丰心如火焚,每一分每一秒她都如坐针毡,路好远啊,车好慢啊!她呆呆地坐在车上,以泪洗面,她不吃也不喝,只有一团火在胸中燃烧……

也不知过了多久,火车快到站了,孙玉丰还在昏昏迷迷的沉睡中。在她的对面,坐着个大个子男人,一路上他就一直在注意着她。车快到站了,他叫她:“喂,妹子,快醒醒,车要到站了。”因为那是个终点站,乘客都得下车的。孙玉丰没有动。他走过去推了推她,她终于醒了过来。“妹子,这一路上我看你一直没吃没喝的,又一直落泪,为什么?”

孙玉丰的眼泪又落了下来,她哭得好伤心:“我的女儿……被人骗走了……去了三棵树……我是去找我女儿的……”她哽咽着已泣不成声了。

周围的人无不同情,大个子更是气愤:“偷孩子!真不是人!抓住她就应千刀万剐!”他又问她:“为什么一个人来,你丈夫呢?”

“他……来不了……”她不想解释得更多。

“你来过东北吗?”他又问。

“没有,我从来也没出过远门儿。”

“哎……真是难哪!”人们议论纷纷。

车终于到站了,宽峰站。

孙玉丰随着人流下了车,她觉得身上软绵绵的,她发现自己发烧了。只见她脚步不稳,摇摇晃晃差点摔倒。

一直跟在她身后的大个子男人把这一切都看在眼里。他紧走几步一把扶住了她!

“谢谢……谢谢你,大哥。”

“你病了,一个人又怎么去找孩子呢?”

“我也不知道。”

人海茫茫,一个从未出过远门的弱女子,人生地不熟两眼一抹黑,更何况,她还病了!大个子男人对她产生了一种强烈的同情心,他要帮帮她。

他对她说:“妹子,让我帮你吧,一起去三棵树。”

“你家在三棵树?”

“哦,啊,是的”他支吾了一下。

她很兴奋,还能和这个好心人坐一个车。她仔细打量了他:一米八左右的个子,浓眉大眼,看上去很善良;留平头,脸色微黑,很精干;穿一身旧军装,很合体。一看他就和一般人不一样,在他身上透着一种军人的气质。

“大哥,你当过兵吗?”

“是的,还当过班长呢。对了,还是在上海当的兵。”

“这太巧了!”

“是啊。”

说话间,他们来到了汽车站。去三棵树得坐汽车了。

孙玉丰去买票。

“去三棵树?十二块钱。”售票员对她说。

她赶紧掏钱,可,她的手却停在了那儿,她发现口袋里只有八块钱了。

孙玉丰只靠每月 30 元的工资度日,几乎没有余钱。这次从家到火车站又太匆忙了,尽管是把家里的钱都带上,在车上还不吃不喝,可买完火车票后她还是拿不出 12 块钱了。

只好走着去了。不是说离这儿不远吗?

她刚要从售票口走出来,她身后的大哥把钱递了过来:“快买,两张。”

“大哥,这……”

“车快到点了,咱赶紧上车!”

从售票口出来,他们就往车上走。孙玉丰说:“我这儿还有 8 块钱先给你,剩下的我以后再还。”

他却说:“你既然叫我大哥了,就别客气了。现在你有难处,我如果真能帮你一把,对我来说也算是心里的一点安慰。”他若有所思。

汽车缓缓开出了车站,向北驶去。孙玉丰坐在车上,心里是七上八下,又乱又茫然。

大哥又问她:“认识这么久了,还没问你叫什么名字呢,今年多大了?”

她说:“我叫孙玉丰,今年 24 岁了。”

他也告诉她:“我叫孙大山,今年 26 岁。”

她说:“原来咱们是一家呀!怪不得见你这么亲,就像见到了亲哥哥一样。”

“我也没有妹妹,真有这样一个妹也是我的福气。”

“孩子多大了?”

“她才 3 岁。”

一提起孩子,她心如刀绞。想想自己的命怎么这样苦,丈夫早逝,孩子丢失,这次的追寻也不知道是个啥结果。她越想心越痛,痛到了极点!她终于控制不住自己了,大哭了起来。

这下可急坏了孙大山，他是个软肠子，最见不得女人哭。他又不会劝。他慌乱地说："孙玉丰，玉丰妹妹，你别哭，有什么难处哥哥一定会帮你的。"

她哭着，车上的人无不同情。

他轻轻地拍着她的肩，他真不知道该怎样来安慰她了，他想了想然后他对她说："玉丰，你看着窗外吧，看着外面的景色心情会好一点。"

他把车窗打开，和她换了个位子，让她坐到靠窗口的位子上。

她把脸儿转向了车外。

汽车在弯弯曲曲的山路上爬行着，车速很慢。她心里着急车怎么这么慢！

她还以为宽峰离三棵树很近呢，原来还有这么远。

长白山深处。公路两旁全是茂密的山林。汽车行进在公路上，树的枝条都搭落在车上，从车窗伸出手去，就能摸到路两旁垂下来的枝条树叶。孙玉丰本是城里生城里长，她从来没见过这么高的山，这么大的树林 。

她就这么一直看着车窗外，看着外面的路。

一个小时过去了。车上的人都在闭目养神。只有孙玉丰，她还在看着窗外。

远远的，她看见前方有个小拖拉机也在向北走着。一会儿汽车就追上了它。就在汽车从拖拉机旁开过去的一刹那间，她突然惊喜地大叫一声：

"秀秀！我的秀秀！"

车上的人被她吓了一大跳！坐在她身旁的孙大山也是一惊。

"快停车！我看见了，看见了我的秀秀了！就在那个拖拉机上！"孙玉丰几乎就要从车窗往外跳了。

"师傅，快停车！"孙大山对司机说。

车停了下来，孙大山飞奔下车。孙玉丰紧跟着下来，她双臂一拦就站在了路中间！

"秀秀！秀秀！"孙玉丰对着拖拉机大声呼喊着！

车里的人都惊呆了！拖拉机上的人也惊呆了。拖拉机停了下来。

果然，拖拉机上一个小女孩站了起来："妈妈！妈妈！"

孩子"哇"的一声大哭了起来。

惊愣片刻，只见拖拉机上一个胖女人和一个中年男人跳下了拖拉机，那个男的抱起孩子还想跑，孩子用小手拼命地捶打着他！

孙大山奔过去，高声怒喝："站住！把孩子放下！"

那人见孙大山是个大个子，好像公安战士。车上还有许多人正往下走，他们害怕了：是公安局的人来追他们了吧？他们知道，抱着孩子是更走不掉了。他只好把孩子放下，拉起胖女人，飞身窜入茂密的树林中。

孙大山追出去很远，但没有追上。

孙玉丰看见了孩子就什么也顾不上了，她飞步跑过去把孩子紧紧地抱在了怀里！

"秀秀，宝贝，妈妈来了，妈妈来了！"

孙玉丰激动地失声大哭了起来。

"妈妈……妈妈！"孩子也哭了起来。只见她的小脸儿上全是泪污，身上穿的黑白格的连衣裙也是脏脏的，全是褶子。小脸儿也瘦了许多。

孙玉丰好心疼，她伤心极了！"我的孩子啊！"

公路上围满了人，都在议论纷纷。

"还真是苍天有眼，还真就追上了。"

"怎么会这么巧，正好碰上？"

"多亏了她哥让她看着窗外，要不擦肩而过也看不见啊。"

这就叫苍天有眼。是孙玉丰的真心感动了老天爷，连老天都帮她。

## 四

那两个人贩子不知是东北哪个地方的人。他们常年在外面乱窜,一有机会便偷拐儿童去卖钱。他们骗走秀秀以后,也确实是买了去三棵树的车票。可他们很狡诈,为了安全,他们从宽峰下了车,在那儿观察了动静,确认安全后,又在宽峰吃了饭。之后他们才搭上了这个拖拉机往前走,再伺机卖掉孩子。

孙玉丰坐的车比他们的车晚了 3 个多小时,可她下了火车就上了汽车往前赶,这汽车又比拖拉机跑得快,前赶后赶的就碰巧遇到了一起。这就叫无巧不成书。

虽然孩子找到了,孙大山还是让孙玉丰上了车赶往三棵树车站,明天再返回 。这地方前不着村后不着店的,夜里还会有狼。

孙大山抱起秀秀上了车,孩子问妈妈:“他是好人吗?”“是,是好人。是个非常非常好的人。”

孩子笑了,玉丰也笑了。大山还是第一次见她笑,她笑起来真好看。

到了三棵树,孙大山领着玉丰和秀秀吃了饭,又找了一个旅店叫她们住下。玉丰反正也没钱,就都听从大山的安排。

孙玉丰太累了！她好想好好地休息一下。她问大山:“你回家吗?家离这儿还远吗?”

“我家离这儿还远呢,我,去找一个亲戚家住。”孙大山走了,他说他明天早上来。

孙玉丰好困好累,她刚一躺下,就进入了梦乡。在梦里,她还坐在车上飞奔着。她一觉睡到了大天亮。

次日清晨,孙玉丰起床后,孙大山还没有来。她领着孩子出了旅社的大门,随意溜达了一会儿。她觉得身上轻松多了,找着孩子的喜悦占据了她的心。她想等大山来了再跟他借点路费,等回家后一起给他寄过来。

她想着心事,不知不觉拐过一个墙角。她不经意地一抬头,看见了对面胡同口的一幕,使她惊异万分!

她看见了孙大山把一大平板车的货物正往下卸呢！远远的,她看见他的脸上黑不溜秋的全是灰尘。他这一夜没有睡吗?为什么？难道他也没有钱了？

一定是。

她看不下去了，回到店里问店主："我们住这一宿要多少钱呀？"

店主回答："你们住的是小间，每天10块钱。大铺便宜每天1块5。你哥说你太累了，住小间没人打扰能睡好觉。这不，他还没钱了呢，说今天早上给我送来。"

孙玉丰什么都明白了：他真的是没钱了。是啊，昨天买票、吃饭，已经用光了他的钱。那年月，谁的口袋里能有多少钱啊。他是实在没法了。而他还让自己住进了店里好好睡觉，自己却去外面就在夜里去干那么重的活挣钱了。孙玉丰心如刀绞，我和人家非亲非故，萍水相逢，他为什么要对我这么好？他为什么要为我付出这么多？他有一颗善良的心！是天下难找的好人！我怎样才能报答，我们远隔万里呀！

想到这万里路，她又想到了回家；想到回家又想到了这路费。我决不能再让他为难了，我要饭吃也要自己回家去！这个哥哥已经为我付出的太多了。将心比心，人家为了我们自己还没回家呢，家里老婆孩子不急吗？我的孩子找到了，这已经是我的心中最大的安慰了，有了这个安慰还怕什么千难万难！对，我绝不能再给人家添麻烦了！

好哥哥，我会记住你的，一辈子！

孙玉丰回到店中，写了一封简短的信留给了大山，她抱起了孩子毅然地走出了店门。

深秋。北方的早晨，清风扑面。而她的心更是好冷好凄凉。路漫漫，默默无言两眼泪。

都说这女人的命太惨，可再惨也得咬紧牙闯难关；都说这女人的路太难，可再难也得一步一步往前赶；都说这女人的肩太软，可再软也要扛上一座山！

五

孙大山的家并不在三棵树这边。他家在宽峰县八道岭村,是从宽峰下车往正东走一百多里;而来三棵树是从宽峰往正北走二百多里。他完全是为了帮孙玉丰才来到这边的。他看一个弱女子又有了病,到这边人地两生,实在是太可怜了!他本性善良,实在是看不下去,又怕她半路再病重。他对她谎说自己的家也在这边,就和她一起过来了。

说起这次孙大山去上海,也是为了一件锥心刺骨的烦心事。

孙大山是八道岭村唯一的一个文化人,但他也只有小学四年级的文化。他住的大山深处,又特别贫穷。在他们村里,孩子都十多岁了也没法上学。有的是上不起,有的是想上学也没办法,因为他们村没有学校,要上学得去三十里外的小镇上。三十里山路又特别的艰险,谁敢让孩子去呢!孙大山去上学了,他上了四年。后来,他又去当了三年的兵,在部队,他学文化、学知识、学做人。在部队这个大熔炉里把他炼成了一块"好钢"。回到家乡后,他就当上了八道岭村的副支书。再后来,在自己的努力和乡亲们的支持下,他又成了这个村的老师。

一天,孙大山去公社开会,回来时他看见一个妇女正可怜巴巴地向人乞讨,他心软,就拿出一毛钱和二两粮票给她买了个面包,这下可坏了,那女人粘上了他,非要和他回家不可。她说她没家没业的,哭诉着请求收留。见她实在可怜,大山就和她商量:要不就让她嫁给村里的一个兄弟吧,家虽穷,可总比在外面讨饭吃强啊。那女人想了想就同意了,她就和孙大山一起回了村。

经大山介绍,女人嫁给了村里的桂子。桂子和母亲娘俩过日子,父亲早就没了,日子过得很苦。可为了结婚,还是东借西凑地买了两身新衣服,做了两套新行头。穷山沟里娶个媳妇不容易,桂子娘俩高兴得不得了。

过了两个月,那女人说她家还有个叔叔,要回去看看。顶不住媳妇的唠叨,桂子同意了。女人又说了:她是叔叔一手养大的,回去要多给叔叔一些钱给他养老用，这样，她在这里过日子也就安心了。桂子想想也是这个理儿。他又东借西凑地借了四百块钱后，就和“媳妇”一起“回家”了。

他们来到小镇上等车。女人又说：车上人多眼杂的，你把钱交给我吧，女人家心细。山里人实在，再说了都是两口子了谁拿不一样啊，桂子想都没想，就把钱交给了“媳妇”。过了一会儿，女人要去玉米地里解手，桂子也没在意。可这女人一去可就再也没回来！

桂子疯了，他找啊叫啊，哪里还有女人的影子！

女人跑了！人财两空，他们遇上了骗子！

孙大山办了这件事以后，心里就一直堵得慌，毕竟人是他给带来的。虽然当时他也是一片好心，桂子娘俩也都知道，谁也没怪他。可他心里就是放不下，一直压着块石头，那日子还咋好过？孙大山越想越不甘心。为了结婚，桂子娘俩还背了一身的债。

孙大山走村串户多方寻问，终于有了点线索：有人看见那个女人和一个男人在一起，男人南方口音；有人看见他们用过的纸上有上海××区的字样。大山想：那男的和她肯定是一伙的。上海？他在上海当过兵，他要去上海，找回骗子讨回公道！

孙大山一冲动就只身到上海。他找公安报案，他找政府、找街道，该找的地方都找了，可他还是一无所获。盘缠快用光了，只剩下回家的车票钱了，他只好回家了。

在车上，他遇见了孙玉丰。

## 六

孙大山本想着多挣些钱能够孙玉丰回家的路费，可他干了一夜，只挣了十来块钱，那年月挣钱太不易了！

他看着时间不早了，怕孙玉丰着急，就先去了店里。到了那才知道孙玉丰已经走了。他看着她留下的信：

“大恩不言谢。大哥是我一生的亲人。可我必须得走了，不能再给你添麻烦了……”

孙大山飞步跑出店，他去追赶孙玉丰。

好在,他追得及时跑得快,不到二里地他就追上了她。

"玉丰,玉丰!"他高声呼唤着她,几步跑到了她跟前,他斥责她:"你想就这样走着回去吗?你脑子有问题吗?五千多里路啊!你想走到何年何月?你有孩子啊!还嫌她的罪受得少吗?在这东北一二百里都没人烟的地方,你不怕让饿狼吃了,还谈什么回家!说走就走了,你眼里还有没有我这个哥哥?!"

他越说越激动,只见他的眼泪都含在了眼窝里。他是真心把她当成了亲妹妹,才会这样怒斥她。

她更是泪眼涟涟:"大山哥,我……你……"

"什么你呀我呀的,什么也别说了,以后不许一个人乱做主张,一切都听哥的,听见了吗?"

"可是,你……"

"什么事都可以解决,咱再想办法。可不能再让孩子受委屈了。秀过来,让舅舅抱。"

孩子扑到了大山的怀里,小脸儿紧紧地贴在了大山的脸上。

"可怜的孩子!"大山的眼泪终于掉了下来。

孙大山把玉丰娘俩又送回到店里:"12点以前这屋还归咱,你们娘俩就好好在这里待着。"而他又去干了半天的活儿,终于够了回宽峰的路费,下午他们得回到宽峰去。他对玉丰说:"咱下午回宽峰。"

"哥,你?回宽峰?"她有一脸的不解。

"是的,我也得回去。因为我的家并不在这边,当时我看你一个人太可怜,又发着高烧,我不放心就和你一起过来了。你看,多亏了我和你一起来了吧,多亏了我让你看着窗外吧……"

"大山哥呀!"孙玉丰万没想到孙大山这金子般的人品,他的善良比山上的清泉还要纯!她万分感激。她突然就觉得孙大山是世界上最好的男人!她的泪水止不住地往下流。

孙大山用粗大的手背给她擦去脸上的泪水。

他们一起回到了宽峰。因为没有路费,大山决定先让玉丰去他家,以后再想办法回上海,玉丰同意了。

他们在车站的条椅上睡了一夜。清晨,他们迎着朝阳向大山家走去。

孙大山背着秀秀,玉丰跟在他的身后。出了县城十几里,就进入了大山的怀抱。

他为了活跃气氛减轻劳累,有意风趣地给她算着账:“你看,咱们三个人走完这一百多里路平均每人才走三十多里,而你们娘俩要走完五千多里,每个人要走两千多里呢,惊人的差距呀!”

她笑了:“还老师呢,世界上哪有这种算法呀?”

他也笑了。其实,他就是想逗她笑。

他们走了一个上午了,大山提出坐下休息一下。其实孙玉丰早就想休息了。她太累了!

这是个山道弯弯之处,曲曲山路在大山的半山腰上向前延伸着。山角下,有个小小的村落。大山去村里找水,玉丰和秀秀就坐在路边等。放眼四野,全是一眼望不到边的山连山,而路只能看见眼前的一小段儿,再向前看路就伸向了树丛中,看不见了。山上是大片大片的红松林,风一吹,发出了呼呼的啸声。道路两旁,绿草丛生,野花茂盛。在碧绿的草丛中,山菊花特别显眼,一大丛一大丛的,是那样的娇美!有许多的山花玉丰从来没见过,她是第一次感受到这大自然是如此美丽!这幽静美丽的风景,让她忘掉了疲劳和烦恼,忘掉了愁与难。

## 七

孙大山和孙玉丰带着孩子走走歇歇,歇歇走走,历尽了千辛万苦,终于来到了离大山家还有三十里路的一个小镇上。他们小息一会儿 ,吃点东西。玉丰问:“要到家了?”大山说:“还有七山八岭要翻越呢,道路很艰难,但这是进入八道岭的唯一一条路。”

路,更难了,他们艰难地前行着。

这里有“六陡、七险、八平稳”之说。“六陡”指的是走第六道山岭是最陡最高的一道岭,坡度极大,直上直下的就像登上了天;

"七险"指第七道岭最凶险,道路崎岖,森林茂盛,在这里常常会有恶狼出现!传说许多走夜路的人命丧在此,有的是摔下山崖,有的是碰上了恶狼。所以,人们对于七道岭总是充满恐惧。而到了第八道岭后,就来到了一个大山坳里,这里是山间盆地,地面平坦,四面环山,小河清澈,山泉流水潺潺。在那里住着三十几户人家——八道岭村。

到家了,终于到家了!他们站在了八道岭的山头上。一条弯弯的小路隐现在绿草丛中,犹如女子的纤腰扭进了村里。

就要到人家里了,玉丰忍不住问:"大山哥,你家几口人?嫂子多大了?你有几个孩子?"

大山打断了她的一连串的问话,他笑着说:"我家呀,就一个男孩。"

## 八

村里人没见过世面,见孙大山带一个漂亮女子回来,都跑过来看新鲜,并七嘴八舌乱猜乱说。

"看看,大山就是有本事,又领来了一个。"

"这个可比那个漂亮一百倍。"

"是他要还是给桂子。"

"看她细皮嫩肉白白净净的,像个城里人,在咱这儿能待住?"

他们还没进屋呢,就招来这么多看热闹的人,乱乱的,也不容她开口,她也不知道该对他们说些什么。

大山一边开门把她让进屋一边对她说:"山里人不懂礼貌,你别介意,可这里的人心地都很善良,以后你就知道了。"

她微笑着向大家点点头:"你们好。"

人们也不回话,倒是跟着她一起挤进了屋。他们从上到下死盯着玉丰看。特别是那几个光棍小伙,更是,眼都直了!还你一句他一句地问着。

"大山,你从哪弄来的?咋不像凡人呢,是天仙吧?"

"看她那脸蛋儿白白嫩嫩的……看她那眼睛多水灵……"

桂子更是一惊一乍的:“哎呀!你们看,她的奶子……多大呀!”他死死盯着玉丰胸前高高挺立着的双峰,直搓手儿,好像抓心挠肺一样痒痒。

孙玉丰实在无法忍受这种粗野!没想到这山里人会是这个样子!孙大山也是这里人啊,他怎么和他们有这么大的差别?她胆怯地躲在孙大山的身后。“哥……”

小秀秀也害怕地直往大山的怀里钻:“舅舅……舅舅……”

孙大山生气了!“桂子、狗子、铁蛋……你们像什么样子!没出息!别给咱山里人丢脸了,都出去,快滚!小心我揍你们!”

敢情他发起火来也很威严!挺吓人的。

小伙们伸了伸舌头,掉头往外走去。他们还真怕大山。孙玉丰有了安全感。

大山歉意地对玉丰说:“他们很少走出大山,有点像野人。可他们骨子里其实都不坏,你别理他们就是了。有我在,谁也不敢欺负你的。”

他安慰着她,解释着。

人们都散去了,屋里只剩下大山了。她问他:“嫂子呢?孩子呢?”他笑了:“你嫂子呀,还在丈母娘家存着呢;孩子嘛,还在我肚里存着呢!”

“哥,原来你还没结婚?”

“怎么?你哥不像个光棍儿汉吗?”

她又笑了:“原来,一个男孩就是你呀!”

大山就爱看她笑。

她又问:“你家没有别人了吗?”他说:“父母早就过世了。我只有一个姐姐也早就出嫁了,在山那边的九沟村。”唉!也是个苦命人,和她一样。

他让她在屋里休息,他要做饭给她们娘俩吃。她也不客气,就坐在炕上等。她也实在是太累了!这辈子,她从来也没走过这么远的路啊。他们一起吃了晚饭。孩子吃完饭沾枕头就睡着了。

大山说:“你们城里人睡不了热炕,就不在家烧水了。我去邻家找点热水来,你好洗洗脸泡泡脚,早点休息。”说完他出去了。

他的心好细呀,她的心又热了!

过了一会儿,大山回来了。他拿来一个竹条外壳的暖壶,又去西屋拿来一个从部队带回来的一个掉了几块漆的白脸盆。他先往盆里倒上凉水,再拿起暖壶倒上热水。只见他用左手在盆里试着水温,右手提壶倒着热水。

孙玉丰就坐在炕上看着,看着,她突然就觉得他像自己的丈夫一样。

他对好了热水,招呼她下地洗脚。“走了一天了,快洗洗脚解解乏,再好好睡一宿觉。”

玉丰下地想站起来,她两脚刚一沾地,突然一个趔趄差点摔倒!是大山眼疾手快一把扶住了她。

“玉丰,你怎么啦?”

“哥,我的脚好疼!”

他赶紧扶她坐到炕上,弯腰把她那黑色大绒面儿方口袢带白塑料底的布鞋脱下来后,他惊呆了:只见她的白袜子已经被鲜血染红了!袜子粘在了脚底板上!他的眼圈儿红了:“都怪我,觉得自己能走,可忘了你……唉!你是怎么走过来的呀!”

玉丰说:“反正得走,总不能连我也让你背着呀。你背着孩子不是更累吗!脚开始是很疼,疼得钻心!可到了后来也就麻木了。到家一坐下来后再想站起就……”

他默不作声,用手沾着热水轻轻地洇透她的血袜脱下来,他看到她的脚底全是血泡!有的血泡早已磨破了,血肉模糊!他好心疼她,心疼得落泪。泪水一滴一滴地落在了水中。

她的脚很痛,可她的心里却很暖。自己父母早逝,是姑姑一手把她养大。而姑姑的身体又不是很好。自从丈夫死后,再也没有人尽心尽意地这么细心地照顾过她、伺候过她!她的心好热好热。

“其实没事儿,现在也不是很疼。”

他又找来盐水给她洗脚。“玉丰,忍着点儿,用盐水洗会很疼的!但必须要洗,要不会容易感染的。”

“我不怕。”她咬紧牙关。额上沁出豆大的汗珠。

他发现她很坚强,是个有着很强坚韧毅力的女人。

他扶她上炕坐下。他看了看她,四只泪眼,面面相觑。他们都没有说话。还有什么样的语言能表达他们此时彼此的心扉呢。

旁边的秀秀睡梦中露出了甜甜的笑。

他要走了。他要去大虎哥家和侄子小乐乐一起住。

玉丰有点儿舍不得让他走。也许是觉得一个人害怕,也许,她就是舍不得让他走,聊了好久好久。

她看着他,他轻轻拍了拍她的肩,“好好休息,做个好梦。”他走了,踏着星光。

孙玉丰躺在孙大山家的土炕上,辗转反侧难以入睡,心里想的全是大山。他让她感动,也让她心动。如果能和这样的好男人生活在一起……她在胡思乱想中睡去。她太累了。她在梦里真的梦见了她的大山哥哥。

清晨,孙大山回家来做饭。睡了一宿,玉丰觉得轻松多了,只是她的脚还很疼。他把她扶到院中坐在一个小板凳上。

她细细打量着这个农家小院:院子虽不大,却很干净;三间草房坐落在青山秀水旁。站在院中向远方望去,群山环绕,如玉蟒鳞龙盘旋在蓝天白云之中!远处的山是深绿色的;近处的草儿是碧绿色的,在绿绿的草丛中,有许许多多的野花竞相开放。小院没有院墙,用石板砌成的小路由门前通向外面。

孙玉丰深深吸一口这深山里清晨的新鲜空气,看着这个仙境一样的村庄,她觉得这里很美。

吃过了早饭,大虎嫂来看孙玉丰。她的人还没到她的声音先进了屋:“大山,我看妹妹来了……哎呀!还真是仙女下凡了!妹妹,你好漂亮啊!”

大山忙向玉丰介绍:“这是大虎嫂子,是我最亲的人。”

玉丰甜甜地叫了声:“嫂子,您好。”然后她仔细打量着大虎嫂子:她瘦瘦的身材,粗糙脸庞;上身穿蓝格大襟小褂,肩上和肘部都补上了和小褂不一样布的补丁;黑色家织布裤子,做的可不怎么合体;脚上穿着一双自家做的那种千层底的布鞋,光着脚没穿袜子。一看就是个干活的人。但见到她让人感到很亲切。

大虎嫂子和玉丰亲切地交谈起来。有嫂子陪着玉丰,孙大山就去了支书孙万春家。他向支书详细讲述了孙玉丰的难处。孙万春听后也是感叹不已。他对大山说:“那就让她先住在你家吧,咱想办法凑钱让她回家。”

“可咱这儿?向谁去借钱啊?全庄都被桂子借遍了。”

“这也是。那就让她给她家里写信把路费寄过来。只能让她在你家多住些日子了。”

“只能这样了。”

可从这个地方往上海寄一封信得十多天,回信还得十多天。邮递员从不上八道岭来,信得送到三十里外的小镇上去邮,太不方便了!可不和她家里联系也不行啊,出了这么大的事,她的家里不定急成什么样了呢!

孙大山到学校拿了几张白纸回家给玉丰,让她写了信寄了回去。

反正她的脚也得养几天,就这样,玉丰在大山家住了下来。

孙大山每天又去给孩子们上课了。玉丰待在家中。小秀秀就和小乐乐一起玩。乐乐比秀秀大三岁,他带着她去山坡上采山花、捉蝴蝶;去小溪里抓小鱼;去树林里取鸟蛋;去庄稼地里捕青蛙。在小秀秀的眼里,那里可是个五彩缤纷的世界!以后,很久以后,在她的梦幻里还会常常出现:漫山的鲜花绿草、森林、庄稼;蝴蝶飞舞,鸟儿鸣唱……还有这个手拉手跑来跑去的小哥哥。

一天,秀秀和小伙伴们一起玩时,突然从青草里窜出来一条蛇在她的小腿上咬了一口!她惨叫一声摔倒在地!孩子们都慌了,还是乐乐大点知道叫人,在地里干活的大人把秀秀抱回家中。大山的家里围满了人。一个老人一看说:“不好！这是毒蛇,被这种毒蛇咬了几个时辰就会死人的!”

孙玉丰早已吓得是魂飞魄散！她哭叫着紧紧地抱着孩子。“秀秀……秀秀！孩子啊!”

早有人去学校把孙大山叫回家。他果断地下着命令:“桂子,你赶紧去山那边九沟村找那个齐老汉,他常年在山上采药,他那儿有专治毒蛇咬伤的药。快去快回。”

“好,我就去。”桂子飞快跑出村子去拿药了。

“玉丰,把孩子给我。”大山从玉丰怀里接过孩子,孩子惨哭不止。

只见孙大山双手抓紧秀秀的小腿,他用嘴使劲地往外吸着毒血！这是很危险的,因为这样他也极容易中毒！可救孩子要紧,他顾不了那么多了。好在他在当兵时学过野外生存的知识。他一口一口地往外吸着,孩子的脸色慢慢地好转过来。

人们安慰着玉丰:“不怕,有大山在,什么都不怕!”

桂子满头大汗地跑了回来。他拿回了草药。他告诉大山齐老汉说用母鸡血和这种药效果会更好。大伙一听,马上有几个人说:“我家有母鸡。”“我家也有。”大虎嫂马上回家把自家正在下蛋的一只白母鸡给杀了。

在那年月里,一只母鸡可是庄稼人的银行啊,他们花个零钱全指望卖几个鸡蛋,这一点,大山是深深知道的。他连连向大家致谢,说要用时就去拿。

孩子上好了药,她没事了。孙玉丰是千恩万谢呀！她看到了乡亲们善良的心;她看到了桂子坐在炕上喘着气,脸儿累得通红通红的,身上的衣服都让汗水浸透了！十几里的山路他是来回跑着的,还能不累?！孙大山说“他们骨子里不坏”指的就是这些。他们都有一颗善良的心。这让孙玉丰万分的感动。

人都散去了,只有桂子还没走。他告诉大山:“老人说多给孩子换两次药,说咱这山上也有这种药,让我们多采点。老人还让我拿来了一棵新采的草药作样子。”

大山说:“明天咱就去山上采。”

桂子说:“那咱得多去几个人,老人说了,山上有是有,可极少,有时一个人半天也找不到一棵。”

“那就多去几个人。”

第二天,大山要去山上采药,玉丰也要去。开始大山不让她去,让她在家照顾孩子,可玉丰坚决要去。她说:“孩子有虎嫂和万春婶照顾,还有小乐乐、小英子陪着。我要上山,多一个人就多一份力量。怎么能光让大家受累呢。”

看她着急的样子,去就去吧。反正她的脚也好的差不多了。大山同意了她的请求。

可是,她这一去,唉——要不咋说是人若倒霉喝口凉水都塞牙呢!

玉丰和大山、桂子他们在山上分头找药材。她还真就找到了一棵!她很高兴,又去更高的山上去找了。

突然,大山听到她大叫了一声:“啊!”

孙大山飞奔过去一看可吓坏了!孙玉丰坠落山崖了!他急忙把她扶起:“玉丰,玉丰!”“大山哥。”还好她还活着!可是她的头上划破了一个大口子,血哗哗地往外流。大山撕下自己的衬衫给她包上,把她背回了家中。又是一阵大乱。支书孙万春找来十几个身强力壮的年青小伙,轮流替换着把孙玉丰抬出了大山。

到了医院人家一看,别处倒没什么大事,都是皮外伤。可是由于时间长了,头上的伤口流血过多,她已处于半昏迷状态了!

大山问大夫:“严重吗?”

大夫说:“需要马上输血,要不她会有危险的。可我们这儿没有血啊。”

大山说:“抽我的!我是O型血。”

大夫说:“需要好多呢,你一个人行吗?”

“抽多少都行!我身强力壮的,救人要紧!”

大夫看他身体确实强壮,验血后,就同意了。

大山和玉丰并排躺在两张床上。他的血液缓缓输入到她的体内。玉丰的心啊都碎了!“苍天哪!你为什么对我这么不公平啊!大山哥呀,你还要为我付出多少啊!你的恩、你的情,还有乡亲们的大恩,我这一辈子也还不清啊!哥呀,是我又害了你……”她泪流满面,痛哭不止。

他伸过手臂,轻轻地拍着她。“不怕,不怕的,一切都会好起来的。你就像取经的唐僧,大难过后会有后福的。玉丰,好妹妹,不要哭,不要难过,我喜欢你笑。以后多给哥笑笑哥就高兴了。”

在他的身边,她就像一只小绵羊。她想扑进他的怀里享尽安抚。

在医院住了两天,孙玉丰平安回到了八道岭。这次的住院费又都是大家一起凑的。特别是孙大虎家,把自家仅有的财产——一头母猪给卖了!

孙大虎家虽穷,可一家都是热心善良的人。孙大虎原来可是条硬汉子,村里不管哪家有事他都会主动帮忙。他从不欺负弱小。村里人都佩服他。可他在一年前上山砍柴时摔伤了腿,失去了劳动能力。大家对他也是多方关照。特别是孙大山,他对大虎家更是关怀备至。大虎哥家的体力重活大山都包了。大山还教侄子小乐乐学文化、学做人。

八道岭村原来本没有学校,后来有了孙大山这个“秀才”才有了学校。

说起孙大山那四年学上的,真是历尽了艰辛万苦。

## 九

孙大山十岁那年,他和父亲一起去大山外面的小镇上。当时到底去干什么来着谁也没记清,只知道,当他们路过学校,听到里面的朗朗读书声时,大山的腿就再也迈不动了!他爬到学校那五尺高的墙头上往里看,父亲怎么撵也撵不动。当时父亲想:自己的孩子上不起学,就让他多看会吧。父亲坐在路边抽起了旱烟袋。

孙大山看了足有一个多小时，上课，下课，又上课。父亲急着赶路，硬把大山拉走了。

由那天起，大山好想上学。他天天缠着父母要去上学。天下哪有父母不愿让自己的孩子上学的呢！最后，父亲答应了，决定让大山去上学。可父亲每天都得接送儿子，早上送过七道岭，晚上接过七道岭。日复一日，年复一年，四年过去了。大山个子长高了，可父亲累得更老了。

父亲本来打算让大山上完小学(五年级)，可老天不睁眼，那年腊月父亲得了急性肺炎！几天的时间，就去世了！在那年月里，在他们这样的深山里，谁得了病不是在家苦熬着！熬过去了就再生一次，熬不过去就只有等死了。父亲的离去对母亲的打击太大了！她本来就有病，这下就更重了！

孙大山是不能再上学了。十四岁的他只好放下了书包，扛起了锄头。他下地干活，照顾病重的母亲。娘俩的日子过得很苦。第二年，母亲也走了。大山成了孤儿。

看孙大山可怜，八道岭的乡亲们都帮助他。下地干活时叔叔伯伯们都替他多干点，尽量多帮助他，正长身体的时候，太累了怕受影响。回到家里，他是饥一顿饱一顿的。那年月，家里穷啊。乡亲们都关心他，哪家吃点好饭时都给他送一碗。你带动我，我带动他，后来全村人都这样做了。在八道岭村的三十多户人家里，哪家的饭大山都吃过。在众乡亲们的细心关怀中，孙大山还真就没挨过多少饿。甚至，他还要比别人家的孩子吃得多一点、好一点。所以他的个子长得高高的，身体长得壮壮的。三年后，他终于长成了一个大小伙。他不但长得帅气，而且又聪明又能干。谁见了不喜欢！由于他是吃百家饭长大的，所以村里的每一个人他都视为亲人。

那一年村里有一个招兵名额(那年月好多的地方当兵的名额是上面给的)。支书和村里人商量来商量去，最后决定把这个名额给孙大山。他没有父母一个人在家很辛苦；他“根红苗正”；他心地善良、乐意助人;在村里他的口碑也很好。咱村里不能给革命队伍送孬种!孙大山本是块“好钢”,让他去部队磨炼锤打,回来后就是块宝。

孙大山在上海当了三年的武警兵。由于他肯吃苦,表现出色,第二年就当上了班长,入了党。复员那年,有个上海的战友看上了他的才干,曾想留他在上海。这么一个优秀的人,何必再回到那个深山里去呢?在那里又能干些什么呢?按理说有这么好的机会谁不动心?可孙大山婉言谢绝了战友的好意。他说,他要回到生他养他的八道岭去,他要报答乡亲们的养育之恩。大山——他的家乡,时刻都在呼唤着他!

他回到八道岭后,乡亲们就看到了希望。他更成熟了,成为了一个铮铮铁骨的男子汉。对于众乡亲他有报不完的恩。哪家的大事小事他都要管,都要帮。他成为了全村人的主心骨。

一次,一个小孩不慎落入了一口深井里!大家慌乱一团。“快去找大山!”危难之时总得有他。大山赶到,他当机立断:叫人赶紧回家去拿绳子。他自己则双手伸开撑住井壁,双脚叉开蹬住井壁,他下到井底,捞起孩子双手抱起。这时,他全凭两条腿的力量了!豆大的汗珠从脸上往下流……只有他,也只有他,才能有这样的本领,才能有这样的毅力!他在井底足足坚持了二十多分钟,人们才拿来了绳子把孩子安全救起。

还有一次,一个老人因和儿媳妇吵架气愤之急,一口气儿没上来竟气死了过去!大家又是一阵手忙脚乱慌作一团。孙大山到了,叫大家退到一边,把老人平放在炕上,他憋足了一口气,然后俯下身扒开老人的嘴,嘴对嘴地给老人做人工呼吸,又用双手用力按压老人的胸口,老人一口气才算上来。大家松了一口气。老人的儿媳妇可吓坏了,看老人醒了过来,才终于放下了心。孙大山又对他们好言相劝,晓之以理,动之以情。一家人和好了。

……

全村人都敬佩孙大山。他们觉得现在村里已经离不开他了。

只有他在，乡亲们的心里才会踏实。人们发现，孙大山和当兵以前真是不一样了。以前他只是有颗善良的心，也乐意助人。现在，他不但愿意帮助乡亲，而且有了超人的本领，惊人的毅力，遇事镇静。不管遇上多大的事，他都能冷静、果断地想出办法。

孙大山看到八道岭的孩子们不能读书识字，心里很急。孩子可是八道岭的未来。他和支书商量：让村里盖两间房，把孩子们聚到一起，他要教他们读书识字。这可是个好注意！支书孙万春支持，乡亲们更拥护。他们可盼到这一天了，孩子终于要学文化了！

大山挣工分儿，不收学生一分学费。

后来，经支书孙万春的建议，大家支持，经上级的批准，孙大山又当上了八道岭的副支书。为了众乡亲，他更忙了。

## 十

孙玉丰和孙大山坐在一个山岗上。她听着他讲他的过去，讲他的苦难，讲他的成长，讲他和他的众乡亲。

她静静地听着，她被感动了。她突然就觉得他是世界上最好最好的男人！是一个女人最值得托付终身的好男人。她，已经被他的善良打动了，她爱上了他！她有千言万语要向他倾吐！可她却不知从何开口，毕竟她结过婚，还有一个孩子。

“大山哥，我们可以做比兄妹更亲近的人吗？”终于她鼓足勇气，红着脸小声说。

“玉丰，你，你在说什么？”他一脸的疑惑。

她鼓足了勇气，她要对他说：“大山哥，我要把心里话对你说。我已经没有了丈夫，秀她爸去年出了车祸去世了。我本来已经不想再嫁了，就我们娘俩过了。可自从和你接触后，我改变了原来的想法。我们离得这么遥远，可苍天却安排了让我们相见。这是个奇巧的故事，这是今生今世我们的缘分。你的人品，你的善良，你对我金子般的恩情，都已深深打动了我。我已经深深地爱上了你！我想嫁给你。让我们一生一世不分离，永远在一起。可是，我却不能不回去。那有我的工作，有离不开我的姑姑。可在这里我却什么也不能干,所以我必须得回去。大山哥,你能和我一起回上海吗?我想让你去。你这样一个出色的好男人在哪儿都能生存得很好的。大山哥,你能答应我吗?做我的丈夫,和我一起走吧!大山,你嫌弃我吗?我结过婚,又有孩子。"

"玉丰!你,你,你别说了!"他除了惊异,还是惊异!现在他一切都明白了。怪不得她一直落泪;怪不得她是一人来千里寻亲。大山喜欢她。现在知道了她也是单身,按理他应该高兴,可他却怎么也高兴不起来。

他怎么能和她走呢,他怎么能丢下众乡亲,丢下这些孩子们。他们都离不开他。他是吃这大山里百家饭长大的,他本是大山的儿子,他不能忘恩负义呀!在八道岭有他的使命,更有他的责任。他怎么能为自己一个人的幸福而抛弃了八道岭的乡亲们!

他是个当过兵的人,就永远是个兵!哪里需要他,他就得在哪里!众乡亲的恩他还没报呢。他要用自己的智慧和才能改变家乡。比起众乡亲们的期望,个人的幸福又算什么!

他是个很理智、很果断的人,他要对玉丰说出自己的心声:"玉丰,我不能去上海和你结婚。我是从心里很喜欢你,你漂亮、聪明,又有才华。这辈子我若能娶上你这样的媳妇,天天割我身上的肉我都不会觉得疼!我喜欢你,也喜欢秀秀。你们的到来,给我带来了多少幸福和欢乐。可我真的离不开八道岭。我不能对不起生我养我的家乡;我不能有恩不报。支书万春叔一年比一年岁数大了,众乡亲都指望着我来改变家乡呢。这些天你也都看到了,这里的人是多么善良;这个地方是多么贫穷和落后。我在当兵的时候就发下了誓言:我要改变这一切!我要让八道岭的乡亲们都过上好日子!"

孙大山的眼里放出了光,他的态度是那样的坚定。

孙玉丰看到他这个样子。她知道,她是带不走孙大山了。可是,他现在已经占据了她整个的心。他救过自己和女儿的命!要是没有他,这个世界上已经没有了她孙玉丰和她的女儿了。这样一个好男人，一个优秀的男人，她绝不能失去他！她坚定地对他说："大山，你就是苍天给予我的恩赐。不管你能不能和我走，我都要和你结婚。我爱你，也爱大山！很爱很爱！这种爱是任何力量也改变不了的。我想好了，我先回去好好安顿一下，再回来。回来和你结婚。和你一起建设八道岭！"

她扑到了他的怀里！

他，被她的突然举动弄得好紧张，他好心跳！长这么大还没有一个女人这样对他。他冲动了，冲动到了极点！他不由自主地就伸开了双臂把她紧紧地揽在了怀里！

她紧紧地依偎在他的怀抱中。她的双峰已经贴在了他胸前。

两颗心都在怦怦地跳！

不知过了多久，孙大山的理智终于战胜了冲动，他慢慢地松开了双臂。他搂住她的双肩轻轻地拍着她，让她平静下来。

"大山哥？"她火一样的眼睛在看着他。他头顶蓝天，脚踏大地！他是大山，他是真正的男子汉！他对她说："玉丰，好妹妹！我们不能这样做。我知道你也许是为了报恩才会这样做。我们已经是兄妹了，哥哥为妹妹做什么事都是应该的。你就放心回去吧，在上海找个好男人好好过日子。在那里，有你的工作，有你的亲人。我们这里实在是不适合你。只要你心里有我这个哥哥就足够了。以后，我们……"

"不！大山，为了你我什么都可以放弃。但是我绝不会放弃你！大山，相信我，我一定会回来的！"她说的是真心话。她是个痴情的女子。

"不行啊，玉丰，我们这里条件这么差，我怎么能耽误你。"

"为什么不行？我的命都是你给的。在我的身上流着你的血呀！大山啊，我们两个早已融为一体了呀！今天，我们站在这高高的山岗上，就让这蓝天为媒，大山作证：我孙玉丰从今往后就属于你孙大山一个人。我决心已定，一辈子不会改变。"她再次扑到他的怀里："大山啊，你快答应我吧！你爱我吧！"

爱,爱 ,爱!!他怎么能不爱她呢!自从她来了以后,他连做梦都想和她在一起。她的话都说到这分儿上了,他还有什么可说的呢!他们摸到了彼此的心扉,两颗心的火花已经撞击到了一起,燃烧起来了!他们紧紧拥抱在一起!胸贴着胸,心贴着心。

那一刻,云儿羞了,花儿也醉了。

像过了一个世纪,他们才从梦河中走出来。她幸福地依偎在他的怀抱里,感到是那样的幸福。她已经把自己的心全部都留在了他的身上,一辈子都不拿回!而他,一个铮铮铁汉,也愿为了她的幸福付出一切。就在那一刻,他也把自己的心送给她,今生今世都收不回来了!他们站在高高的山顶上,面对群峰发下誓言:今生今世,决不变心!她想把心掏出来给他,他想把肉割下来送她;他说今生非她不娶,她说今生非他不嫁。好一双生死恋!这是永恒的情,永恒的爱!

孙玉丰如醉如痴。她深深地爱上了大山,爱上了群峰峻岭。她爱森林绿草,爱山花烂漫;爱山泉叮咚响,爱小河流水潺潺……在八道岭,在青山绿水间,留下她多少难忘的情,难舍的恋。留下了她一生一世的情缘。

## 十一

二十天过去了。孙玉丰还没有接到家里的回信。她焦急万分。在那个年月里,邮一封信确实是没有把握,丢失信件的事时有发生。

孙大山和支书万春叔商量:还是咱们给玉丰筹集路费吧。万春叔同意。可山里实在太穷了,实在拿不出钱来。最后,支书和孙大山就带上两个大箩筐,挨门挨户地走,这家几个鸡蛋,那家几斤药材;这家两只鸭,那家两只鹅,反正能卖钱的东西都要。大山拿个小本子,把这些都一一记上。以后他都要还的。为了这个爱人能回家,他要还大家这片情。

孙大山一次次地把东西都背到山外的小镇上卖掉。孙玉丰回家的路费终于凑够了。她终于可以回家了!

孙玉丰把这一切都看在眼里,记在心上。为此,她不知流过多少眼泪,那可都是感激的泪啊!这就是大山里的人。这些人给她留下了多少情,留下了多少爱!她怎么能不回来!她就要走了,真是百感交集。其实,她真是一万个舍不得走。她舍不得大山,也舍不得众乡亲。可她必须要回去。她要回去有个交待,有个安排。在她的家里有她的工作,有她的同事,有她的家。更主要的是有把她一手养大的姑姑。她四岁没了娘,七岁又没了爹,是姑姑把她养大成人。姑姑又在艰难困苦中供她上学,供她上小学、初中到高中。姑姑宁可自己饿肚子,也要让玉丰吃饱。姑姑对玉丰比亲娘还要亲!她把玉丰拉扯大可不易呀。这几年姑姑的身体不好,现在自己又出了这么大的事,她不定急成啥样了呢!不回去看看,孙玉丰怎么能放心!

孙玉丰就要走了,她要带走孙大山的一颗心。他好难舍。他把自己当兵时得的奖——一个小红皮笔记本送给她。这个小本子记载着他的荣誉,也代表着他的心。他要让他的心和她永远在一起!

孙玉丰实在没有什么送给大山,她就把自己随身带的一块花手帕送给了他。她曾用这块花手帕给他擦过汗。它记载着一段情,记载着她对大山的恋。

## 十二

孙玉丰从八道岭走的那天,乡亲们都来送行。大山的小院里挤满了人。有万春支书,有大虎嫂子,还有桂子、狗子、铁蛋等。万春婶子送来了她亲手做的家织布的衣服,玉丰一身,秀秀一身。天冷了这衣服挡寒呢。婶子说:“玉丰啊,我们这里穷没什么好送的,这是几家凑的布,我们给你们娘俩做了身衣服。样子不好可是能挡寒。这是我们山里人的一片心意。”

“大婶啊,我该怎么感谢你们呢!我……”孙玉丰感动得泪花满面,她接过衣服紧紧地抱在怀里!

相处的时间长了,彼此之间都有了深深的感情。

大虎嫂说:“你大虎哥来不了,他让我告诉你:千万不要忘了八道岭,不要忘了大山。玉丰,给,这是我连夜赶做的两双布鞋。你穿上它走路轻快,也不会让石子硌着脚。玉丰啊,你一定要回来呀!大山会等你,我们大家都会等你。”嫂子的眼里已经沁满了难舍的泪水。

孙玉丰真是感慨万千。她含着激动的泪说:“感谢大家对我的这份情,我的到来给乡亲们添了许多麻烦,你们给我的恩比天大,给我的情比海深!我忘不了你们!忘不了大山,我一定会回来的,一定!”她声音哽咽了,她再也说不下去了。

她走到大山跟前说:“你要等我,我一定会回来。”

大山点头:“我会等你的!我们大家都会等你回来。”

孙大山让大家都回去。他抱起了秀秀,毅然走出了八道岭。一路上,他和玉丰都没有说话。

一切尽在不言中。

走到八道岭的山岗上,她含泪回头再望一望。八道岭,留下了她太多的情,大山,留下了她永远的思念。

孙大山看着孙玉丰落泪,也是忍不住泪往外涌。可他是个男子汉,他强忍着把泪咽了回去:“走,得赶车!”他拉起她的手向山外走去。

就在孙玉丰坐上车,车一开走的一刹那间,孙大山就像心尖上的肉被刀子割了一样疼!他的眼泪终于扑簌簌落了下来。

车走了!走了!远远的,远远的看不见了!

而孙大山却怎么也挪不动往回走的脚步。就在车刚开走的时候,他看见孙玉丰把手从窗口伸出来,一直摆动着,一直到他看不见了,一点也看不见了。

“玉丰啊,哥知道你的心……”

和她相识、相认到相爱,就像电影一样一幕一幕的在大山的脑海里涌现出来!他的脑子装的都是她,在他的心里已经无法再去装任何女人了!

他要把她装进心底!永远!永远!

## 下集

### 一

孙玉丰和女儿双双平安回家,在厂区算是件特大新闻了。玉丰的姑姑高兴得热泪盈眶。这些天,她是怎样熬过来的呀！她天天盼,夜夜想,可把玉丰母女盼回来了！老人激动得泪花滚滚。

厂领导也来看望孙玉丰母女。他们大家听着她的奇巧故事,无不惊叹感动。

孙玉丰在家休息了几天后,她本想和姑姑商量她和大山的婚事,可她姑姑总是病病殃殃的,连生活都不能自理。也是这次出事急的。她只好先上了班,等姑姑好转一些再说。

时光如水流一样快。转眼两个月过去了,姑姑终于能生活自理了。玉丰很高兴,能和姑姑商量了。

晚上,玉丰看姑姑高兴时,她就和姑姑谈起了自己的想法:她想辞退工作,去深山,姑姑一听马上坚定地表了态:坚决不同意!

“你疯了？欠人家的情咱心里记着,有恩咱报！去那里？嫁给大山？不行,不行!”

姑姑唠唠叨叨地说了一大堆道理,反正她就是不放玉丰。快过年了,她不想让姑姑太伤心,只好先放下了自己的苦。

她回来后先后给大山写了两封信,可大山一封也没给自己回,这让她心里非常地着急。

冬天的雪花飞满了天空,天阴沉沉的。孙玉丰的心也是沉沉的。两个多月过去了。他为什么不给我回音？

晚上她一个人来到大街上散步。城市的夜并不黑,因为到处都是路灯。然而,在她的心里却不见一点光明。

远远地一个人向她走了过来,是郑秀文。

“玉丰,大冷的天一个人出来有什么烦心的事吗？他还没给你回信吗？”

玉丰和他讲过自己和孙大山的事情。郑秀文是玉丰的好邻居,也像亲哥哥。所以她什么也不瞒他。

“秀文哥,你说大山为什么不给我回音?他不要我了吗?”

她自己整天胡思乱想。

郑秀文安慰她:“你不说那里很偏僻吗?邮递员从不去吗?谁知道把信给压在哪儿了?你给家里来的那封信就一直没收到。要不你再写一封?也许这封他能收到呢。”

“再收不到来信我就去找他!”

## 二

自从孙玉丰离开了八道岭,孙大山就像变了一个人,他整天连一句话也不说。就连教学也是心不在焉。其实,他本该先给玉丰写信。可他却没有。他只是想等收到孙玉丰的来信后再回信给她。她在这儿走时是说了那些话,可她回去后如果有变化呢?什么事都可能发生啊。

村里人更是七嘴八舌乱他的心。

“傻子才会回来呢,人家在那里有工作,每月都能拿工资,何苦再来这里受苦?”

“人家也不算欠你什么了。你帮了人家,人家不也和你都那样了吗,不也算报答了?”

“女人心,秋天的云,说变就变啊!”

……

一些好心的长辈也劝说着孙大山:“十有八九她不会回来了。说是回去安顿好了来,她要是总也安顿不好呢?人家有孩子,在那里更适合孩子的成长。她真能为了你放弃一切?别等她了,找个合适的女人安心过日子吧。”

叔叔孙万春支书更是对孙大山厉声斥责:“大山啊,你要是个爷们,就该忘了她,和原来一样好好干。为了这些孩子,为了我们八道岭的乡亲们,忘掉你心里那些甜蜜吧!人得往前奔哪!”

老人的话语似雷,击醒了迷茫之中的孙大山。他向全村人保证:他要让八道岭富起来！再不能让男人因娶不上媳妇而犯愁,女人因没有好衣服穿而不愿出门;要让孩子们有个好的学校,还要请个好老师;要让村里的老人们有个富足的晚年。

一个人,如果要是有了坚定的信念,就能搬倒一座山!

有时,孙大山也认为:也许自己和孙玉丰的相爱,就像一片云从头顶上飞过,只停留了片刻,可毕竟又飞走了,没有留下任何痕迹。像梦,一个人在梦里走过的路是不会留下任何脚印的。

尽管,孙大山忘不了这段爱情,可他已经能够把它深深埋在心底。

严冬,天寒地冻。八道岭的孩子们没法再上学了,因为那两间简陋的学校实在是无法抵挡严寒。只有等春天天暖了再上学。当时在东北的深山里,许多的地方都是这样。

为了让大家过个好年,孙大山一个人跑到山外。他要去找活儿干,找他们山里人能干的活儿。功夫不负有心人,经过他的奔波苦寻,最后在火车站找到了一份装卸工的工作。连饭也顾不上吃,他急忙回村,叫上村里的青壮劳动力一起来干活。

大山里的庄稼人有的是力气,他们不怕吃苦受累,只要有大山在,他们有信心。他们一行人汗流浃背地干了一个多月,到了腊月二十六这天,他们竟然每个人都挣了一百多块钱！这群大山里的男子汉们,从来没见过这么多钱哪！他们山里生山里长,宁可在家里受穷,也不敢走出大山。今天,他们有了孙大山这个主心骨,他们出来了,他们也能挣钱了!

手里有了钱,他们个个心花怒放。桂子说:“多亏了有大山哥,我们才挣了这么多钱。今年,我和我娘可要过个好年了。我要给娘买最好吃的点心,还要给娘买身新衣服。这么多年我娘净受苦了。”想起娘,桂子很难过。

狗子问铁蛋:“你的钱留着干什么呀?”

铁蛋说:“留着娶媳妇。”

大家一起大笑了起来。

孙大山说:“大家也别笑。哪个成熟男人不想娶媳妇？可我们总这样穷,哪个姑娘愿意嫁咱？今后,咱们要齐心协力好好干,想办法多挣钱。再盖上新瓦房。咱的日子好了,不怕娶不上媳妇。”

大家听了都很兴奋,桂子说:“大山,我们听你的。你就领着我们大家干吧。你当过兵,有文化,有知识。我们都相信你!”

狗子小声说:“又和大城市的女人睡过觉。”

桂子狠狠地给了狗子一拳:“狗东西！哪壶不开提哪壶。你不知道大山哥一直在想她吗？偏提她。勾人心烦吗这不是。以后谁也不准再提她!”

要说想,孙大山是真想。为了分自己的心,他拼命干活。他一个人干两三个人的活！只有累得筋疲力尽了,才能倒下便睡。但是,为了大家,为了生他养他的家乡,他要做的事很多。他是大山的儿子,他要在这大山中创造出一片新天地。

傍晚,孙大山一行人回到了八道岭。深山小村沸腾了！他们从来还没过上过这样的富裕年！媳妇们忙着接过男人给家里买的好东西,她们笑着叫着和自己的男人一起回家去。

孙大山来到孙大虎家。他从包里拿出了几斤肉,两瓶酒。还给大虎哥、嫂子和侄子小乐乐各买了一身新衣服。

孙大虎是孙大山的近门哥哥。大山小时,他可没少帮这个弟弟。他娶媳妇的第一天就和媳妇说:我有个弟弟咱得管。对于这一切,孙大山都一一牢记在心。八道岭的乡亲们对他的恩到什么时候他都不能忘。特别是大虎家,看着大虎哥这样,现在更需要他的帮助。

孙大虎泪眼望着弟弟说:“大山,这两年你总是照顾我,我要是个好腿的人,也和你们一起出去挣钱有多好啊。”

大山说:“哥,你放心,我一定多挣钱,把你的腿治好,让你重新站起来！还要让咱乐乐上初中、高中,要让他上大学！只要有了知识,有了建设家乡改变家乡的本领,咱的家乡一定会变好,咱的家也一定会变好!”

“唉! 谁没有这个梦啊,可谁又能真的实现了呢?”

“哥,相信我,咱这个愿望一定能实现!”

也许是喝了酒,酒壮英雄胆。孙大山敢这样说。

从孙大虎家出来,孙大山又去找支书。他要和叔商量自己的打算。“大叔,过了年我们还想走。只要您支持我,我想成立一个专业队。组织青壮劳动力去外面挣钱。只要有了钱,咱也可以盖所好的学校,请一个好老师。你看就我这点文化教学,怕误人子弟呢。我还想建个敬老院,把没儿没女的老人都接到一起,找人专门伺候他们,让他们享受大家庭的温暖和幸福。咱这儿的孤寡老人辛苦了大半辈子了,也该让他们有个家了。”孙大山的眼里放出了光,他似乎看到了这一切。

孙万春心情激动地说:“难得你有这样的决心,咱八道岭有希望了! 咱这里山高皇帝远,上面的什么斗争啊、运动啊,也到不了咱这深山里。你有什么本事就大胆地干吧,一切后果我承担。”

“好! 大叔,有你这句话我就放心了。”

那年月,“四害”横行。阶级斗争,政治运动;工业学什么,农业学什么,忙,把人们忙得越来越穷。要做真正的“无产阶级”嘛。人们都在吃着“大锅饭 ”。长年混天挣工分儿。而像八道岭这样的深山村落反倒成为了世外桃源。孙大山就偷摸组建了一支专业队,在外面挣钱。在那个年月里可是在搞“资本主义”活动。为了能让大家富起来,他顶风冒险地干着。

城里人有工作,人人上班挣钱。就是不上班的人也是吃不了大苦的。而孙大山他们这样的青壮劳动力,能吃苦,干活实在,他们不辞辛苦,任劳任怨。所以,许多人都愿找他们这支专业队干活。他们建房屋,修桥梁,铲公路,去工厂里装卸、搬运货物。他们什么活都干,而且干得很好。因为有孙大山这个好领导,他待人真诚善良,实实在在,更让人信服的是他的那份责任心。他们干活诚恳守信,该定时交活的他们挑灯熬夜,加班加点按时完成。他们干的活技术过关,不合格的活他们宁可少挣、不挣甚至赔钱也要返工做好。

人们都佩服孙大山。更信任他。找他们干活的人越来越多。他们的事做得越来越广。而他们的腰包也是越来越鼓了。在那一带,他们这支“队伍”已很有名气了!

八道岭请了山那边九沟村的高中生小红来教学。大山还给她按月发工资。那时在农村教学的可都是挣工分。给民办教师发工资,八道岭还是第一个。小红当然会好好干。她不负众望,教出了许多出类拔萃的好学生。

孙大山把他们专业队挣的钱交给支书孙万春分配。在家里干活的人也都能分到钱。家里家外,齐心协力。孙万春感慨地说:“早应该这样干了。”

三

阳春三月,柳绿桃红。

孙玉丰的心是那样的沉重。她的姑父因病去世了,姑姑的病又重了!她是万万不能离开了。她得伺候姑姑。她还要上班挣钱,给姑姑买药,供孩子上学。她好忙好累呀!她再也顾不上想大山了。风已过,雨已停。时光在流逝。一切都让它随风而去吧。

郑秀文的妻子多年来一直是体弱多病。由于家里有两个儿子都在上学,只靠郑秀文一个人的那点工资,日子过得总是紧巴巴的。他妻子的病总也治不好。就在春草发芽的时候,她突然病情加重,几天的时间她就走了。丢下丈夫和儿子,一个人到那边享清闲去了!一家爷三个好可怜。孙玉丰又担负起照顾郑秀文两个儿子大强和小强的重担。本来他们就亲如一家,这下孩子没了娘,她还能不管?她更忙了,心里已完全没了她自己。

四

“一条河,可能走得很远,远过天涯海角;一条河,也可能走得很近,近的走不过一段坎坷和曲折。但是,一条河总会有几朵浪花飞溅,总会有几个漩涡。如果你能把一条河的源头藏在心底,你就会成为河流中的一滴水。而这条河就会成为你一生的梦想。”——这是孙玉丰写在孙大山给她的那个小红皮笔记本上的一段话。就是这个本子,一直陪伴在她的身边。她把它放在床头,每每看到它,她的心总是好热好热。

孙玉丰忍不住又给孙大山写了一封信。“大山啊,我好想你。你在干什么呢?你好吗?你为什么一直不给我回信?你不要我了吗?你忘了我们的誓言了吗?大山,我永远也忘不了是你给了我第二次生命;是你给了我大山的感动;是你给了我太多太多的快乐和幸福……我的心已留在了大山上,我记忆的一条河也留在了大山上,那是我幸福快乐的一条河啊!我想念它,我时刻都想回到河中去。”

“为了你,我什么都可以不要,只想永远留在你的身边。只想和你在一起,永不分离。可我现在实在无法脱身。姑父去世了,姑姑病重,我得好好伺候她。前些日子,秀文嫂子也走了,她的两个孩子好可怜。秀秀已上幼儿园了,她很好。她是我心中的太阳!要不是为了这儿的三个孩子,我有心再去……”

她写不下去了。她觉得她的语言是那样的苍白无力。要不是为了孩子,为了姑姑,她怎么会忍受这样的相思之苦呢?

她在信的结尾说,她实在是毫无办法离去。

孙玉丰的这封信,孙大山还真就收到了。然而,那却是在一年以后才收到的。

孙万春去公社开会。当人们议论起去年去世的公社干事时(公社秘书,东北叫干事,他们的工作也包括收发当地的信件),谈论起了几封从上海来的信件。由于处理她的后事时很忙乱,没有人注意那几封信的去向了,丢失了。有个人说:“听说昨天又收到一封信,还是从上海寄过来的。”孙万春的心一动,上海?孙玉丰不就是上海人吗?信会不会是她寄过来的呢?他就和工作人员一起找。那个年代,邮递人员少,像八道岭这种地方,邮递员是不去的。信只能送到公社,再由别人捎给收信人。遇上个有责任心的人还能收到信件,要是遇上个没有责任心的人,收到信随手一放就不知道哪儿去了。在那时候丢失信件的太多了。孙万春费了好大的劲才找到了这封信。

其实,孙玉丰的几封信就是到了公社才给弄丢的。由于当时那个干事一直有病,她无法正常工作,也没人顾得上收发信件这种小事了。再后来她去世了。新的干事一直没来,也没人主管这些小事。这就苦了这些信件的收发人。孙大山和孙玉丰就是。这个差错,也许就是苍天有意安排的吧,要不,他们或许都不能安下心来做好自己的本位责任呢。年底,孙大山回家。万春叔将这封发黄了的信交给了他。当他看到了这封信时,心情已经没有多少激动了。因为他现在已经有了自己的事业,有了奋斗的大目标。在他的心里已经装下了全村的父老乡亲。这一切都已占据了他的心,占据了他的整个世界。儿女情长,在他的心里已经淡化了许多。

孙大山在孙万春家读了这封信,爷俩小议。万春叔说:“依我看,你就不用给她回信了。就让她死了对你的这份心吧。我看,你们两个怎么也不合适。一个是大城市的职工,一个是大山里的孩子。她还提到郑秀文的媳妇也死了。她的这个邻居在这里时她就常常提起:和她对门住着,关系很好。现在,他们又都单身了。”

孙大山也有些多心:她说是为了“三个孩子”?这不就包括郑秀文的两个孩子吗?她为什么要把三个孩子连在一起呢?如果她和郑秀文……那她为什么还要给我写信呢?

孙大山的思绪很乱。最后,他狠了狠心没有给她回信。愿她有个好的归宿吧;愿她过得好;愿她,忘了大山吧。

孙大山,大山的儿子。他放下了对孙玉丰的思念情怀。他全身心地投入到自己心中的大目标中去了。

## 五

地球飞转,岁月如梭。

十八年过去了。十八个春秋,整个中华大地都发生了天翻地覆的变化！“四害”已灭。改革开放，春风荡漾。城市和农村都已焕发了新的面貌，飘荡着新的气息。

当年的小秀秀——陈秀，已经是北京地矿学院的一名大学生了，一位美丽俊俏的大姑娘！她浓眉大眼像爸爸，细皮嫩肉的像妈妈。她可是大家公认的美丽校花！这样的女生有多少男生都梦寐以求。可她就是对男孩的追求不屑一顾。直到她上大三的这年，她相中了一个从大山里来的男生——孙凯。对此，有许多同学不理解，她为什么要放弃那么多条件优越的城市男生，而非要和农村的孙凯好呢？这个答案也许只有苍天才会知道。

十月一放假。陈秀回家来看妈妈。孙玉丰高兴。亲朋好友欢聚一堂，有郑秀文一家，有玉丰的好姐妹们，他们可没少帮助玉丰母女俩。她告诉女儿：受人点滴恩，就当涌泉报。不管到什么时候，都不要忘了大家。陈秀点头牢记在心。

郑秀文对陈秀说：“秀啊，你妈一个人把你拉扯大可不易呀。特别是她还要供你上学就更难了。这么多年了，妈妈为你付出的太多了。孩子啊，你可要让妈妈的晚年幸福啊。”

陈秀向大家保证：“我会的，会孝顺妈妈的，我会让妈妈的生活过得幸福快乐。可，我想要个爸爸……妈妈为什么总是一个人过呢？妈妈，您就给我找个爸爸吧！我想要一个完整的家呀！”

大家也说：“是啊，玉丰啊，你一个人多苦啊！找一个吧。”

孙玉丰的心也是七上八下的不好受。有谁知道她的苦呢？

这些年里，也曾有人想把孙玉丰和郑秀文撮合在一起。秀文当然是一百个乐意了。他一直未娶。在他心里也是装着孙玉丰，总想着有一天两个人能走到一起。

可孙玉丰的心里装的却不是他。她只把他当作自己的亲哥哥一样待敬。她也曾对他说过：“我的心已留在了大山里。我永远做你的好妹妹。有合适的你就找个嫂子吧。”

郑秀文也知道孙玉丰的为人，她认准的路就要走到底。他也不好强求她。

晚上。孙玉丰家的客人都走了，陈秀要和妈妈睡在一个床上，她有许多话要对妈妈说。她又看见了妈妈床头上放着的那个小红皮笔记本。这个小本子她已经看了十八年了！今天，她要向妈妈问问清楚它的故事。

“妈妈，这么多年了，您一直把这个小本视为珍宝。小时候我问您时，您总是说这是个故事。现在，女儿已经长大了，您该给我讲讲这个故事了呀。您告诉我吧。”

女儿确实是长大了，她已经是个成熟的女孩子了。该让她知道了。妈妈问：“秀啊，小时候的事你还记得吗？”

“小时候？我记得的事多着呢：记得妈妈天天背着我去上学；还记得妈妈背着我去医院；记得秀文舅舅总是给我买好吃的；记得大强和小强哥总是哄着我、护着我。”

“还记得爸爸吗？”

陈秀摇头：“一点也不记得。我只看见过爸爸的照片。”

是啊，她爸爸走的时候她还太小，怎能记得呢。她突然说：“妈妈，我总在做一个美丽的梦：高高的山峰，满山的森林、溪水、庄稼、绿草、鲜花……”

玉丰的眼睛一亮：“你还记得这些？还有吗？”

女儿摇摇头。

孙玉丰深情地对女儿说：“这个小小的笔记本，就是你梦里的故事，就是高山，就是绿草鲜花，就是咱们娘俩和大山的故事！这个小小的笔记本，它记载着我十八年的思念，十八年的期盼，十八年的回忆。”

静静的夜。孙玉丰给女儿讲起了那漫长的故事，大山的故事。最后，她对女儿说：她对孙大山的炽恋是永生不变的！她说她们娘俩的命都是孙大山给的，如果没有他，在这个世界上也就没有了她们母女！她讲起了山里人的善良，他们对自己和女儿的大恩。她说，她爱大山，好爱好爱。她说她的心早已留在了大山里，不管怎么物转星移都不会改变！

妈妈深情地讲着,女儿静静听着。多少次,随着妈妈激动的泪花女儿也流下了感动的泪水。真是太感人了!原来,自己和妈妈与大山还有这样一个离奇的故事,感人的故事。都可以写一本小说了!对!陈秀决心把这个故事写出来!

女儿也终于明白了:这么多年了,妈妈为什么一直不嫁?为什么她会常常的一个人偷偷地落泪?为什么她会把这个小笔记本视为珍宝?见物思人啊!妈妈是那样深深地爱着大山,想着大山!女儿长大了,她完全能够理解母亲的这种深情。

她对妈妈说:“您为什么不去找他?一个人受了这么年的相思之苦?您早该去找他。我也该去看望他们大家。该报答他们对我们的恩情。”

孙玉丰说:“这么多年了,就一直没收到过他的来信。我不知道他的现状。后来,我姑姑得病;再后来,你、大强、小强,都让我放不下;再后来,你们又都要上学……我又忙又累!心里已经没有了自己,所以,我也就一直未能再去。”

“妈妈呀,您为我们受苦了!现在,我们都已经长大了。您该为您自己好好地活一回了,您快去找他吧。”

“可是,也不知道他现在结婚了没有啊?”

“即使他现在已经结婚了,即使他未能等您。您也应该去看看他,去看看大家。他们对咱有恩哪,有天大的恩!难道我们不该去看看他们吗?”

陈秀的一番话,深深打动了孙玉丰的心。她的心里已经是浪花滚滚了。

夜深人静,月牙西斜。陈秀怎么也睡不着了。她太兴奋了!大山的故事让她感动。还有,她自己的心事也让她难眠。她也要向妈妈说说自己的故事了。

“妈妈,我也要告诉您一件事,我,我已经找了男朋友了。他也是个农村人,也来自深山里。”

“真的吗?他叫什么?今年多大?是哪里的人?”

女儿笑了:“他是我一个班的同学。叫孙凯。比我大两岁。是东北人。孙凯说,他的家乡很美,也很富裕。”

不管他是哪里的,孙玉丰相信女儿的眼力不会看错人。她问女儿:“你们相爱了吗?”女儿的脸儿红红的:“他爱我,我也爱他。我们在一起不愿分开!不在一起时,我会很想他。”

孙玉丰知道,女儿是真的相爱了。她也深深知道爱一个人的心情是个啥滋味。

大山里人?说他们的家乡很美,她信。说他们的家乡很富裕?她不信。她知道大山里是个啥样子。

陈秀提前回学校了,为了她的孙凯。为了省钱,放假孙凯没回家,在学校里的书店里打工呢,她要去和他一起打工。

六

阳光轻洒,清风扑面。十月的天空一片湛蓝。

在离孙玉丰家不远处的一个新建的小广场上,孙玉丰和郑秀文在那里散步。他们都已办理了早退。改革开放的大潮席卷着中华大地的每一个角落。新机器、新设备,都需要有学历、有知识的年轻人去干。一些工厂只好动员一些职工提前早退。所以,孙玉丰和郑秀文也就早退了下来。

郑秀文说有事要和孙玉丰商量。他约她来到小广场上。他们找一个条椅坐了下来。

玉丰问:“秀文哥,你找我要商量啥事啊?你快说说。”郑秀文说:“是这么回事:小强两口子不是来了吗,他们非要接我去南京。说我和大强一起过了这么多年了,该去他家了。我,我不想去的,可,玉丰,我想问问你,你说我去还是不去呢?”

郑秀文有两个儿子。大儿子大强,早已成家。也有了一个儿子了。他是在爸爸的工厂里上班,还是个技术骨干呢。而小强则去南京上了大学。他在南京找了个对象,就在那里成了家。小两口都在南京上班。前两天,小两口回来了,来看爸爸和哥嫂一家。更主要的还有一个目的:因为小强媳妇的父亲去世了,小两口有意把父亲和她的母亲撮合在一起,这样两个老人也算有个伴儿。刚回来时,小强和玉丰说过此事。郑秀文知道孩子的用心。那么,他为什么还要和孙玉丰商量呢?这不明摆着吗:他还是希望能和玉丰在一起。今天,他想向她彻底说明他的心事。

“玉丰啊,这么多年了,哥的心里就一直有你。难道我们俩真的就不能走到一起吗?难道你还在想着那个孙大山吗?我们俩,我觉得,我们在一起更合适的。”

“对不起,秀文哥,”她打断了他的话,“我们是兄妹。你永远像我的亲哥哥。我会永远做你的好妹妹的。”

“难道,我们不可以?”

“你是知道的,我早已经心有所属。我忘不了大山!再说,我的心也早就是他的了。”

郑秀文再也没说什么。他还能说啥呢?他知道她的心早已留在了大山里了,十头牛也拉不回来了!自己和她没有这个夫妻缘分。不过有这样一个好妹妹,他也该知足了。那就祝福妹妹吧!

“玉丰啊,既然你那么爱他,为什么不去找他?这么多年了,你一个人太苦了,他不说要等你吗?快去吧,去找他。”

“谁知道他现在是不是还在等我?这么多年了,他还会等吗?也许,他早就成了家。”

“那你也应该去。他对你有恩,你就应该去看看他。如果,他真的也像你一样在苦等你呢?你不去看看怎么知道?你快去吧,去看看大山,看看众乡亲。”

孙玉丰感慨地说:“是啊!女儿也这么说呢。我的心早已飞到了大山里了!”

“那你还犹豫什么呢?现在,你的姑姑已不在了,孩子也都大了。你该为你自己活一回了呀!这么多年,你太苦了!快去寻找属于你自己的幸福吧!”

她的心动了。心血飞扬。

人生能有几度秋,几载风霜已白头;忆昔曾洒山河泪,而今沥血死方休！孙玉丰再也不能等了！她心如潮涌，她要去找孙大山。她要去寻找心中的圣地！

十八年了，大山啊，你还好吗？你现在干什么呢？在教学？在收获？你有家了吗？有孩子了吗？你还在等我吗？你说过，你说过要等我的！

入夜，她再也无法入睡了。思念，思念，她好思念！她拿起笔，在那个小红皮笔记本上写上了这样一段话：

"大山，我爱你，你脚踏大地，头顶蓝天，从不怕风雨雷电；大山，我想你，你是万物之最！春天，你光彩夺目，花枝招展；夏天，你浓妆淡抹，衣冠斑斓；秋天，你果实累累，漫山红遍；冬天，你银装素裹，典雅庄严。啊！大山，你是我的摇篮。无论何时，我都对你有炽热的情，深深的爱，永恒的恋！"

她写着自然中的大山，思念着心中的大山。她好想他。

白昼与黑夜在交替，春夏秋冬在转移。人儿啊，在这种交替和转移中，把今天变成了昨天，变成了回忆。昨天是回忆的海洋；回忆是对昨天的依恋；回忆是对今天的重现。

一年又一年，她从回忆中走过来。

今夜星光灿烂；今夜花好月不圆。人想人，想死人！她想他想的落泪。爱一个人，爱到情深意浓，爱到好想和他在一起。在一起柔情蜜意，在一起，在一起……和他在一起的一幕一幕都重现在她的眼前，重现在心间。她听见了，她听见了大山的声音在呼唤！

她的血液一下子涌上心头，如脱缰的马儿，再也无法停留下来。她一天也不能再等了！她连夜打点着行囊。带足了钱，她知道那里太需要钱了呀！对了，还要多带上几件衣裳。那里人穿的衣服实在是太差了。她要给孙大山盖上新房，还要多给大虎嫂几身衣裳。

她忙碌了大半夜，打点了大包小包三四个。天，快亮了，她又写了两封信。一封留给女儿的，一封留给大强的。她告诉他们她要去的地方。她知道：现在他们都已懂得了这爱情的份量。清晨，她一个人悄悄地走了,朝着心中的圣地出发了!

大强两口子看着玉丰姑姑留下的信:“他说过要等我的。这么多年了,不知道他是不是真的还在等。如果他……那我也不会怪他。可我不去看看不死心啊!我和春天有个约会,希望在秋天里找到他。”

大强感动了:“爱的圣火真是十二级台风都吹不灭啊!”

## 七

时代变了,连火车都提速了。从上海到宽峰才用了两天的时间。宽峰车站到了。孙玉丰望着涌动的人流,不禁回忆起当年的情景。她下了火车去汽车站。打车去的。这会儿她再也不用受步行之苦了。

她又坐上了汽车一路向东驶去。她依然是看着窗外。这路,还是当年走过的路吗?路面又宽又平,上面还铺上了柏油,汽车在上面跑得又快又稳。再看公路两旁,到处可见一幢幢的楼房,各式各样的商店、饭店等。

一个多小时,就到了那个小镇上,孙大山送她上车的地方。她又看见了那一道道山梁,那是她熟悉的山岗。到了这里,就像到了家一样。孙玉丰好激动啊!

十八年了,大山啊,我回来了!

她要去八道岭,可还要走三十里的山路呢。她不怕,为了大山,她什么都不怕!

看见一个陌生人下了车,又大包小包的三四个,当地的出租车司机们看见来活儿了,呼啦啦围上来好几个。

“您去哪旮瘩呀?打我车吧?”

“去哪呀?我送你?”

孙玉丰笑笑说:“我没法坐车了,我要去八道岭。”

一听说她要去八道岭,一个姑娘推开众人来到孙玉丰的跟前说:“您去八道岭啊?那就坐我的车吧,我就是八道岭的人,正好一起回家。”

"坐车？去八道岭？"孙玉丰不明白了，"去那里也不通车呀？"

"早通了，连大卡车都能开进去呢。"那个姑娘说。

"去八道岭也通了车？"孙玉丰实在是难以相信。"那七山八岭的连步行都十分艰难的路也能通车？"

"嗯哪，路还贼好呢。"姑娘笑着把孙玉丰接上了车。

一路上，孙玉丰还是在一直看着窗外。她很激动，"这是六道岭，七道岭……"

司机姑娘问："您来过八道岭？"

"来过。可那是在十八年前了，我还在八道岭住过二十多天呢。"

"那您是住在谁家呀？"

"就住在孙大山家。"

"是大山叔！那您是？是玉丰姑姑吧？"

孙玉丰说："是我，姑娘，你怎么知道？"

姑娘爽朗地笑着说："我们八道岭谁不知道您和大山叔的故事呀！玉丰姑姑，我就是当年的小英子啊，那时我和乐乐常去大山叔家和秀秀一起玩。"

孙玉丰记起来了："小英子？啊，我记起来了。乐乐呢？他现在干啥呢？"

"人家乐乐现在可出息了，上了大学了。"

"真没想到啊！什么时候修的这条路啊？"

"是大山叔修的，您没注意吗？在进山的路口那儿写着：大山路。现在，大山叔可是我们这旮瘩响当当的人物了。"

"大山？他现在，他现在还好吧？"

"好着呢！他可是我们大家的主心骨。"

"他……"孙玉丰本想问问英子，大山现在结婚了没有，可话到嘴边又止。怎么开口呢？再说了，小英子的嘴叭叭叭叭地讲个没完，也不容她插嘴呀。

"大山叔的故事多着呢，乡亲们都说他是神仙下凡了。"

大山，大山，还是大山！孙玉丰好激动啊！她忘情地听着，看着，想着。啊！她看见了，看见了，这是八道岭！这山，这树，这花，这草……她的眼里涌出串串泪花，八道岭，乡亲们，大山啊，我回来了！

“姑姑，咱到家了。”英子的车停了下来。

到家了？这是八道岭吗？这是真的吗？我是不是在梦中？孙玉丰没动，她坐在车上没有动，她总觉得这是梦。她看见：一排排的新瓦房整齐地排列在东西两侧的山坡上；东山坡上还有栋两层小楼特别显眼；村中央是一所小学校，有好多的学生在操场上做游戏；学校的旁边还有一个大院，五间大瓦房，院里有几位老人在聊天；学校的前面是个小广场，在广场的对面还有个大院子，院子里堆放着各种货物，院子的大门上挂着牌子，上面写着：八道岭贸易货站。

“姑姑，快下车呀，到家了。”英子催促着孙玉丰。

孙玉丰的脑子一清：这不是梦，这一切都是真的！

英子像小喜鹊一样，从车上跳下来就冲村里大喊大叫：“大家快来看哪，玉丰姑姑回来了。”

她的喊叫惊动了全村的人，有许多人从家里跑出来。

“英子说是谁来了？”“好像是说孙玉丰来了。”“是那个孙玉丰吗？她真的回来了？”

人们一边询问着，一边来到了广场上——英子停车的地方。

说起英子买这车，还都是孙大山一手为她操办起来的。先是借钱给她，又为她跑齐了手续。要不你想，英子与孙玉丰之间也没有多少接触，那她为什么对孙玉丰这么亲呢？这不明摆着吗：大山叔对她有恩，而玉丰姑姑是大山叔的最爱。“大山叔啊大山叔，可是我把你的最爱给你拉回来的呀”——英子兴奋的就是这个劲儿。

英子的几声喊叫，可是个惊动了整个八道岭的消息。大虎嫂赶紧跑了过来：“英子，你说是谁来了？”

“你看哪,快来看!”英子从车里把孙玉丰接了出来。

大虎嫂子一眼就认出了孙玉丰,她非常激动:“是玉丰妹妹吗? 老天爷呀,你可回来了。”

可是,孙玉丰却怎么也认不出眼前这位大虎嫂了。只见她微胖的身材,红扑扑的脸庞;身穿灰色套装,很干净,也很可体,可能是量身定做的;垂肩短发被烫成了“大波浪”形;脚上穿棕色皮鞋,还穿了双白色的袜子。

孙玉丰是真的不敢认了:“您是?”

“哎呀! 你怎么不认识我了? 我是大虎嫂啊。”

“真的是你吗? 你的变化可太大了,像个干部。”英子嘴快:“人家可不就是干部嘛,她现在是咱八道岭的妇女主任。”

“嫂子,你真能干。”孙玉丰真是感慨。她回忆起当年那个虎嫂:憔悴的面容,还有那一身补丁摞补丁的衣服。今天,“丑小鸭”变成了“白天鹅”,落架的山鸡变成了羽毛丰满的“金凤凰”! 看看人家这农村妇女,比她这大城市来的职工还要阔气,还要洋气。

改革开放以后,的确有许多的农村都富了。

孙玉丰实在想不出:这样的深山僻壤里为什么会有如此大的变化? 难道真是神仙下凡改变了这一切?

## 八

“是啊,还真是神仙下凡了! 正是这个神仙,改变了八道岭,改变了这里的人、这里的山,改变了这里的一切。他——这个神仙就是大山——孙大山。”大虎嫂这样说。

晚上,孙玉丰和大虎嫂子坐在大炕上,她听嫂子讲起了那长长的故事:是八道岭的故事,是众乡亲们的故事,是孙大山的故事……

那年,孙大山把孙玉丰送走后,他着实萎靡了一阵子,那种相思之苦,时刻都在折磨着他那颗孤独的心。他恨透了贫穷! 在这里,要是也有一所好的学校,也像城里一样有钱花、有衣穿,有一条路,有个商店,要是在这儿什么都有,他的玉丰怎么会走? 他决心要改变这一切，要让八道岭变个样，让这儿也富起来。再后来，他的心态平衡了，心里装下了众乡亲，装下了整个八道岭。他坚定了一个雄心壮志：他要让众乡亲都富起来，要让大家有瓦房住，有衣穿，有钱花。

他看到乡亲们还都住着祖祖辈辈传下来的茅草房，这种房子真是一年一小修，三年一大修，累死人。特别是到了夏天茅草里还会生虫，爬的满屋都是。不是人们不想住大瓦房，而是他们这里根本无法从外面往里运砖瓦料，没有路啊。孙大山想出了办法。人要有雄心，黄土能变金。他发现南山坡上有的是黄土，就从外面请来了师傅，教他学会了建砖瓦窑，烧砖瓦。他不是为了卖钱，就是为了给乡亲们盖房用。在大山领导的建筑队的大干下，一年多就把全村人祖祖辈辈住的茅草房翻盖成了一排排的大瓦房！谁家有钱的就多出点钱，实在没钱的就多出点力，大家齐心协力一条心的和他一起干。

大山还给那些没儿没女的孤寡老人们盖了五间大瓦房，让他们住在一起，找人专门伺候他们。后来，就成了敬老院了。八道岭的敬老院可是全县第一个。是孙大山最早想出来的这个善良之举。后来又得到了上级的好评和认可，县长在一次的大会上还指名表扬了孙大山，说他给全县开了个好头。县上还给敬老院拨了款，大山用这笔钱给老人安上了土暖气，冬天用上可暖和了。

建砖瓦窑、盖房，几乎用光了孙大山几年在外面辛辛苦苦挣的钱。但他看到八道岭这一排排的新瓦房，看到了挂在乡亲们脸上的笑容，他的心里无比的欣慰，无比的自豪。同时，他更让乡亲们敬佩了。支书孙万春看大山有能力，心里装着众乡亲，他劝大山来当村里的支部书记，他相信：孙大山是个能把八道岭变富的人，是个做大事的人。上级领导也支持大山干这个支书。

可孙大山婉言谢绝了大叔和领导的好意，他要大叔在家掌舵，而他自己还要带领大家去外面挣钱，挣更多的钱！在他的心里已经有了更大的奋斗目标：他要修路，把进八道岭的三十里山路修通！

这修路可不比盖房啊，需要更多的钱，更大的力量。孙大山说："只有修好了路，才能真正让八道岭富起来。有了路，山里的好东西才能运出去，外面的东西也能运进来。这条路是咱们的致富之路啊！"

孙万春感动了，上级领导感动了。连县长都被大山的志向感动了，他对大山说："就着现在党的好政策的东风，你就大胆地干吧！"

孙大山的建筑队扩大了，由原来的几十人扩大到了几百人。他们不怕辛劳，挥洒着汗水，盖楼房、修铁路、建工厂……哪儿都有他们的身影。

他们又苦干了三四年，有了钱，就开始组织修这条路，这三十里高山峻岭的山路！

孙大山花重金买了台挖掘机，一尺一丈地从外面往里挖。加上大量的人力物力，有多少人的汗水挥洒在修路上。孙大山住在山里指挥修路，一住就是好几个月。路，终于修通了，一条通往山外的路能通车了！人们蹦啊跳啊欢呼着："终于有路了，终于通车了！""祖祖辈辈爬的山，终于变成了路，这才叫路啊！"

可孙大山对这条路还不满意，他又带领大家修整这条路，他们砌石墙、垒护坡、平路面。山那边九沟村的人看不下去了，他们说：他们出山也得走这条路啊，他们不能光等着现成的呀。他们没钱，就多出劳动力。他们村来了十几个人和孙大山他们一起干。又用了近一年的时间，一条宽敞平整的山路展现在人们的眼前。

走在这条路上，他们的心情无比激动，无比幸福。人们忘不了，是孙大山组织修了这条路。人们感激他，管这条路叫作"幸福路"。后来，人们为了让后代记住：是有了孙大山才有了这条路，他们就在进山的路口边立了一块碑，上面写上了"大山路"，还有修路的"路志"。

有了这条致富的路，山里的木材、石料、山货等许多好东西，不用出村就能卖了,来几辆大卡车就拉走了。

有了这条路,也有了通往外面的车辆了,货车,还有客车。这不,英子就买了出租车,可挣钱了。

有了这条路,山里的人很快就富裕了起来。

手里有了积蓄,孙大山就把大虎哥送进了大城市的最好的医院里,找最好的大夫给他治腿。孙大虎终于又站起来了!只是由于治得太晚了,他的腿走路还是有点拐。

孙大山为了照顾大虎哥,又在村里办了个商店,就让大虎哥看商店。村里有了这个商店,一般的日常生活用品、学生用品,应有尽有。这下,可方便了八道岭还有九沟村的众乡亲们,同时,也让孙大虎挣了钱,他每天都会有一定的收入。后来,商店干红火了,又成立了贸易货站。

再后来,孙大山又在八道岭架起了电线、电话线,八道岭再也不是一个与世隔绝的穷乡僻壤了!

改革开放的春风吹暖了华夏的每一个角落。党的好政策鞭策着每一个有志之人。还是在给大家盖房时,孙大山和大家一起去山上挖石头,他发现了一处的石头很特别:又黑又沉。他心细,就拿了两块儿到相关部门去化验,人家说:这是品位极高的铁矿石。大山把这事一直挂在心上。现在,房子盖好了,路修好了,电线拉上了,电话也安上了。更主要的是有了党的好政策。孙大山想要开这个矿了。

为了要开这个矿,孙大山几天几夜的睡不着觉,他在苦思冥想着:如果这个矿要是开成了,他们还用舍家离子的到外面去挣钱?常言道,在家千日好,出门事事难啊。有的时候他们是风餐露宿,历尽艰辛,他们吃的苦如繁星,数都数不过来!可在家门口,就有这么大的钱柜等人开启呢。如果开了这个矿,不仅他们八道岭的人,就是连九沟村的人都可以在矿上就业了,那得解救多少人啊。

开矿,开矿——就像一条大鱼在孙大山这个“狸猫”的眼前晃,赶都赶不走。他找万春叔商量,找八道岭的乡亲们商量,找九沟村的人商量。他那时真是磨破了嘴跑细了腿啊！他还愿拿出自己的全部积蓄,他还愿以他个人的名义贷款,大家不会担风险。他在八道岭和九沟村挨门挨户地动员,说服大家积极入股。他的真诚感动了大家,鉴于这些年来大家对他的信任,最后,两个村的人都积极入股开矿。矿,总算开起来了。

万事开头难,难于上青天。为了大家能致富,孙大山敢上天。他的决心感动着大家,他的真诚感动着大家。大家一条心地跟着他干。倒了再爬起来,错了再改过来。在大山里的简陋的工棚里,他一蹲就是一年多。

只要功夫深,铁杵磨成针。苍天睁眼,铁矿终于开成功了！大车大车的矿石运出去了,大把大把的票子拿回来了！贷款还清了,股份分红了。干活的人个个拿工资,两个村的人的腰包很快就鼓起来了。

孙大山看到九沟村有一条河可以利用,心里又有了新的目标:他要在那儿建一个铁选厂,自己出的矿石进自己的铁选厂,那钱挣得不更多！有了开矿的基础,建这个选厂就容易多了,有孙大山这个好领导,有大家的齐心协力,他们能搬倒一座山！

矿,开起来了,铁选厂,盖起来了。几年下来,他们是财源滚滚啊！

人,还是那些人,山,还是那些山。只因有了孙大山,人变了,山变了,他们的日子变了！

## 九

大虎嫂细细地讲着。孙玉丰静静地听着,她在听着大山那长长的故事。嫂子说:“现在,我们是年年分红,人人有份儿。你看看这人一有了钱吧腰板就硬,别看你大虎哥走路还有点拐,可他现在是家里地里啥活都能干,整天西装革履的,可像个老板呢。那时,他在炕上一躺好几年,他说那时总想一死了之,说活着太没劲了。再看看现在,可精神了,可,可男人了……”说到丈夫,嫂子的脸儿红红的,像少女。

她接着讲下去："大山现在可是我们这旮瘩大有名气的人了，人人敬佩他。这些年里，有的大姑娘都上赶着要嫁给他，主动给他保媒的也不少，特别是他的姐姐更是为他的婚事操碎了心。可他就是不娶。我问他：这是为什么呢？他对我们从不说假话，他说'我说过要等玉丰回来，她也说过她会回来的。这么多年了，她一直都在我的心里，我的心里已不能再去装别的女人了。'我听了真是无话可说。大山啊，他可是天下第一神仙下凡，是个奇男子，他是个多情重义的世上难找的好男人！他骨头硬，心肠软。他一直坚信自己的信念。现在，一切都变了，可他对你的那份心却始终都没变。"

大虎嫂讲不下去了，因为，她分明看见了孙玉丰那满脸的泪水。她的声音哽咽："是我对不起他，让他苦等了这么多年，嫂子，他在哪？我要去找他！"

"看看看，真一对儿情种。你刚下车，桂子就给大山打电话了。"

"桂子？"玉丰知道他，是个好人。

"桂子现在是咱八道岭村的村长了。支书万春叔岁数大了，村里的事都是桂子抓。他现在也是个大忙人。他知道你来了，就立刻给大山打电话。大山太忙了，矿山、铁选厂三四百号人呢，他又是个头头，可不敢出差错。他得都安排好了。等着吧，今晚不回明早指定回来。"

嫂子正说着话呢，突然有人敲门。"梆，梆梆……"

啊！她听到了，"他回来了！"孙玉丰飞快下了地，她太激动了，她手儿颤抖地把门打开。

——原来是乡亲们来了，他们大家来看她。

"玉丰，我们看你来了。""你可回来了！""你还走吗？"大家你一言我一语地和她打着招呼，来了好多人，屋里屋外都是。只见桂子来到玉丰的跟前，他右手放在前胸深深地鞠了一躬，并调皮地说："玉丰嫂子，桂子给您请安了。"他那个绅士风度，和当年那个野小子已判若两人。

大家都笑了,玉丰也笑了。桂子叫了她“嫂子”,她爱听。她也对桂子说:“让村长大人费心了,以后还请多多关照。”大家又是一阵笑声。桂子又从人群里拉出一个小妇人:“玉丰嫂子,这是我媳妇。花啊,快叫嫂子。”那小妇人甜甜地叫了声:“嫂子你好。我们大家都盼望你早一天回来。”好甜的小嘴巴,好俊俏的模样。

孙玉丰说:“桂子真有福气,娶了这样一个俊俏小媳妇。”

有人说:“差的桂子哪要啊,人家千挑万选的还能错得了。”小媳妇的脸儿红红的,她在笑。

孙玉丰对乡亲们说:“谢谢大家来看我,谢谢你们。我好想你们哪!”

“到底是城里人,说话总是这么客气。”“玉丰啊,这次回来了可不能再走了啊。”“是啊,可不能走了。大山可等了十八年了啊!”

孙玉丰也听不清都是谁在说话。她非常地激动,她大胆地对大家说:“我这次回来决不会再走了。这儿,八道岭就是我的家!这么多年了,我一刻也没忘记过这里,没忘记过大山!大山给我的恩比天高,比海深!我思念着大山,也想大山,好想好想!我忘不了大山,忘不了大家,忘不了众乡亲给我的恩,给我的情。我再也不会离开大山了。”只见她眼里浸满了泪花,声音哽咽。

乡亲们在静静地听着,屋里屋外很安静。

突然,不知是谁喊了一声:“大山回来了!”

人们立即闪到两旁,中间留出一条通道来。

是他,是他!他大步地跑了过来!在离她几米远的地方,他却放慢了脚步,他要看看清楚:“是你吗?真的是你吗?”

一步,两步,三步……

孙玉丰更是百感交集,她泪如泉涌!十八年的思念啊凝聚在脚底,坚定的脚步也在向前,向前!她直视着他,是他,是他!是她的大山!尽管,他的身材有点发胖,两鬓也有了一点点斑白,可他那双眼没变，一点也没变。这双眼已经铭刻在她的心中十八年，她天天都在想着这双眼。

众乡亲们几乎都屏住了呼吸，凝神地看着他们两个在一步步地走近。

"大山！"

"玉丰！"

他也顾不了还有许多人在场，他向她伸开了双臂。

她扑向了他，扑到了他的怀里！

"玉丰，你，你终于回来了，你让我等得好苦啊！"他泪挂眼帘，紧紧地，紧紧地把她抱在了怀里。

没有人出声，也没有人笑，更没有人说一句话。却有许多人都流下了泪水。

十八年了，十八年的相思，十八年的期盼，十八年的渴望，十八年的等待。

他低低的声音附在她的耳边："我以为，你早把我给忘了……"

"怎么会，我永远也忘不了。我忘不了那蓝天白云，忘不了那溪流、山岗，忘不了那满山的花香。忘不了大山中的群峰、峻岭，忘不了众乡亲的鱼水深情。"

十八年了啊，他们有多少话要说呀！那就让他们说个够吧。桂子向大家使了个眼色，人们都悄悄散去。

她附在他耳边低声说："大山，咱回家吧。"

他笑了："这儿，就是咱的家呀！"

"这儿？这不是大虎哥的家吗？"

"是这样：那年我烧了砖瓦，我把自己的那个茅草房翻盖成了现在的那两层小楼。眼看乐乐也要长大了，我就又在这里（大虎家的旁边）盖了这套房子，原准备给乐乐娶媳妇用的。可咱乐乐出息了，他上了大学了，他是公家的人了（在那年月只要是上了大学，就有了铁饭碗了）。将来他结婚公家会给他分房子的。这个房子本来就是我盖的,哥嫂为了照顾我方便,就让我住在这里。我不在家时,嫂子就帮我看家收拾打理。”

“大山,你说你一个人盖这么多房子干什么呢?”

“谁说是我一个人?我在等老婆的到来,还有女儿,她将来还会结婚生子。还有,我们也会生好多孩子的。你说,房子少了哪够用啊。”

“你坚信我会回来?”

“那当然,我相信你。我也相信我自己的信念。我更相信咱们的共同誓言!”

“大山,大山啊!”她感动得泪如泉涌。

夜,静静的夜。她依偎在他的怀里,一刻也不想分离。“大山啊,我好想你,好想,好想。好想和你在一起。感激你给了我深情的呵护,感激你给了我做女人的幸福。我感激我们会有彼此的爱!大山啊,我想和你日日夜夜在一起,可是,我们,我们,却分离了这么久。”

“我已经过了多少风风雨雨,也饱尝了聚散分离,以为平静的心再也不会荡起。过往已尘封,爱也好,情也好,都想让它随风而去。可是,我和春天有个约会,这个春天里有我有你,我再也忍受不了这份分离。”

孙玉丰像背诗,像自语,像倾诉,又像喃喃梦呓。到底是有文化的城里人,她是个浪漫又多情的女人,连说情话儿都带有诗意。

孙大山欣赏她,欣赏她有文化、浪漫又多情。他紧紧拥抱着她,胸贴着胸,心贴着心。他的春天又回来了!他的燕子从南方飞回来了,他再也不会让她走了!他,封冻了十八年的爱情又燃烧起来了!

她,远离巢穴的鸟儿又回到了属于她的暖巢里了!她的爱情又沸腾起来了!

她紧紧依偎在他的怀抱里,她在吻他,强烈的吻。那一夜,月亮特别的圆;那一夜,秋风吹得比春风还要暖;那一夜,他们奋蹄追赶,追赶那失落了十八年的春天!

十

清晨,他们步入了秋天的田野。那带着晶饱露珠儿的绿草山花,都在向他们点头微笑。当年的情景,虽然无语,却似有声。于是,他们在静静地聆听。

望远山,一抹翠绿,浩若云海。绿色的风景,绿色的意境,绿色的诗篇!绿色的记忆,绿色的情感。她把这片绿色蕴藏在心间许多年。

孙大山拉着孙玉丰的手走在乡间的小路上。山道弯弯的小路边,山花朵朵,烂漫飘香。她又醉了!浪漫的情怀顿开,她又做起了诗:“深山小村故事多,风风雨雨皆经过。如今希望铺满路,美好未来更祥和。”

大山笑了:“玉丰,我太崇拜你了。”

玉丰说:“我呀,只是有个浪漫的情怀。而你,才是真神下凡,改变了人间。”

“我不敢和神仙相比。可我有自己坚定的信念:我相信我能让家乡变富。我相信你一定会回来,我相信我们共同发下的誓言!”

大山就是大山,脚踏大地站得稳,头顶蓝天意志坚!孙大山,他的毅力像座山,他的决心像座山,他的信念像座山,他的真情像座山。他山一样的声音在呼唤,在呼唤!

她无法抵制这种呼唤,她向往着这种呼唤。她的心中有山一样的情,山一样的恋。这种永恒的情恋,千山万水难隔断,十年,百年!

这就是大山。

他和她置身于大山的怀抱之中,享受着大自然的抚爱。他们抚摸着彼此的心扉,热情的血液一起流动。

她还像当年那样,深情地依偎在大山的怀抱中,青山绿水作伴,山花野草为媒。她爱大山,她时时刻刻都愿留在这大山中。

两个人正在陶醉中,大虎嫂来了。早晨,嫂子叫大山他们俩吃饭,发现他们不在家了,她知道玉丰爱山,一准儿在山上。远远地嫂子就看见了他们,像拍电影似的:又亲又吻又拥又抱的。嫂子清了清嗓子:“嗯,嗯。”让他们清醒过来。

“嫂子”“嫂子”他俩还不好意思呢,像两个少男少女一样。

嫂子笑了:“大山,玉丰,快回家吧。万春叔和桂子他们都来了。他们是来商量给你们办婚事的。你们俩啊,以后天天在一起,时间长着呢,让你们亲个够!”

## 十一

在大家的操办中,孙大山和孙玉丰的结婚典礼隆重地举行了!地点就在大山的那两层小楼里。人太多了,八道岭和九沟村的乡亲们都来了。

原来,八道岭和九沟村隔着一道山,路太难走,来往很不方便。现在,山上开了矿,在九沟村又建了铁选厂,修了路,也通了车,人来车往的已经很方便了。两个村的人就像一个村的人一样了。矿山和铁选厂也是由两村共同创建,孙大山又是带头人,他平时待人诚实可敬。今天,他结婚这么大的事,大家还能不来?

和孙大山非常要好的哥们弟兄们,更是携妻带子的早早就来了,男人们递烟倒水的招待着客人,女人们则烧火切菜做饭。

大山的姐姐来得更早,她哪还睡得着觉啊,起早就过来了。她忙里忙外地张罗着。可盼到这一天了!她为弟弟也是操碎了心。今天,当她看到了孙玉丰就别提有多高兴了!

姐姐紧紧拉着玉丰的手,禁不住激动的泪花。她说:“玉丰啊,你可回来了。这些年,大山不肯娶,他死活要等你,我可没少生气。我不信,不信你真的还会回来。我怕把他这一生耽误了呀!我的弟弟这么一个优秀的男人就这样打着光棍儿,姐姐心疼啊!人家大姑娘上赶着要嫁给他,他就是不要,真是气死我了。玉丰啊,你真的回来了,大山没白等。他能娶上你这样一个漂亮、聪明又有文化的媳妇,是他的福气。虽然他等了你这么多年,我看他等得值!现在,我才真正知道爱情的力量:原来,你们的心是永远连在一起的，虽然人分开了，可心总也没分开。大山里的男人就要有山一样坚定不移的信念。这下，姐姐可是放心了，以后再也不用为弟弟操心了。你们两个在一起，就好好过日子吧！”

姐姐好实在的话语。

听着亲人的肺腑之言，玉丰见姐姐又从一个小花布包里拿出东西。姐姐说：“我知道，你们城里人讲究个浪漫，姐姐没什么值钱的东西送给你们，这是我几天紧忙活赶着绣的一对儿鸳鸯枕头，送给你们，愿你们像鸳鸯一样：白头偕老，永不分离！”

这是最珍贵的礼物，每一针每一线都凝聚着亲人的祝福！

“谢谢您，谢谢姐姐给了我们这么珍贵的礼物。就让它伴随着我们过好幸福快乐的一生吧！”孙玉丰激动地接过了礼物。

孙大山和孙玉丰当众紧拥，达到了婚礼的高峰。孙大山对大家说：“感谢大家的盛情。今天，我就向大家保证，让群峰峻岭、蓝天白云共同作证：我，孙大山，会永远爱孙玉丰！我会让她快乐幸福，让她也会永远爱我孙大山！”

多么感人的声音！多么感人的婚礼！多么感人的场面！像在小说里，像在电影里。可这却是真真实实在八道岭。

一位九沟村的老干部激动地说：“我活了这么大的岁数了，还是第一次参加这么隆重的婚礼；第一次听说这样一个离奇的真实的爱情故事；第一次看见这样一对儿跨越十八年的坚定不移的恋人。真是感天动地啊！我们深山里有了孙大山这样的好男人汉子，自己认准的事就坚定不移地做，自己认准的路就坚定不移地走，这才是我们大山的爷们！他给我们大家做出了榜样。今后，就让我们联合携手，共同走向更富裕的未来！”

大家又是一阵掌声和欢笑声！

亲朋好友众乡亲，大家欢聚一堂。他们大碗大碗地喝酒，他们不醉不归！这就是庄稼人，这就是大山人！他们诚实、善良、大方、豪爽。

婚礼的酒席宴会在欢笑热闹激动的气氛中进行着。大家吃着、喝着、谈论着。他们谈论着过去，展望着未来，他们对未来充满了希望。

一直到下午六点多钟，客人们才都陆续散去。

孙玉丰的情绪还停留在极度的兴奋中，四十多岁的她还像个少女，脸儿红红的，羞羞的。她扑到了大山的怀里，这是她丈夫的怀抱。“大山，这一切都是真的吗？我真的已经正式地嫁给你了吗？孙玉丰已经是孙大山的妻子了吗？”她总觉得一切都像梦。

孙大山捧起妻子的脸轻轻地吻了一下，“玉丰，这一切都是真的，不是梦。你，孙玉丰女士，已经正式地嫁给了我——孙大山先生！我们将从此幸福快乐地生活在一起，白头偕老，永不分离！”

“白头偕老，永不分离！”

他们一起发出了心底的肺腑之音。

## 十二

迎着朝霞，孙大山陪着妻子孙玉丰，他们又登上了高高的山峰。他知道她爱山，她爱野花丛丛。他们是来山上度蜜月来了。

远山，秋雾弥漫。白色的大雾如海浪一样在群峰间翻滚着，而在大雾中耸立出来的山峰，就像大海中矗立着的岛屿。这晨雾的景色在大山中真是太美了！

在他们的周围，山坡上，溪流边，绿草丛生，在绿绿的草丛中，一大丛一大丛的山菊花竞相开放，美丽动人。

她又醉了！她依偎在丈夫的胸前：“你看，这大雾，多壮观呀！你看，这山菊花，多娇艳呀！”

妻子像个小孩似的撒着娇：“大山啊，我永远永远爱你！”

一阵清风吹过，雾散了，金色的阳光洒满大地。清晰的山峰展现在眼前：远山重重叠叠，近山翠绿斑斓。孙玉丰站在高高的山峰之巅，她张开双臂，她在拥抱大山！大山，就在她的眼前，大山，永远在她的心间！

丈夫深情地望着她，骄阳下，她是那样的美丽动人，她还是那样的年轻！

谁说人会老？青山不老，他们就永远也不会老！

## 十三

日子过得要是太幸福了,比翻书还要快。

几个月过去了。孙玉丰每天都沉浸在幸福当中。虽然孙大山很忙,也会经常不在家,可她就是感觉天天都在他身边,因为这里就是她的家。

腊月,天寒地冻,白白的积雪覆盖着群山。可孙玉丰不觉得冷,因为在她的心里总有一团火在燃烧。更让她高兴的是女儿就要毕业了(那时毕业都是在年底)。她含辛茹苦把女儿养大,还供她上了大学。为了女儿,她付出的实在是太多了!现在好了,女儿终于长大了,她大学毕业了,她就要工作了,总算能独立了。

白天,孙大山又去铁选厂了,她一个人在给女儿写信,一封长长的信。她在信中详细讲了她和孙大山的事。她要女儿毕业后就来八道岭,来看看乡亲们,来看看当年的大山舅舅——现在的爸爸。她跟女儿说,她终于和孙大山结婚了,这是她多年的梦想,也是女儿愿意看的结局。还有,她要告诉女儿:她就要有个小弟弟或者小妹妹了。

晚上,孙大山回家,孙玉丰把给女儿写好的信让丈夫看。当大山看完后,他竟然欣喜若狂的像个孩子,他又蹦又跳又喊又叫!

“玉丰,这是真的吗?是真的?好老婆,为什么不早告诉我?却要先告诉女儿了?”他抱起妻子又亲又吻。嘴里还念念有词:“我真是世界上最幸福的人了!”

是啊,还有什么事能比这个更让他高兴呢!

清晨,他们就把信寄了出去。现在,在大虎的贸易货站,就有信箱,邮递员每天都来八道岭。因为现在的邮递员也是鸟枪换炮了,都骑上摩托车了。而且有了公路后,三十里路二十分钟足够了。再说了,如今的八道岭都全县闻名了,哪行哪业不都愿抢着来呀。

八道岭村在孙大山的带领下,走在了改革开放的前面,比别处最先富了起来。如今,这里可是人财两旺啊。就说这小伙子娶媳妇吧,都得挑挑了,差的人家还不要呢。附近的姑娘们,谁不愿嫁到八道岭啊。

时代在前进,社会在发展。连信件都坐上飞机上了天。十天的时间,孙玉丰就接到了女儿的回信。女儿的信里真是几多感动,几多祝福。她说,她要来,一定来!来看妈妈,认爸爸,来看望众乡亲。她说,她也是从八道岭走出去的,在这里也留下了她的脚印。信的最后,她说她要给妈妈一个惊喜,一个大大的惊喜!可她又说:"现在,我不告诉您,等我去了再带给您,就算我给二老的新年贺礼了。"

"这孩子,她要和妈妈卖关子,这不是让人着急吗!"妈妈责怪着女儿。

"真是个调皮的孩子。"大山也疼爱地附和着。

到底是个什么惊喜呢?等见了面就知道了。

## 十四

楹联迎春迎富贵,爆竹报喜报平安。人来车往买年货,欢天喜地迎新年。

大清早,喜鹊就落在了枝头喳喳地叫。大山和玉丰刚吃上早饭,大虎两口子就急忙风火地跑来找大山。大虎兴奋地说:"大山,玉丰,乐乐来信了。他说:他毕业了,要回到咱县上来上班了。把工作的事情办理好了,就要回家来了!他还说,他的女朋友还会和他一起来。"

"太好了!这可是个大喜事儿。"大山高兴极了。对于乐乐,大山也像对自己的儿子一样,乐乐上学,大山可没少操心出力。孩子就要回来了,他们的乐乐出息了!你说,他能不高兴吗?

玉丰说:"怪不得清早喜鹊就一直叫呢。也不知道秀儿哪天来?也不知道她会去哪里工作。"她想女儿了。哪能不想呢,女儿可是妈妈的心头肉啊。

大山轻轻握住妻子的手,安慰着她:"孩子大了,也要走她自己的路了。不管她到哪里去工作,咱这里永远是她的家。"

孙玉丰点点头："是啊。"她该高兴，女儿毕竟已经成人了，她该有她自己的新生活了。

孙大山建议：今天他们就去县里接乐乐和他的女朋友回家。"好啊！""好啊！"大虎两口子当然更是恨不得马上就见到自己的儿子，还有他的女朋友——是他们未来的儿媳妇。

大山问妻子："你还和我们一起去吗？大冷的天，你还怀着孕呢。"玉丰说："我咋不去呢，女儿还回家来过年呢，咱得买好多东西，女孩子家用的东西你哪懂啊。"

"好好好，咱都去。我把车子开慢点就行了，可不能颠着我没出生的孩子。"其实，孙大山可乐意妻子跟在自己的身边了，对外人是一种炫耀，对自己则是心中最大的幸福和享受。

## 十五

放眼四野，茫茫群山雪。万物披白纱，林海结白花。在这美丽的雪景里，孙大山的车子缓缓地向山外驶去，他们一行四人要去县城了。

孙玉丰自从那次"看窗外"，就有了一个习惯，她一坐上车就喜欢看着窗外，看着窗外的景色。今天，她看到这美丽的雪景，真是如诗如画！以前，她连做梦都没见过这样的景色。她生在南方，长在大城市，在那里根本就没有这样的风景。现在，她在这里有了自己的家，她爱这大山深处的家，爱这里的人，爱这里的山，也爱这里的雪。自己已经有了一个完整的家，也有了幸福和快乐。可是，女儿啊，你去哪里工作呢？你要去哪里安家呢？

孙玉丰想着心事，不知不觉的他们就来到了县城。

孙大山把自己的小车子开进了县委的大院里。他下车去问一个工作人员："新来的两个大学生在哪啊？"那人回答说："他们出去了。说是去买东西去了，明天要回家呢。你们就在这里等着吧。"他还给大山他们每个人倒了一杯热水，对他们很热情。时代变了，每个人都在变。

大山和大虎他们太兴奋了，实在是坐不住了。大山说："咱们也去街上吧，顺便买东西，说不定还能和他们碰上呢。”大家一致同意。

孙玉丰要给女儿买一些生活用品，她要买的东西很多。特别是大虎嫂子，听说儿子儿媳就要回家了，她要买的东西还能少？他们大包小包地拎着，看着这个累巴劲儿。

大虎说：“反正我也不懂得都买啥，你们把东西都放在我这儿，我看堆儿吧，你们再去买吧。”他的腿脚不好，不想总跟着转。

大虎留下，在商场的一个大门口的台阶上坐了下来。看着眼前流动的人群，想着心里高兴的事情：就要和儿子见面了，儿子大学毕业了，自己的孩子出息了。还要在县上工作了！这在他们八道岭可是头一个呀！这就是他孙大虎的儿子！他好自豪啊！可他要告诉儿子：他这大学上得可不易，是众乡亲们一起努力帮助的，是大山叔操心又出力帮助他一年一年地上过来的。不管到了什么时候，也不能忘了大山叔，不能忘了众乡亲，不能忘了八道岭。孙大虎正甜甜地想着心事，从对面走过来了两个人打断了他的沉思。

“爸……爸……”大虎循声一看，是儿子！乐乐向大虎这儿跑了过来。

“乐乐……乐乐……”大虎不知说啥好了，只是一个劲地叫着儿子的小名。

儿子几步来到爸爸的跟前。“爸，您怎么自己来了？——还买了这么多的东西？”

“啊，我们接到你的来信了，今天来接你们了。你妈，还有大山叔他们都来了。”

“爸，我可想你们了，想大山叔，想八道岭。”

瞧瞧，这爷俩光顾着亲热了，把旁边的人都忘了。乐乐叫过女朋友，“爸，这是我女朋友。秀快叫——”他不知道咋介绍了。

“大伯您好，我正要去看望您二老呢。”乐乐身边的姑娘甜甜地说。

“好啊！好啊！好！”大虎已经是不知说啥好了，只是一句接一句地说“好”了。他太高兴了！

他们三人正说着话呢，大山他们回来了，朝这边走了过来。

孙玉丰一抬头，她是惊喜若狂！——她看见了女儿！“秀！秀！这是真的吗？我不是在做梦吧？”她实在不敢相信这是真的。

女儿飞奔过去，她扑到妈妈的怀里！“妈妈，妈妈！这不是梦，是真的，是真的呀！”

娘俩都热泪盈眶，激动万分。“孩子，你怎么会在这儿？”妈妈有一百个不明白。“妈妈，我不是说要给你们一个大大的惊喜吗？不是说要送给二老一个新年贺礼吗？这就是啊——”只见她拉过乐乐说：“妈妈，他就是孙凯呀！我和他一起来这里了。来这里上班工作，来这里生活，来这里安家落户，来和你们一起建设大山，开发大山。”

听完这席话，再看这几个人，是你看看我，我看看你，如掉进了云里雾里。

没一会儿，孙大山可就明白了：乐乐的女朋友就是当年的小秀秀，他们在一起上学，并相知相爱了。现在他们又要一起来这里工作，来这里安家了！孙大山笑啦，他笑地好灿烂啊！“苍天啊，你对我们大山人可不薄啊！”他兴奋到了极点，连苍天都叫出来了。

孙玉丰也明白了：孙凯就是当年的小乐乐。因为在村里没人叫他的大名，只叫他乐乐。当年的小乐乐又和当年的小秀秀走到了一起！难道这一切不都是天意吗？玉丰真是百感交加。想当年，自己净受磨难了，到如今，她得到的都是幸福！还真像当年大山说的那样：她就像去西天取经的唐僧一样，百难过后终成正果了。现在真是万事如意了！

只听孙大山又说：“咱这大山里真有神灵啊，它不但把我的凤凰给呼唤了回来，天天陪伴在我的身边。今天，又把秀儿这个小天使也给呼唤了过来，她会给我们大山人创造更多的幸福！大山这样厚待我们，咱们一定要把这大山建设得更富强，更美好。咱们要一代一代地干下去。我们这一代人是用汗水和双手来建设大山，路走的艰难困苦,坎坎坷坷。而你们这一代人则要用新手段,用学到的知识,用高科技、高智慧来建设大山了。你们再也不会像我们那样行步艰辛,却一定会比我们干得更好! 咱们大山美好的未来就要靠你们来创造了!”孙大山像做报告一样,讲起话来激情豪迈。

孙凯说:“大山叔,今天您说的话和昨天老县长给我们讲的话一模一样的。您就放心吧,我们一定会努力的。以后,我们两代人可要并肩作战了。”

听说女儿也要来这里工作安家,孙玉丰非常激动,她说:“我们本来就是这大山的女儿,十八年前就是了。”她拉着女儿来到孙大山的跟前说:“好女儿,快叫爸爸!”

陈秀到现在什么都明白了,妈妈为什么要问自己小时候的事。她看着这群山,看着眼前的大山爸爸,她渐渐地记起了梦里那些大山的影子,那些高山森林,绿草山花……原来,那本不是梦,是她幼小的记忆。当她看到孙大山的时候,就有了一种久违了的亲切感,在她的梦里就常常在一个人的背上,他背着她一直走啊,走啊……现在,她看见了:就是他。见了这山这人,她幼小时的记忆突然就清晰了!

陈秀含着眼泪,一步一步地走到孙大山的跟前喊“爸爸!”多么亲切的称呼啊,她多年来还是第一次叫爸爸。

大家的心情都非常激动,激动得无法形容。十八年,两代人,竟然都爱上了大山,爱上了大山里的人!

这真是:机缘巧合成佳事,岁月流长贺姻缘!

## 十六(尾声)

八道岭又沸腾了。孙玉丰母女和大山的故事,那真是感动天地啊。这人间最真挚的恩情、亲情、爱情揉和在一起,那会是一种什么样的情感呢? 这是一种神奇的爱,一种包含真情的爱,一种永恒的爱!

八道岭的乡亲们都来到孙大山家,有桂子、狗子、铁蛋,有孙大虎和嫂子,还有老支书孙万春和婶子……大家一起来祝贺孙大山一家团团圆圆,幸福美满!

老支书已经七十岁了,他久经风霜的脸上布满了岁月的风尘。他深深知道八道岭的今天来之不易,他对大家说:“我们经过了多少风风雨雨,摸爬滚打,才有了八道岭今天的富裕生活。但是,我们还要有更大的追求,这就需要我们不断地努力,需要一代更比一代强。我们的乐乐回来了,还带回了天使姑娘。看到他们,就看到了我们的未来会有更大的希望!”

孙大山更是激动万分,他对众乡亲们说:“我们从过去的贫穷走到今天的富裕,还要走向更完美的未来。我们是大山人,就要依靠大山把家乡建设得更好。我们的大山里有的是宝贵资源,需要我们不断地努力开发利用。我们的开发专家回来了,我们有前途了。过去,我们是在摸索着干,那是在顶风冒险。现在变了,有了党的好政策,我们就该大胆地干了。我们有老一辈艰苦创业的基础,又有了孙凯和陈秀这样的年轻人,他们有知识,有技术。还有我们大家的共同努力。我们的道路会越走越宽广。改革开放的东风已为我们扬起了风帆,我们的未来一定会更美!大山在呼唤着我们,美好的未来在呼唤着我们,前进吧!”

大家发出了热烈的掌声,发出了激昂的欢呼声!

这就是大山的呼唤。

多情的大山在呼唤,唤回了孙大山等待十八年的爱情;

灿烂的大山在呼唤,唤来了陈秀这个美丽的天使,她会同孙凯一道携手并肩;

美丽的大山在呼唤,唤醒了大山中千万年一直在沉睡的宝贵资源,贡献给人间。

八道岭的人们啊,将顺着改革开放东风的大潮,奔向更富更美的明天。

# 随波逐流

内容简介：深山小村里出生的普通村姑王冰，历尽婚姻坎坷遭遇，感受了辛酸苦辣的人生磨难，最后她被爱、恨、痛交织，在无奈的人生里随波逐流。深刻反映了当时的社会现象，表现了一个柔弱女子感情的悲伤与无奈。

## 一　辍学

20 世纪 70 年代初期。北部山区，一个偏僻的小山村里，居住着这样一户人家：全家共七口人：父母、姐妹四个，加上下面一个小弟弟。这家祖祖辈辈都是面朝黄土背朝天的庄稼人，和这个村的人一样，日出而作，日落而息，过着一种平淡的不能再平淡的清贫的庄稼人的日子。

这姐妹四个，大姐王宝 22 岁已有对象，是本村的关家；老二王冰 18 岁，初中没上完，上了六年学，被迫回家，是因为家里太穷；老三王如和老四王雪还正在上小学。全家人对 5 岁的小弟弟视为掌上明珠，但在那个年代里，农民的生活实在是穷困，也只有在吃粗饭时对小弟弟重点偏向而已。

18 岁的王冰，蓓蕾欲展。她纯情善良，她喜欢浪漫，她也曾雄心勃勃。虽然出自平凡之家却总想干些不平凡的事业，也许，正值青春年华，在她的心里总在编织着美丽的花环——事业有成、生活美满、爱情浪漫……然而，苍天对她太不公平，她一直是不如意，很不如意。

先说在事业上，开始她心有独钟：想当个老师，当个很出色很有成绩的老师！可由于家里人口多、劳力少，没人挣工分，父亲不让她上学了，最终连初中都没上完(那时学制短，高中毕业才上九年学)，王冰上了六年学，还差一年初中毕业。那时村里选个老师怎么也得是个高中生啊。王冰没当成老师,这是她终生的遗憾。

那年生产队急需一个会计,而王冰的珠算打得好,也很会算账。在她上小学三年级的时候,父亲上街卖猪仔时她麻利的口算就让大家很佩服,女儿得到大家的夸奖父亲很是自豪。当大队支书找到父亲说要让王冰当这个会计时,父亲便欣然应允。开始,王冰不愿意干,一是她还想继续上学,二是她真的不想干这个会计。可是,王冰拧不过父亲,父亲说:“干这个能多挣工分儿,还轻松,多少人想干呢！还不是领导照顾咱,看中了你能写会算,再说咱家人多劳力少,你得为家里想想啊。”王冰含着眼泪把队里的账本抱回家,开始她 7 年的会计工作。

干了一年后,王冰觉得还真是可以,当会计很少参加生产队的劳动,那些脏活累活,风吹日晒,她很少经历过。她会经常在大队部、小队部算算账、报报表什么的,还会时不时地去大队、公社或外地开会、参观什么的,开阔了眼界也结识了许多朋友。对一个农村姑娘来讲,王冰也算是不错的了。在当时,有许多同龄人着实羡慕她呢!

青春,很美好,18 岁的青春真好!

## 二 逢春

春枝未发芽,总会遇到春风——

二月里,一天晚上,大队在小学院内放电影,片名《红色娘子军》。那时农村很少放电影,所以每当村里放电影时,都会有很多人去看,特别是年轻人,更是很早就欢聚到场,联欢嬉闹。王冰匆匆吃完晚饭很快来到小学院内。她没有参加大家的打闹戏要,而是站在一个教室的门前看着那些青年男女喧哗打逗。她也正值年少,也有这种激情,但她性格内向,浪漫在内心里从不愿向外流露,她更喜欢多听多看,这就是王冰的个性。

“冰儿,你来了?”

“啊,是李老师啊,您也来了!”

王冰光顾看热闹了,没注意她的身边又多了一个人,他是王冰的小学老师，叫李林。他现在仍在学校教学。听李林问她，她马上和李林说了话。

在王冰的心里李林是她很敬重的一位老师，她很爱听他说话，但是，那时的农村还很闭塞，很封建，青年男女不能单独在一起待的时间太长了，会有人说闲话的。所以，王冰和李林说了一会儿话后，她就离开了。

电影开演了，人们都静了下来专心看电影。

"冰儿，好看吗？"又是他，李林。她笑笑，调皮地反问了一句："李老师，那你看呢？好看还是不好看？"他认真地对王冰说："好看是好看，只是，我觉得，现在的好多电影太革命化了，有些单调。像这片儿似的，没有生活，也没有爱情。冰儿，你说，是不是这样？"被他反问了，她却不知道怎么回答。"我？我……说不好，因为我还小，不懂那么多""你该懂了。"

什么叫该懂了呀！这个李林，王冰在心里叫着他的名字。

李林大王冰六岁，当然他的胆子也比她大。他对她说话直来直去，一点不隐藏。他兴致勃勃地说着自己的心里话。

电影换卷了，人们又是一阵骚乱，活动身体的，上厕所的。王冰趁机就又想走开，虽然李林是她敬重的老师，可他还没对象呢，还是个单身男子，总和他在一起人家会说闲话的呀！

就在王冰转身又要走开时，李林却说出了这样一句话："王冰，你为什么老躲着我呢？我，很招人讨厌吗？"

"不！李老师，我……不是……我……是……"王冰一时不知怎么回答了，怎么和他说呢？能说你是男的我是女的，就为这吗？这不太可笑了吗？当时，王冰也觉得自己是一个具有新时代朝气的青年，也算是个有知识的现代派，她不能说出让年轻人笑话的话来！她没有再走开，她在听李林说话。

"咱们农村太封建太落后了，就连年轻人也是，思想根本没解放，就拿找对象来说吧，明明很想自己做主，但却不敢自己去找，大多数都还是听从父母之命，媒妁之言，致使自己的婚姻不如意，委曲求全一辈子。……我的终身大事一定会自己做主，自己找心爱的人过一辈子。”他看着王冰，她在认真地听他说话。他又低声对她说：“冰儿，在我的心里已经有了一个人，我喜欢她，我，爱她！就是还不知道人家是怎么想的，她是不是也喜欢我？”

王冰机灵了起来：“李老师，她是谁呀？让我帮你问问她？”天真的少女，有颗善良的心。

李林深情地看着她：“冰儿，难道你真的不知道？我心里的人就是你呀，难道你没有一点察觉吗？”

“啊？我？！”王冰小声惊呼，顿觉方寸大乱。

的确，李林对王冰很好，每次王冰到大队算账报表时，他总是找时间和她在一起，如果时间长了不见她，他还会去她家里看她。可王冰却从来没想过这里更深层的意思。也许，她以为自己还小，反正她真的没想过。要说李林，他在王冰的心里真是个可敬重的人，他有知识，有修养，也很善良，王冰很敬重他。可是，他毕竟是自己的老师啊，自己怎么能和他处对象？再说，王冰自己觉得也配不上他，李林长得很帅气，白净的脸庞，高高的身材，高中毕业又当了几年的老师，在他的身上透着一种既有修养又有知识的气质。而自己长相平平，文化又比他低，哪一点也比不上他。和他在一起会不会有不平等的感觉呢？王冰想到这里后，她大胆地对李林说：“李老师，我和你不合适，你应该找一个比我好的人！”说完，她转身欲走。

出乎意料，李林一下子拦住了她，他伸手把她挡在了门口，并坚定地低声对她说：“冰儿，我等了多少天了，才有了今天这样的机会向你表白。如果，是你看不上我，或者是嫌我岁数太大，你实话实说，我不会强迫你的，我也就死了这份心了，以后再也不会提起此事了。”

“不，不是。是我真的配不上你。”她解释着。

“冰儿，我是经过深思熟虑才作的决定，你知道，我决不是那种随便的人，更不是草率的人。我是从心里真正的喜欢你！我爱你！你已经占据了我整个的心。要不这样好不好，你先答应做我的朋友，让我们有更多的了解。”李林期待着王冰的答复，心情很激动，他抓过她的手儿紧紧地握在自己的两只大手中！

而王冰呢，她的心儿已经怦怦地跳了，今天的事太突然了，她一点思想准备都没有，以前怎么一点也没发现李林喜欢自己呢？她今天面对他，心又慌又乱：“李林，让我想想，以后我告诉你。”

不知是为什么，她叫了他李林！这足以让他有了一种狂热的欣慰。

那天，王冰回到家后，怎么也睡不着了，青春的萌发，她很快就答应了李林。

从此，王冰和李林便开始了甜蜜的热恋。开始，他们还避开人群约会，后来，就彻底公开了他们两人的关系。王冰觉得好快乐好幸福，同时又觉得好累，因为在她的心里总得装着李林的影子，赶都赶不走。

这——就是少女的初恋，十八岁的王冰的初恋。

她，深深地爱着他，他们的爱好深好深。那真是一日不见如隔三秋啊！

## 三　遇寒

年逢三月春正浓，花正红时起寒风。

两年后，当王冰和李林的炽热正旺时，李林却给她发烫的心上浇了一盆冷水，也正是因为这盆冷水让王冰的人生道路偏离了轨道。

李林的小学校里来了一位实习女老师，她刚从师范学校毕业，通过实习半年才会有毕业证书。她叫刘志洁，城里人，21 岁，很漂亮。她来到两个月后，村里就有了风言风语，说她和校长的关系如何如何。校长就是李林，他已被提拔为小学校长了。但是，王冰是从不相信这些流言蜚语，她相信她的李林绝不是那种人，因为他们的感情已经很深了，他不会负心自己。她相信李林对自己的爱情是专一的。

王冰太自信了。可结果呢,人们所说的事儿却是真的!事情就曝光在九月十日教师节那一天。每年的教师节几个老师都会欢聚在一起开个小小的联欢会,自从王冰和李林好后,她就也和老师们一起过这个节日。那天,王冰又被一个姓齐的女老师拉过去过这个节日。王冰也不推辞,因为她很乐意和这些老师们在一起,更何况,那里还有李林呢!

所谓的联欢会,其实也就是一个小小的聚会,公费买些酒菜,老师们在一起吃喝一顿而已。“宴会”快结束了,几位老师相继走了,屋里只剩下了李林和王冰两个人了。

王冰觉得很幸福,因为刚喝过酒,也很兴奋,她紧紧挨着李林坐着,她把头靠在了他的肩上,闭上双眼,内心编织着美丽的梦幻,他即将成为自己的终身依靠,也就是自己的丈夫,想到“丈夫”两字,她心跳了,脸儿也红红的。她爱他,真的是好爱好爱,今天,她想让他吻她。过了一会儿,王冰见李林一点反应也没有,今天他是怎么了?王冰睁开眼,疑惑地看着他。只见他呆愣愣的,似有满腹伤感,自己又倒上一大杯酒喝着,尽管他已经醉了,可他还在喝!

“李林,你怎么了?你别再喝了,会伤身体的。”王冰欲拿下李林的酒杯。

而李林呢,却双手紧紧握住酒杯把一大杯酒一口灌进肚内!嘴里喃喃央求:“冰啊,你就让我喝吧,我想醉,我不想清醒啊!”

王冰真急了,她站起来一把夺过了李林手中的酒杯,她着急地说:“李林,你为什么这样糟践自己?你有什么心事不能和我说说吗?难道我们之间还需要隐瞒什么吗?那,我们不白好了这两年。”王冰的话突然停了下来,因为她分明看见了李林的脸上已经挂满了串串的泪珠。他是个还算坚强的男子汉,对什么事都拿得起放得下,她还从未见过他落泪呢。当她看见心爱的人哭成了泪人时,真是忙乱地不知所措了,她心疼他,忙从自己的口袋里掏出花手帕想给他去擦泪水,她刚把手伸过去,李林突然就抓住她的手不放,并抓着她的手使劲儿地打着自己的脸,更失声哭了起来。

"冰儿啊,我对不起你啊,我错了,我真的错了,这件事压在我的心上让我喘不过气来,我不敢见你！我和她,那个刘志洁,我和她已经……你能原谅我吗?"

"啊?你别说了!"王冰再也受不了了,霎时间她只觉得天旋地转,她一直不相信的事却是真的！想想自己和他好了两年了,有时候,两个人也冲动过,当激情燃烧起来的时候,他总是能够理智战胜冲动,让两颗滚烫的心慢慢地冷却下来。李林曾对王冰发下誓言:他们要把那神圣的时刻留到神圣的那一天,洞房花烛夜！他要让爱情纯洁无暇。对此,王冰总是很感动,这让她更爱他。所以,虽然他们很相爱,可却从未越轨半步。而今李林他却和别人这样了。

王冰纯洁的心灵受到了巨大的冲击,她实在是受不了了！她恨从心头起,咬碎口中牙！她深深所爱的人,却让她感到了一阵恶心！她一句话也没说,她什么也不想说了,她撇下了醉成一团的李林,一口气跑回家,把自己关在了屋内。

王冰不吃不喝,也不说话。父母吓坏了,还以为她得了什么怪病,后来才知道是因为李林。

就在次日的上午,李林来到王冰家找她,她没有出屋,连门也没让他进。晚上,他又来了,她还是不见他,她在屋内对外面的李林说:"李林,你以后不要再来找我了,我也不想再见到你!"

李林默默地走了。

王冰听说李林好几天没上班,他病了。

几天后,李林写了一封长长的信,让在校上学的三妹王如带给了王冰。信的大意是:自己真是太傻了,为什么要把这个无情的事实告诉你呢?如果不是我自己承认此事,光听别人怎么说你也不会相信的。但一切都晚了。我盼望你能原谅我,但我却不敢强求,因为这个污点可能会影响我们的一生。虽然我和她犯了这个错误,原因也是说不清楚的,可在我的心里却只有你,永远,永远。李林在长信中讲着他的忏悔。他是多么希望他的冰儿能原谅他啊!

然而,王冰的心却似那三九天里的冰棍儿,那真是凉透了。她也回了李林一封信,她说:你可以把任何一个女人装在心里,而我却开始把你从我心里赶走!永远都不会回头!

王冰几次拒绝见李林,她不想听他的任何解释。

李林对王冰彻底失望了。在次年的二月里,他与本村的玉秀订了婚。

王冰的心就像掉在了醋缸里,她酸累了好久,她终于病倒了!

当李林听说王冰病了时,他好心疼啊!他强行去看她。他坐在她的跟前看着她,四只泪眼,默默无言。许久,李林还是鼓足勇气对王冰说:"冰儿,你就原谅我吧,我们还像原来那样,我会与玉秀退婚。"

"不!不要!李林,你不能!"王冰对李林说:她不是因为他订婚而病的,请他不要多想,并叮嘱他要珍惜与玉秀的感情,千万不要再去伤害一个女人了。

李林再没说什么,又默默地走了。

王冰 21 岁了,她总得出嫁啊,夏天时,还是由父母做主,媒妁之言,与三十里外的王涛订了婚。从表面上看,王涛也不输李林,他一米八的个子,浓眉大眼的,在外当武警兵,身材也很魁梧,并且,他还很会说话儿,特别是很会讨女孩的欢心,许多同龄女孩可羡慕她了:好男人咋都让她碰上了呢!

## 四　初婚

时间像流水,两年又过去了。王冰早已到了结婚的年龄,可她就是不嫁。为此,父母是苦口婆心。

而李林呢,29 岁了,他对自己的婚事总是一拖再拖,李林的父母,玉秀的父母更是为此操碎了心。更苦的是玉秀。

白天与黑夜在交替,春夏秋冬在转移,人儿啊,在这种交替和转移中把今天变成了昨天,变成了回忆。

春去夏归秋也散。在一个寒冷的冬天,李林的未婚妻玉秀来找王冰。玉秀和气地说:"冰妹,你为什么还不结婚呢?如果你心里还有李林，那你们俩就还和好吧，我退出。如果你们之间再也没什么了，你就结婚吧。我知道，你不结婚，李林就不会结婚，冰妹啊，你看，我们都快三十岁的人了，我们的双方老人都很着急。”王冰听着玉秀这样说心里酸酸的，她一脸的不高兴：“你们结不结婚有我什么事？我和李林是好过，那是以前，现在，我和他已经没有任何关系了。”

玉秀却说：“依我看，李林他心里还装着你，如果你一生不结婚，他也会！这样的话，我的苦又向谁去诉呢？现在，多少人的日子不好过呀，李林、我、你和你未婚夫，还有我们四家的父母们，难道我们这么多人的烦心你就无动于衷吗？”

是啊，玉秀的苦王冰是知道的，她是怎么和李林订的婚，王冰是清楚的，这里还有个长长的故事呢。几家父母的心王冰也是知道的，可怜天下父母心啊，玉秀的话是有道理的。王冰的心软了，她也是女人啊，她不想让玉秀再伤心了。王冰对玉秀说：“秀姐，你放心吧，我很快就会结婚的。”

姐妹俩好言话别。

阴历十月中旬，王冰的对象王涛来信说：他腊月就要复员了，他回来后再也不能等了，他要结婚！他还坚决要求王冰，趁他还在部队上去他那里玩几天。王冰答应了。就和王涛的父亲、姐姐一起去了部队。他们在部队待了两天后，王涛的父亲和姐姐去了郊区的亲戚家，王冰不愿去，就留在了部队。她要一个人住在部队的招待所——一个简易的小平房里。

王冰和对象王涛一起吃了晚饭后，王涛就带着她到电影院里去看电影《红色少年》。那年看《红色娘子军》的情景一下子就回到了王冰的脑海里！那一幕是她初恋的萌芽，已经深深地铭刻在了她心底，她一辈子也忘不了啊！她的心好乱，好乱啊。她实在是看不下去了，她对王涛说自己头痛不想看了，王涛只好把她送回招待所。他坐下来陪着她，她却说：“你回去吧，我想睡了。”王涛已有准备，他说：“跑了一晚上了都饿了，咱们吃点东西，喝点酒吧。”

其实他就是不想走,只见他从大衣的口袋里掏出来一瓶白酒和一袋花生米来,找了两个酒杯把酒倒上,他柔情地对未婚妻说:"冰,来,喝杯酒,暖和。"王冰接过酒一口就喝了,热辣辣的,她的心里直发烧。他看着她,满眼都是情,他又劝她喝了两杯。她也不推,她心情不好想一醉解千愁。她真的是醉了,她的脸儿红红的,胃里翻江倒海起来,她难受死了!她无力地倒在了床上。

王涛给她倒了杯水,抱起她喝水,还轻轻地给她捶着背,王冰折腾了一会儿,觉得很疲惫,她无力地靠在了王涛的肩上。他说:"都怪我,不该让你喝酒。"她却诚心地对他说:"不,不怪你,是我自己愿意喝。"

夜已深,人已静,窗外的月光分外明!

"冰,你好些了吗?"他心疼地问。

"我好多了,你,该走了。"她撵他。

"看你,为什么老赶我走呢?我不应该在你身边照顾你吗?冰,我们都订婚两年了,也快结婚了,今天,就让我们在一起吧。"王涛说着话又把未婚妻轻轻地搂在了怀里,低下头吻着她。"

她没再让他走,闭上眼睛任凭他亲吻。王涛即将是自己的丈夫了,是终身的依靠。她这样想着,既不反抗,也没有一句甜言蜜语,她就那么静静地等待着王涛对她所做的一切。那可是她的第一次啊!可在她的心里尝到的似乎是一种苦涩的滋味。王涛的激情燃烧只是被王冰麻木地接受了,难道她还想着她的初恋吗?

腊月,王涛复员回来了,王冰就要结婚了。

就在王冰结婚的那天,还出现了一段插曲——

腊月十九,天气晴朗,风和日丽,还真是个好日子。王涛用自行车来接妻子过门儿。清晨,当王涛带着王冰走出村口时,路中间却站着一个人,是李林!只见他的脸色很难看,眼圈儿都是黑的,难道他一宿没睡觉吗?他在这里等多久了?李林见王涛过来他伸出双臂一拦,低低有力地对王冰说:"王冰,你过来,我想和你说几句话!"完全是命令的口气,没有商量的余地。王冰惊异地看着他,王涛把车停在了路边,平静地对王冰说:"你去吧,我在这儿等你。"

王冰茫然地和李林来到学校的墙角那边,李林突然一下子把王冰紧紧地搂住,并低声对她说:"冰儿,你不能和他结婚,你是我的,是我的呀!我不让你和他结婚,我不让!你答应我,答应我啊!"

王冰的心啊,乱了,也碎了!和他好了两年多呀,他从来没这样冲动过。今天,他真的冲动了,可是……太晚了!王冰心跳过后平静下来,她坚定地对他说:"李林,今天我必须和他结婚!因为我已经怀上了他的骨肉,我已经是他的人了。再说了,你也不能再对不起玉秀了。"

王冰说的是实话,10月她去部队那次,她有了身孕。

李林轻轻地松开了双臂,眼里含着泪花,转身默默地走了。

婚礼的热闹很快过去了。

晚上10点多钟,客人们都散去了,王涛对王冰说不尽的情话:"冰,我好想你!你不知道这两个月我是怎么熬过来的!特别是当你来信告诉我你已经怀孕了,急得我恨不能长上翅膀飞到你的身边。"王冰听着丈夫的情话,她的心啊又热了!是啊,这就是自己的丈夫,是终身的依靠。她任凭丈夫搂抱着,亲吻着。对了,王冰问王涛:"今天早上你怎么那么大度让我和李林去一边说话?"

王涛诡秘地笑了。

"你笑什么?"王冰追问。

"其实,咱们订婚时,我就知道了你和李林的事,知道你和他好了那么长时间,心里总有个疙瘩压着。那天你去部队时,我是特意非和你睡觉的,我要检查一下你是否还是个黄花大闺女,如果已经不是了,我也许就不要你了呢。还好,我当时真的是好幸福啊!哈哈!哈哈哈,他李林真是个笨蛋,好了那么长时间竟然没把你给那啥了。"

王涛兴奋地说着实话。也是喝多了酒,嘴上没了把门儿的了。

王冰可再也听不下去了:“王涛！原来你心灵如此的龌龊,以小人之心度君子之腹,你下流,流氓!”王冰一时竟不知道骂什么好了,自己嫁的竟是这样一个有着卑劣人品的人！她觉得自己的人格受到了侮辱,她一翻身坐起来,拿衣服欲穿,她不想再和他睡在一起了。

王涛一看,王冰是真的生气了,才知道自己酒后失言,把心里话都说出来了。他一着急,酒也醒了一半儿,急忙搂住妻子百般地央求:“冰,别生气了,怪我,都怪我,我酒喝多了胡说八道的,你打我骂我都行,就是千万不能生气啊,你是有身孕的人可别动了胎气啊,看在咱们孩子的面上,原谅我好吗?”

王涛也真是酒后吐真言,说话没有深浅把王冰给气着了。要说他也是真心地爱王冰,更何况在她的腹中还怀上了自己的骨肉呢！他恳切地央求着她。

唉,既然木已成舟,王冰还能怎样呢?

转眼过了年。正月里,王涛没日没夜地去外面赌玩,王冰怎么说他也不听。有时天亮了才回家,白天自然要睡懒觉了。那年,土地已经开始包产到户了,别人家都为春耕做准备了,把猪圈里的粪送到地里去。王涛已经和父母兄弟分开自己单过了,王冰就催他送粪,催了几次他就是不干,催急了就瞪眼:“爱干你自己干！整天叨唠个没完!”王冰本是个要强的人,日子过得不想比别人差。王涛不干,她一生气就自己推起了粪。她怀着孕呢,身子不利落,一不小心就摔了一跤,这下可不得了了,她流产了！那天王涛也傻了,他的心好疼啊！疼妻子,更疼孩子,他又急又气又闹又骂:“你个臭娘们,谁让你去干活的啊?这活儿用得着你去着急干吗?你,你是不是故意的啊?我知道你嫁给我后悔了是吧?你想把我的孩子弄掉再回去找李林是吗!”

“住口！你……你混蛋!”王冰实在是再也听不下去王涛的闹骂了,她声嘶力竭地大喊大叫:“王涛啊,你不是人！我既然嫁给了你就是你的妻子,你好脏心烂肺啊！是,我就是想李林,至少他比你诚实，比你有真心，他比你强十倍、百倍！你夜里去赌去玩，白天睡懒觉，该干的活儿不干，我着急我烦，我想出去干活，流产了，孩子是我身上的肉，我已经很难过了，你不安慰反而说出这种歪话来，你还是人吗？”王冰越说越气，她终于放声大哭了起来。多少积压，多少怨恨，如发泄的河流再也抵挡不住了！

劝架的人们也七嘴八舌地斥责着王涛：“大男人在家睡懒觉，女人去干活儿，真是的。”“少玩点吧，该好好过日子了。”“娶这样的好老婆还不知道珍惜。”“孩子没了太可惜了！”

王涛真是无地自容，他有愧，他内疚，他自责。他哭了，流着眼泪认了错。

人们散去后，他们的心情平静了下来，王涛的确很伤心，他安慰着妻子：“冰，你别怪我，我的脾气不好，可我真的是很爱你，爱咱们的孩子，我多么盼望他（她）能早点出生啊，可孩子现在没了，我伤心啊，我是个粗人，一着急，说话就不管不顾的，冰，原谅我，都是我不好，以后我坚决改，少玩多干活，什么活儿也不用你干，也决不再让你生气了。冰啊，好好养身体，以后咱们好好过日子。”

夫妻之间哪有不生气的，又怎能争个谁是谁非呢？王冰原谅了王涛。

可就在那个夜里，王冰突然觉得小腹疼痛难忍，片刻一股股鲜血从她的下身流出来，王涛吓死了！忙找来车把王冰送往医院，诊断为产后大出血，经医生全力抢救，王冰终于脱离了危险。在医院住了几天后回家调养。

王涛好悔呀，王冰若是不动那么大的气也许就不会这样。他好后怕：他差一点就失去了妻子！

王涛有了深刻的教训，他下决心要彻底改变自己，为这个家负起责任，用真心来疼爱妻子。

地球飞转，日月如梭。十年过去了。王冰给王涛生了两个孩子，儿子小明，女儿小花。王冰看着眼前的一双儿女，心里就觉得甜甜的，充满了对生活的希望，渐渐地她忘却了以前的那些恩怨情怀。

## 五　婚变

人世间，总是晴天多好啊，可偏偏不是这样。王冰的心灵又一次被无情的冰冷的雨雪打透——

改革开放以后，农村人的生活水平有了很大的提高，政府号召鼓励大家各显其能发家致富，王冰家在公路边靠汽车站开了个小商店，开始很挣钱，可在半年以后，王冰就发现王涛有问题了，他不再按时向王冰交钱了。说什么买卖不好、服务员不行等借口。原来在商店的服务员硬是让王涛找种种借口给辞退了，他自己又找了个大龄女青年小枝在商店里当服务员。小枝体态丰满，年轻漂亮。这下他满意了，整天夸小枝好，他自己也是满面春风，一反常态，勤快得连小枝的活儿他都干了。

王冰因为要照顾儿子小明上学，又要看着刚刚一岁多的女儿小花，所以她没法去帮忙，商店全由王涛和小枝两人看管着。当小枝进商店不久，人们已经开始议论，说王涛和小枝的闲话。王冰最要好的朋友玉儿也劝王冰："你也去商店住吧，好看着你们王涛点儿。"可王冰却说："我怎么去呀，那是车站又在公路边儿上，车乱人杂的，小花还小我不放心，一眼看不到怕出事，再说了小明上学我得按时给他做饭吃，他才 8 岁，正长身体的时候饭可得吃及时了，为了这两个孩子，我也顾不了那么多了。"

其实，王冰分明已经察觉出了王涛的变化：他很少回家过夜了，偶尔回家一次也像"应付官差"似的。

一天晚上，王涛回家拿衣服说去邻村看电影，王冰拦他："你别去了，在家看电视吧，正演你最爱看的武打片呢。"王涛很明白妻子留他的意思，他沉吟了一下，说："看完电影马上回来"。他还是走了！王冰羞恨丈夫，心慌意乱地等待着他回来。十点多了，王涛终于回来了，她还在等他。王涛看了一眼妻子，不自然的愧疚地说："咱睡吧。"他先脱了衣服躺下，样子很疲惫。夜深人静，两个孩子早已进入了梦乡。王冰钻进了丈夫的被窝里。但，他却怎么也没行动。

"王涛,你?"

"也许是太累了吧。"

"至于累成这样吗? 你是不是和小枝?"

"娘们小气鬼,别听外人胡说八道!"他指责她。

"好,我不听,我相信你。"她要用温柔和体贴拉回丈夫,要让他爱自己。

最终,王涛还是呼呼地入睡了。王冰羞恨着丈夫,她辗转反侧,难以入睡,眼望窗上月影西斜,她陷入了沉思。

记得他们刚在一起时,王涛像块热铁,永远钢热不减。

婚后一段时间,王冰才知道王涛本是个懒惰之人。十年了,尽管两口子也没少打闹,但也总是床头打床尾和,白天打了晚上和,夫妻哪有隔夜仇啊。王涛的身体很好,精力总是那样充沛。

可是,现在他变了,一切都变了。他真的是因为太忙累吗? 谁信啊。特别是今天晚上就更让王冰疑心了。她断定,王涛和小枝一定有事。

而王涛呢,从那夜过后,也就更少回家了。

一天,下着蒙蒙细雨。王冰撑着一把伞,她悄悄来到商店。下雨天,没有人。只见店门紧闭着,王冰推不开,她转过去,来到王涛住的那间小屋外,偷偷听了一下,已知道他在里面没干好事。她用最快的速度把门打开(王冰也有钥匙),门开了,出现在她眼前的正是上演的"外国电影"——床上的王涛和小枝正在一个被窝里呢!

王冰堵个正着,她气愤满胸:"王涛,你今天还有什么话说?"

小枝吓坏了,紧缩着身子蜷在被窝里。

那天,任凭王冰怎么吵闹,王涛也没讲一句话。他终于让妻子抓住了,他还能说什么呢? 但王冰却没有要把事情闹大的意思,她只想抓住丈夫的把柄,让他回心转意。为了两个孩子,她不想让这个家破裂。最后,她把小枝叫起来,数落她一顿,叫她穿上衣服回家了。她又叫王涛把小枝的工资给清了,辞退了她。

从表面上看,王涛是照王冰的要求办了,并且,在晚上两个孩子睡后,他又向王冰承认了错误,请求原谅。他的态度很诚恳,王冰的心软了,她不想再犯十年前她与李林之间那样的错误了。只要王涛不再和小枝来往了就算了吧,更何况他们还有两个孩子呢。王冰不再追究,平安过日子吧。

可是,这件事情并不那么简单,小枝她怀孕了！这下她死活也要嫁给王涛,她说要不就到法院去告王涛！王涛抵不住了,他和王冰商量要离婚。

“王冰,咱们还是离婚吧。”

“不！我决不离婚!”王冰的回答斩钉截铁。

“那你非得让我去坐牢了？你怎么能这么狠心啊!”

“是我狠心还是你狼心狗肺？日子刚刚好一点你就不学好了,还给人家种上了野种,你去坐牢也是自作自受！我就是不离婚,为了两个孩子你就忍心吗?”

王涛却说:“两个孩子我都留下,小枝也说要,她说她会对孩子好的。”

“你住口！原来你们早就商量好了,想让我一个人走吗？你们办不到！两个孩子是我的,谁也不给,你们别做梦了,我决不会离婚的!”王冰义愤满胸,正义凛然。

那天,王冰和王涛吵了一天的架。最后,气急败坏的王涛还打了王冰,这是他第一次打王冰,以前,他们夫妻也没少吵架,可王涛从来还没动过手,这次,他为了小枝却打了妻子,这使王冰的心灵受到了巨大的打击,她的心都碎了,悔恨交加,她终于支撑不住了,她又病了,像十多年前一样。

王涛呢,他也顾不上王冰了,他要先安抚好小枝。索性抛开妻子儿女,带小枝到外面游玩去了。

对于王涛的绝情,王冰一点办法也没有,她整日以泪洗面,默默承受。

王冰和王涛的离婚是王冰人生的又一大转折。

开始,王冰是坚决不同意离婚,为了两个孩子,她豁出自己的一切了,可事情哪有那么简单啊,王涛泯灭了良心,他终日视王冰为累赘、绊脚石,他骂她、打她,像仇敌,夫妻情分已丝毫没有了!就在这种水深火热的煎熬中,几个月过去了。虽然,王涛被迫把小枝肚里的孩子打掉了,但他们已是陷入情海难以自拔,今生非结婚不可!可怜的王冰,身心受损,天长日久已经被折磨得骨瘦如柴了,1米6的身高只剩下70多斤,还像个人样吗?她在用生命抗争着!

## 六　逢春

她实在太闷了,就回娘家住两天,妈妈见了女儿这个样子心疼极了,妈妈问:“冰啊,你今年是怎么了?是身体的事还是有别的原因?”三十多里住着,妈妈也听到了一些关于王涛的风言风语。王冰不想让父母为自己操心,向父母说着搪塞的话:“没什么事,只是有时胃有点毛病。”父母都60多岁了,妈妈的身体不好,更糟心的是,在两年前,父母唯一的儿子还死于暴病,为此,父母、王冰姐妹四个是何等的悲痛啊,特别是父母,他们的心都被撕碎了!两年过去了,好不容易他们的心情刚刚好转过来,王冰怎么能再让父母为自己的事伤心呢?

一天,王冰又来到娘家。这天,正好是大队铁选厂落成典礼的日子,大队请来了戏班子唱戏,小花和姥姥、姥爷一起去看戏了。王冰心情不好,说不爱看戏,就一个人留在了家里。

人们携老带幼都去看戏了。深山里的小村,静静的。寂静的山村显得有些凄凉。

然而,王冰的心里却是波涛翻滚,父母好可怜,四个女儿都出嫁了,唯一的儿子也死了,只剩下孤苦伶仃老两口苦度时光;自己也很可怜,人生之路凄惨不平。如果,当年能原谅了李林嫁给他,自己也绝不会落到今天这个地步,她后悔,真的好后悔。她感叹,她思绪万千,她满腹伤感。

“冰儿,冰儿。”院里一声,进屋又一声。

啊!是李林!是他来到了她的身边!

“李林？你？你怎么来了？”王冰显得很激动，她不知道说什么了。

李林也不在乎她说什么，直接坐到了炕上。

以前，他们也有见面的时候，都是短短几句问候就匆匆离开，谁也不想再多说什么，他们之间的那些美好的回忆都已留在了各自的心底，谁也不想再流露了。今天，李林又来到了王冰的身边，他紧挨着她坐下，彼此又听到了对方的呼吸。王冰的心好乱啊，她没有说话，不！是她已经心乱得说不出话来了。物是人非事事休，欲语泪先流。王冰的眼泪沁在了眼窝里，她不想让他看见。而李林则是如开了堤的水一样长谈不止。

“王冰啊，你的事我都知道了。你为什么要这样苦着自己呢？都什么年代了，你还要忍受王涛如此般的欺辱！他既然要离婚，你对他还有什么可留恋的呢？如果说为了孩子，你就更应该离开他，因为再这样下去你的命都快没了，那样你的孩子不更可怜？你还年轻，人生的路还很长。你们就这么僵着，他的日子不好过，而你更不好过啊！冰儿啊，为了你的父母，为了你的孩子，不要再折磨自己了，快下决心吧，离开他！冰儿，人生的路是不平坦的，许多人不如意，不也得一步一步往前走吗？”李林停顿了一会儿，他若有所思。他接着讲下去：“就拿我来说吧，从表面上看，一个小学校长也转了正拿着国家的工资，外人看来我应该是很如意顺心了，可有谁知道我心里的苦呢。”

“李林，你本性善良，待人实诚，你是个好人。好人终有好报的。”王冰插了一句祝福他。

“好人？在你眼里我还是个好人？”他看着她问。

“嗯。我现在这样看你。”她说的是实话。

“也许会有许多人认为我是个好人。可我自己最清楚自己是个啥样的人。在这11年里我日日夜夜想的是你，我还和好几个女孩子不清不白过。”他羞愧地喃喃自语。

“啊？你？李林你？”她不敢相信。

“是，都是真的。”他面对她很坦诚。“冰儿，想想我第一次和那个刘志洁发生的事儿，就像一场梦一样。”李林陷入了遥远的回忆：“有一天，我在学校值夜班。晚上9点多钟时，刘志洁过来找我，她说：‘我那屋里有个老鼠总出来吓死人了，你过去帮我去抓住它呗。’我心实就去了她的宿舍，进屋后她砰的一声就把门关上了，当时吓了我一跳，然后她突然紧紧地抱住了我！说：我一个人害怕，你陪陪我吧。我，我也是糊涂了，神智昏乱，一切都像在梦中，糊里糊涂的就对她做了那事儿。次日，我就像做了贼一样不敢见人，更不敢正眼看她，而她呢却很自然，就像什么事也没发生一样。开始，别人根本不知道我们这事儿。可是，她后来又多次找我，我刚开始时是害怕她跟别人说，只能她找我我就去，后来就习惯了，次数一多，终于纸包不住火，有人开始议论此事。我很害怕，怕你知道此事，跟她说要断，更糟糕的事发生了：刘志洁怀孕了！我吓坏了，赶紧带她去县城打了胎。刘志洁临走时对我说：我早就知道你和王冰的事，也不打算和你结婚，只想跟你玩玩，毕竟你也挺帅气的，哈哈。当时的我真是气急败坏，七窍生烟啊，这个女流氓！我疯了似的对她吼道：‘你给我滚，滚！’她却不屑地说：‘我会走的，你以为我想永远待在这穷山沟吗？但我的实习鉴定书你可得给我写好点，别让我不满意，要不，哼哼！’我赶紧给她写好鉴定书让她满意。刘志洁走了。我感受到一种耻辱！这种耻辱就像一块大石头压在我的心上让我喘不过气来。我悔恨自己的耻辱行为，更害怕因此失去你。当时，我一直想，你也许知道吧，在等待我的坦白吧？我应该向你坦白地说出来，请求你的原谅。可当我真的说出来后，却没有得到你的原谅，而是失去了你。我很后悔，也很难过，是因为自己的失节而失去了真爱。”

“巨大的痛苦过后，我的心态有点扭曲，跟好几个女孩儿不清不白地交往过，但是除了你，我对别的女人，没有一点儿情爱。”李林沉默了，他是在忏悔？在自责？

王冰无言以对。

李林抬起头看着王冰，坦诚地说："冰儿，你的不幸婚姻，追根结底是我造成的，在你面前，我泯灭的良心才会发现。我还要做回自己——做个好人。冰儿，我和你说了这么多，也不在乎你是否看得起我，但是，你不能看不起你自己，今天，你必须答应我，别再折磨自己了！你现在这个样子，我心里难受啊，你快离开王涛吧，回来好好过你以后的日子。你放心，如果你不再想找，我会负责你的全部！如果当年，如果我们能走到一起，我们一定会很幸福的。可是，我错了。冰儿，你也错了。到现在，你受苦，我难受。答应我，快回来吧！冰儿，你答应我啊！"

李林越说越激动，他已经是满脸的泪水了。他含泪望着她，那种渴望，那种期盼，那种等待，都让她无法抗拒。她脑子里除了李林，根本没有考虑拒绝的余地。

"李林，你别说了！什么也别说了！一切一切，我全都明白了。"王冰再也抑制不住了，她一下子扑到了李林的怀里，失声痛哭了起来。此时此刻，她好悔啊，自己当初为什么要那样较真呢？为什么不给他机会让他好好地解释一下呢？当初如果自己能原谅了他该多好啊！哪还会有他的苦，我的痛啊！王冰像一只被风雨吹迷路的鸟儿又飞回到自己的暖巢里，她生怕再迷了路，紧紧地搂着他。

李林呢，他似乎是把自己丢失很久的最珍贵的东西又找了回来，紧紧抱在怀里，生怕一松手再丢了。

就这样，他们久久地，久久地拥在一起，心贴着心。他们的热血在沸腾！她拉过他的手放在自己胸口上，让他摸着自己的心跳。想当年，他们曾经炽热相恋了两年多啊，多少次约会，多少次长谈，多少次亲亲热热，多少次缠缠绵绵。

那个冬日的下午，李林和王冰第一次结合在了一起。他(她)是自己最早的恋，而迟到的爱啊！虽然他们都是有孩子的人了，可他们却似乎像初恋一样第一次尝试了这种甘甜。

墙上的挂钟敲响了四点，当当响的钟声让他们清醒了过来，回到了现实,李林轻轻地吻着王冰:“你怕冷吗?”

她不解地看着他。

“是这样,如果你不怕冷,咱们晚上再聚?”

“老地方?”

“老地方。”

老地方,老地方——那里是他们初恋的天堂。

晚上,王冰吃饭很香。她的脸儿红红的,还沉浸在兴奋之中,还不到六点钟,她就急不可待地对妈妈说要去大姐家看彩电了,虽然妈妈家里也有一台小黑白电视,可她也是经常去大姐家看那台新买来的大彩电的,就此姐妹还可以谈谈心。今天,难得女儿心情这么好,妈妈很高兴地对王冰说:“去吧,看太晚了的话,就住那儿吧,省得半夜三更的回来害怕。”她说:“我赶着说吧。”

王冰应付了父母后,就急匆匆地来到了她和李林的老地方——那个离王冰家半里地的,他们久违了的苹果园。

淡淡的月光稀洒地照在冬天的苹果园里,清清的冷风吹进人的骨子里。村里的人们,在这严冷的冬天里,特别是晚上,都已早早的坐在了自己家的热炕头上,没有事可不想出门了。王冰的心里有一团火在燃烧着,让她浑身有一种炽热感,她不怕冷!她又走到了那棵苹果树下——在这里曾经留下了多少她和李林的足迹,留下了多少他们回忆啊!今天,她看到这棵苹果树已经老了,千头万绪一起涌上心头。她默默地站在这棵树下,心情久久不能平静。“苹果树啊,10 年了,你都已经老了,但是,只要你在冬天里不被冻死,来年的春天你还会发绿开花的,难道不是吗?你年复一年的顽强地生存下来了,春天,你散发的花香让人心醉,秋天,你果实累累让人欣慰,苹果树啊,我好羡慕你啊!”

王冰看着这棵老苹果树是百感交融。突然,她听到了!她听到了那熟悉的脚步声,他来了!他径直来到了这棵树下。他们像久别重逢的恋人紧紧拥抱在一起!

他脱下了当兵的弟弟给他的军大衣,披在了她的身上。她说:

"你穿,我不冷。"他说:"男人不怕冻,还是你穿。"他们找了个避风的地方——果园深处那间小屋,是秋天里看果人住的。他们进屋把门关上,虽然这是个真正"冻房",比外面还是强多了。

在那个小土炕上,还真有个席子,王冰把大衣铺在了上面。屋外,寒风刺骨阵阵凉,屋内,春风细雨分外香!他们紧紧拥在一起,尽情地享受着温存。

"李林,我想天天和你在一起,永不分离!"她温柔百媚。

"是。冰儿,失去的我们无法挽回,来之不易的我们要好好珍惜。以后的时间里,我们要追赶失去的属于我们的春天!"他也是激情豪迈。"对了,冰儿,明天我在学校值班,你能去吗?那里可比这里强多了啊,有床有被有暖气。"

她巴不得天天和他在一起呢,高兴地说:"我去!一定去!我对妈妈说去大姐家看电视就住那就行了。"

"太好了!"

那几天里,王冰过得好幸福啊,李林也是。那就像他们的初恋,就像他们的新婚蜜月。

## 七　协议

腊月十九,王冰从外面买回了好多的东西,有酒有肉,熟食青菜等,她忙活了一上午,做了一大桌子菜,又拿来了两个酒杯,倒满了酒,然后叫王涛来吃饭。

王涛茫然不解地坐在桌前。许久了,他们都没这样坐在一起心平气和地吃顿饭了。

王冰心情平静地端起酒杯对王涛说:"来,王涛,你也把酒端起来,首先,我敬你一杯,我们也算夫妻一场,一日夫妻还百日恩呢。还有就是,今天,我们共饮了这杯酒,也算是庆祝一下今天这个日子。"

"今天的日子?"王涛有些不解。

王冰苦笑了一下说:"我知道,你现在不会记住这个,因为你的心早已不属于这个家了。让我告诉你吧:今天是咱们结婚十周年纪念日!”

“哦,对对对。”他终于记起来了。10 年了,真快呀,他心颤动了一下。

他们吃着饭,喝着酒,却是默默无语,心情沉重。还是王冰问起:“小枝还着急和你结婚吗?”“她是很着急,一直催我呢。”“那你也很着急了?”“我,我……”他的心很乱,很乱,像乱麻般没有头绪。

王冰也看出来了,他们已没有希望了。“好吧,我同意离婚了。”“真的?你想通了?”王涛表示出极大的兴奋。她说:“是真的。咱们俩总这样耗下去,对谁都没好处,我成全你们。但是,王涛,两个孩子我得带走,你和小枝还可以再生,而我已经做了绝育手术不能再生了,别的东西我都不要了,你们还得过日子。好好待小枝吧,她是真心爱你的,她人心不坏,可以做个好妻子的。”“那,你得允许我看孩子。”他也是真心爱孩子的。

王冰想了想说:“孩子是你的亲骨肉,按理我没有权利不让你看他们,可为了孩子的成长,长痛不如短痛,你尽量还是少打扰他们吧,等他们长大了,成熟了,自然会去看你的。你既然走了这一步,就要付出代价,暂时不要看孩子了。让他们平静的生活吧。”

王涛理亏,自作自受吧。

他们终于达成了协议离婚。王涛写了离婚协议书递到了当地的法庭。按那时的法律程序,得半年以后才能判决,是给当事人留有充分的考虑时间,在这段时间里,法庭还得对他们进行调节劝阻。

离婚协议书都递进了法院,王冰觉得再和王涛待在一起已经没有意义了,她准备回到娘家去了。出了正月,就在二月初三的上午,王冰带上两个孩子来到车站内,王涛来送他们娘三个。王涛一直抱着女儿小花,也一直叮嘱儿子小明:“要听妈妈的话,想爸爸了就回来。”看得出来他的心很难受。等王冰带孩子上了车,车走了,走了。王冰回头看到王涛,她发现他的脸上已经挂满了泪水,远远的，远远的，他还站在那里。王冰的心也是酸酸的，这到底是为什么呀？

有李林在学校，小明很顺利地在李林所在的学校里入了学。那年，小明9岁上二年级。他还小，有些事也不懂，只是听妈妈说：姥姥、姥爷岁数大了，身边需要人照顾，他们来姥姥家住了。妈妈在哪里他就在哪里上学呗，等妈妈回去了他也就回去了。当时，小明就是这么想的。

王冰经常去学校"了解儿子学习情况"，而李林基本就没有课，他总是待在学校的办公室里，所以，李林和王冰有很多机会在一起。

"也许，这也算是因祸得福吧，要是没有王涛对自己的背叛，也许这一辈子我也不会和李林再走到一起了。"有时王冰这样去想。

阳春三月，苹果花儿开了，招来蜂儿蝶儿成群成对儿。

王冰和李林常常欢聚在浓浓的苹果花的花香中，他们的心儿随着花香而陶醉。王冰还从未这样醉过，从未这样幸福过，这种幸福远远超过了他们的初恋时的感觉。李林处处都让王冰倾倒，让她活得很充实，很快乐。

那段时间里，王冰和李林都在自己的日记里，写下了许多赞美苹果花的诗句。

## 八　离婚

春波激荡，总会遇到沙石阻路。

王冰跟王涛往法庭递交离婚协议书没过多久，小枝的哥哥就出了车祸，命保住了，却落下了后遗症，他没过门的媳妇退婚了！他岁数大又有了毛病，这媳妇很难再娶上了，他们家是三代单传，父母不甘心在他们这代让祖宗断了香火，就把娶儿媳妇的指望落在了换亲上，他们让小枝给哥哥换个媳妇。这下，可就苦了小枝了，她哭，她闹，被母亲骂，被父亲打，还逃跑过，做了许多的反抗，但是最后她父母双双给她下跪，声泪俱下地求她！可怜的父母，可怜天下父母心啊，小枝受不了了，她心软了，屈服了，她答应父母给哥哥换亲。小枝得离开王涛了。开始，王涛是死活不放小枝，小枝也是痛哭不止，她对王涛说："我也是被迫无奈呀，今生我是对不起你了，等来世吧。你跟王冰离婚手续也没办完呢，把她接回来吧。"

王涛也没有办法了，鸡飞蛋打，回头一琢磨，把王冰接回来吧，好歹是个完整的家！一次，两次，三次。他自己接不回，也曾找来帮手，大队干部，乡干部，他的亲朋好友，但是，他费尽心机也没能接回自己的妻子。

王冰的态度很坚定。她对王涛说："我不是你身上穿的衣服，想穿便穿想脱就脱！好马不吃回头草，你就死了心吧！"

王涛实在没有别的办法了，只有耍起了无赖，他是三天两头的去找王冰软磨硬拽。

王冰离婚的事搁浅了。为此，她的心是又烦乱，又沉痛！

在那棵已长满幼果的老苹果树下，王冰向李林诉着心里的苦衷。"李林，你说现在我该怎么办呢？"李林坚定地说："你绝不能软弱，必须和王涛离婚！任凭他耍什么诡计。有我呢。"听着李林的话，王冰的心里有了主心骨。好一个闷热的夏天啊。

一天，王冰的父母要去亲戚家赶礼，小花也跟去了。王冰把这个消息写在纸条上让上学的王如捎给了李林。上午，李林如约来到王冰家里，王冰随后关上了大门。他们刚刚进屋，正在这个时候，王涛又来了！他发现大门关着，就拍着大门叫着："有人吗？"王冰从门缝往外一看吓了一跳，一向沉着冷静的李林顿时也慌了！

王冰家没有后门，李林无法离开屋子。听着门外王涛的不耐烦喊叫，王冰只好开门。王涛进屋后，一眼就看见了坐在椅子上的李林，"你们在干什么？"他怒斥着王冰："好啊！难怪你不想回去呢，原来是这样，你们这对不要脸的东西，还真是旧情难忘啊！王冰，别忘了你现在可还是我的媳妇！"

"我们怎么了？"王冰心虚地说。

“我们根本就没做什么。”能说会道的李林也有点儿底气不足。

“你们放屁！没做什么？别以为我是傻子啊，我不会放过你们的！”

王冰生气起来：“王涛，可别忘了，我们现在已经递交了离婚申请，而且你也曾经……”王涛大怒：“住口！递交了离婚申请怎么了，不是没批下来呢么，你这就是丢人现眼！”

“你自己不丢人现眼。”李林低声谩骂。

“你骂谁呢？”王涛对着李林就是一拳，李林毫无防备一下子倒在地上。

王冰过来紧紧拉着王涛说：“不许打人！”王涛气急败坏，“心疼了？你们的感情真深啊，今天，我就打死你们，让你们的真情见鬼去吧！”王涛恶狠狠地踢打着王冰和李林。三个人在屋里厮打起来。而王涛还不断地高声谩骂，污秽之语不堪入耳。

四邻被惊动了，大家赶过来劝架。他们拉开了王涛，也都明白了是怎么回事儿。有人把王冰扶到炕上，她已是伤痕累累了。有人埋怨：“咋这么狠哪，把人打成这样？”也有人劝着李林：“你还是先走吧，放心这里有我们呢。”

李林看看王冰，平静了许多，他说：“我不走，我不怕！我就是要和王冰在一起！”

王涛当过武警兵，他身强力壮，要是打架李林绝不是对手。王冰知道这一点，她怕李林吃亏，趁着人多拉着王涛，她着急地对李林喊：“李林，你走吧，你快走啊！”

李林看着这个场合，只好先走了。

那天，王涛一直等到王冰的父母回来，又添油加醋地告诉了一遍事情的经过后才恨恨地离去。

王冰的父亲是个老实人，气得什么话也说不出来。母亲的心也是七上八下的，又气又恨，但更多的还是心疼自己的女儿。王冰又气又恨又遭毒打，还能不上火？

晚上,因为受了伤,王冰发起了高烧。昏睡中她心里装的都是李林,时不时的就一惊一乍地喊:“李林! 李林!”妈妈心疼极了,真是个苦命的孩子啊!

清晨,父亲早早地就找来了医生给王冰打针,她觉得身上轻松多了。吃了一碗稀饭,她就要出去找李林,家里人拦着不让去。

妈妈说:“你刚好点,再说了……”王冰知道妈妈的意思。她没去找李林。

到了晚上,李林来了。王冰一见到他眼泪就止不住地往下流。他坐到她的身边,用手背擦去她脸上的泪水:“冰,你什么也不要说了,我爱你,你也爱我。为此,我什么也不怕! 也不管人家怎么说我们。冰,你明白我的意思吗?”

感动中的王冰使劲地点点头:“李林,我明白,我全明白。你放心吧,我什么也不怕,一定和你在一起。”稍微沉思了一下她又问他:“她? 怎么样了?”

王冰问的是李林的妻子玉秀。事情这么热闹,玉秀还能不知道?

对于玉秀,王冰的心里一直有着一种难言的歉疚,但是在被别人发现以前,她一直自欺欺人地对自己说,只要玉秀不知道,没事的,可现在都知道了。

李林对她说:“她没事儿。她早就知道我根本放不下你。”说到这里,他的声音渐渐低了下去,他对自己的妻子又何尝没有歉疚呢。

五一假期过后,法庭审理了王涛和王冰的离婚案。

在法庭上,王涛说只要王冰和他回去他会既往不咎。

王冰说她死了都不会再回去了!

最后,王涛又说,要离也可以,但是王冰必须答应他两个条件:第一,他要两个孩子。第二,他现在有八千外债,他要王冰出钱。

王涛的这两个条件王冰哪会同意呢? 就这样,法庭休庭,让他们回家各自考虑几天,七天后开庭。

王冰回到家后把情况和父母说了,还告诉了李林。李林略加思索后说:"孩子是你们俩的,你一个不给也行不通。但法庭也得按法律办事儿,肯定不能按他的要求都给他。好在小明已经大了,又有爷爷奶奶疼他,跟着他也受不了委屈。不管孩子在哪里,都是你的骨肉。至于他还和你要的钱嘛,咱给他,只当花钱买个安宁。你们总得尽快有个结果才好,不能总这样僵下去。"

父母也同意李林的意见。王冰也没有别的主意了,只好听从了李林和父母的劝说。

过了两天,李林又来到王冰家,他拿来了八千块钱给王冰的母亲。王冰的母亲说什么也不要。"李林啊,我们怎么能要你的钱呢?你们家也不富裕啊?"李林的眼圈儿红了,他低声对妈妈说:"娘啊,(他十年前就这样叫了,他和王冰分手后就认了这个妈妈了),我对冰儿有歉疚,更有责任啊!如果这点钱您再不让我出,我心里不好受啊!娘,您就收下吧!"见李林这样子,老人再也没说什么,只好默默地接过了钱。

开庭那天,王冰按王涛的要求把钱交到了法庭,不管是法官还是王涛他们心里都有数,这钱王冰是拿不出来的,她只能去借。为此,王涛一脸的幸灾乐祸,好像他终于解了气一样。最后法院判定,小明随父亲王涛生活,小花由母亲王冰抚养,互不负担抚养费。

## 九　错迷

生活就像一条河,平静的水面下总是暗潮涌动。

已经单身了的王冰,背地里经常引起那些多嘴长舌妇人们的非议,更有好事者经常对李林说王冰的各种事,王冰和某某去赶集了,王冰和某某去县城了,无非都是一些捕风捉影的事儿。为此,李林心里很是不痛快。

苹果园里的青苹果一天天长大了,看果人住进了果园里。李林和王冰的约会地点改在了王冰家后边右侧的一个小山沟里。晚间,月光明媚,他们坐在一起,她的头靠在他的胸前,仰起脸看着他,她想听他对她说些悄悄话。然而,他却说出了让她非常敏感的话来:“冰,以后你就别和别人一起出去了,会有人说闲话的。”好像王冰只有和他在一起才是理所当然的,才不会被别人说闲话!

王冰听了李林的话心里很不是滋味。她和王涛离婚一段时间了,许多人想给她提亲,有些人的条件父母都很满意,可她就是不同意,不相不看。因为她真的不想再找了。她不想离开他。在她的心里也装不下别人了。她知道对不起玉秀,所以也不想要名分,只想享受他给她的快乐和幸福,既然离不开他,就这样依着他就满足了。他们这样,她不感到委屈,因为他们各自都在自己心里。今天听李林这样说她,王冰有些接受不了。

王冰不快地说:“李林,别人说我什么我都不会在乎,只要你相信我就行。”他却说:“我也不愿你和别人好。”王冰更加不快了:“我?和别人好?李林你说我和谁好了?我能和别人好吗?难道你不知道我的心吗?我的心里只有你啊!你难道不明白吗?”

李林也觉得自己不该说这些话了,他对王冰说:“冰,也许是我太在乎你了才这样。好了好了,我向你道歉,我不会再提这些就是了。”

冬去春来,又到了正月。

有天李林对王冰说:“十五那天,咱们去县城看花会吧。”每年的正月十五,县城都举行大型的花会会演,晚上还放大型的烟花爆竹举行烟花晚会,所以就会有许多人住在县城观光。这样的机会不多,李林想和王冰一起过。可王冰却是有所顾虑,她说:“你还是和玉秀一起去吧,你不要太对不起她了。”

王冰总觉得自己对不起玉秀,可她又放不下李林,这让她的心总是备受煎熬。她想让李林家庭和睦,不要因为自己,李林和家里闹分裂。而李林却坚定地说:“我问过,她不去。冰,你一定要去。”李林总是这样,做决定不容王冰反对。

十五的县城,非常热闹,人山人海。李林和王冰就挤在这人群的海洋里。李林觉得这真是幸福的时刻。因为在这拥挤的人海里,他可以肆无忌惮地紧紧地搂抱着自己心爱的人!

随着人流的涌动，李林披着的大衣滑落在了地上，还没等他松开搂抱着王冰的手，就有个人却先猫腰捡起，伸手递了过来："你的衣服……啊！李林，怎么是你？"李林也是一惊："我……你……"这时的他也不知说啥，面对贤惠善良，为家为孩子为父母含辛茹苦任劳任怨的好妻子，他感到心愧面红，无言以对。

玉秀愣了片刻，似乎实在不知道要说什么，过了一会儿才说："李林，我不知道你们也在这里，你说今天要去开会。所以我没注意是你们。给，你的大衣，穿上吧，天冷。我走了。"她语无伦次地说着，好像是她自己做错了什么事，眼里沁满了泪水！她快步跑出人群，消失在人海中。

看着眼前发生的这一切，听着李林和他妻子的对话，王冰顿时什么都明白了。她觉得满脸的羞臊，这下她真的生气了！王冰质问："你不是说她不来吗？"李林因为对王冰和玉秀都说了谎话，心里愧疚。"冰，我真不知道她也来，这么多人还能碰在了一起。"

"李林啊，你呀，真是太让我生气了！"王冰哪还有心思再看什么花会，她也弃李林而走，跑出了人群，自己直奔车站坐车回家了。一个多小时车内的颠簸，她的心无时无刻不在经受着巨大的激流的冲击！眼前时刻浮现着玉秀那双泪眼，还有当时李林和妻子那种尴尬的表情。

那天夜里，王冰又一次失眠了。她想了很多很多。同样是女人，自己本就不该伤害玉秀。更何况自己也经受过此类的伤害呢！她爱李林，想在李林身上得到幸福和快乐，总想着，李林原本就该是属于自己的啊！可是难道玉秀就该受伤害吗？是自己，当年一意孤行，不宽恕李林一时犯下的错误，导致错过了李林，这是自己的错，而不是玉秀的错！到如今，为什么要让玉秀承受如此巨大的委屈？王冰的心啊，真是又乱又矛盾。

那天夜里，李林也难以入睡，他觉得自己亏欠妻子的真是太多太多了。

## 十　回忆

那天夜里，最伤感的还是玉秀。她对自己的丈夫有很深的感情，从县城回来后，对丈夫一句抱怨的话也没说。十五的夜晚，窗外的月光分外明亮。月圆是画，月缺是诗，仰首是春，俯首是秋。怎么都是自己的丈夫啊！可是难道自己就这样忍受吗？她茫然不知所措，回首着自己和丈夫的一幕一幕的往事——

玉秀也是本村人，和李林家隔着一条小河。她和李林同岁，只比李林大两个月。他俩从小一起长大，一起读到高中。高中毕业后，李林回村当了老师，玉秀回家后就做起了服装加工。她手巧，做活实在，待人又和气。所以她的服装加工店干得还算红火。父母年岁已高，都60多岁了，上有个哥哥在外当兵，下有个妹妹还在上中学。家中里里外外都靠玉秀一个人。

当时，玉秀早就对李林有心思，高中毕业后，她曾写信给李林，明确表白了自己对李林的感情。李林看到玉秀给他的求爱信时，不能说他没动一点的心，玉秀心地善良，通情达理，心灵手巧，聪明贤惠。她样样都好，是个难寻的好姑娘。他敬重她，把她当作姐姐看，对玉秀只有亲情没有爱情。李林坦承地向玉秀说出了自己的心事。

"秀姐，我知道你对我好，也明白你的心，感谢秀姐对我这份情。可是，我只愿做秀姐的好弟弟，你做我最亲的姐姐。秀姐在弟弟心目中永远是最棒的！将来一定能找到一个好姐夫。"

"别说了，李林。都怪我一厢情愿，放心，以后，我不会再提此事了。"玉秀的心一下子凉了！

可李林呢，却还像以前一样，常常去和玉秀一起聊天，谈心，到玉秀住的那个小屋帮玉秀干活。"秀姐""秀姐"地叫着。玉秀没法拒绝这个弟弟的亲近，也只好就真的把他当作自己的弟弟了。后来她觉得，能有个这样的弟弟也是很幸福快乐的。

李林和王冰确定恋爱关系了以后，他第一个就告诉了玉秀，跟她诉说他俩发生的事情，他的心情。开始，玉秀心里酸溜溜的不是滋味,她甚至恨李林,这是对她的感情伤害!可后来,当她看到李林的确是拿自己当作了亲姐姐一样对待,根本没有伤害自己的意思,只是想和姐姐分享自己的快乐时,善良的玉秀释放了情怀,真心地祝福着李林和王冰。

李林失去王冰后,悲痛难忍,也是去找玉秀诉苦。玉秀心疼李林,说:"我去找王冰,和她说清楚那事儿也不能全怪你,求她原谅你。"李林拦住玉秀,他说:"秀姐,你不要去,我自己都不行,你去又能怎样?她正在气头上,你去不白挨气受?"可不是嘛,玉秀没敢去找王冰。

寒冬腊月,天地都冻了。李林的心就像这腊月的三九天。

应群众的要求,大队请来了皮影戏班子唱起了皮影。玉秀的父母可都是皮影迷,每天去看皮影从不间断。玉秀不爱看,一个人在家也挺没意思的,就去自家门前的小河边溜达。河边有片杨树林。当她走进树林时突然就是一惊,因为她看到了一个人。

这个人就是李林。只见他独自坐在树林里,还散发着浓浓的酒味。

"你怎么会在这儿?又喝酒了?大冬天的呆在这里不怕冻着?"玉秀训斥着,口气中带着心疼。

李林说:"秀姐,你就别管我了,我心里难受,想多喝点酒解闷。家里好像装不下我似的,我来这里几个晚上了。昨天,我在这里呆了大半夜。"

玉秀一听急了:"看你这点出息!至于这么糟蹋自己吗?天这么冷冻坏了咋办?快起来,到我家里去暖和暖和。"

李林很听话,他起身和玉秀一起来到了她家。进屋后,李林发现炕上的小饭桌上还有白酒和韭菜炒豆腐,这是玉秀爹娘晚饭时喝的,他们看皮影时很冷,喝点白酒是为了抵抗严寒。玉秀没收起来,是爹妈回来时还会再喝两口暖和身子。玉秀让李林上炕暖和,说:"我把桌子抄了。"李林却拦住了玉秀说:"秀姐,你先别抄桌子了,正好我再喝点。""不是已经喝过了吗?"他坚持:"再喝点没事,我正好挺冷。”

李林已经习惯了,每次到玉秀家就像进了自己家一样,想吃就吃,想喝就喝。

玉秀呢,心想反正在家里,他心里烦,想喝就喝点儿吧。

李林自斟自饮地喝了起来。玉秀知道此时李林内心的痛苦,她无奈地看着他一杯接着一杯的喝酒。二人无言,沉默中只听见他的喝酒声音。再看看这个李林,已经喝醉了。只见他的脸儿红红的,眼睛直直的,泪水滴滴落下。他有些口齿不清了:“秀姐,姐啊……弟弟心里好……难受啊!”她制止他:“好了,李林,你可别再喝了。走,我送你回家去。”

要是父母都在家就好了,李林喝成这个样子,就不会再让走了,就事儿睡下也就不会发生什么事了。可是,玉秀一个人在家,深更半夜孤男寡女,在一起她觉得不合适,玉秀想了想,还是趁着他清醒,把他送回去吧。她扶起摇摇晃晃的李林走出了自己的家,往他家走去。

李林本来就醉得不轻了,到外面又经冷风这么一吹,他可就是烂醉如泥了!他的双腿都不听使唤了,全凭着玉秀架着他走,一个姑娘家能有多大的劲儿啊,刚走到小河边,李林和玉秀就一起摔倒了,可此时的玉秀却怎么也没有力气再把他扶起来!怎么办呢?这里离哪家都是一样的距离,她是弄不动他了。总不能把他放在这路上啊,如果让人看见了他这个样子得怎么想他啊。她无时无刻都在维护着她这个弟弟。玉秀使出了全部的力量把李林拖到了那个小树林里,她是想先把他放在那里一会儿,去他家找人来把他弄回去。可怜她筋疲力尽一下子就倒下了,倒在了李林的身上!

李林突然经玉秀这么一砸撞,他惊醒了一下,只见他一翻身坐起来,嘴里还狠狠地说着胡话:“好啊!好你个刘志洁,你害得我好惨,你还敢来找我?又想戏弄我?好,我就让你戏弄我!”只见他像个疯子似的一下子就把玉秀扑倒在地。他真的疯了!他,竟然把玉秀给强暴了!事后,他像个死人一样呼呼地睡了过去。

似晴天霹雳！玉秀傻了！这一切，都发生得太突然，发生在玉秀极度疲劳没有一点反抗能力时。她连叫的力气都没有，更不要说挣脱了。她哭成了泪人，天哪，她该怎么办啊？

想想玉秀当初也曾是那样地爱着李林，她也曾在心底偷偷地编织过两人未来的生活，总是想象爱情的神圣、美好。可是后来，李林拒绝了她，为此她恨过他。可再后来，她的心平和了，毕竟强扭的瓜不甜，更何况自己还多了个好弟弟呢。可是今天这事又算什么啊？虽然是自己心爱的人所为，可悲的是他并没把她当作她，而是当作了一个发泄的工具，是别人的替身。“我该咋办？咋办啊？”

玉秀哭了很久，她越想越伤心，她简直不想活了！去告他？可他怎么办？他也不是成心想这样做的，也是有苦衷的啊。善良的秀姐啊她还是惦记他，心里放不下他，一切都是为了他。她强忍泪水，也忍着自己的疼痛，把自己的外套脱下盖在了他的身上，然后，她捋了捋自己凌乱的头发，向李林家走去。她找来李林的父母他们一起把他弄回家去了。

“怎么喝成了这个样子？”李林的父亲唠叨着，埋怨着。

天下的母亲，都对自己的孩子特别了解。妈妈知道儿子心里的苦。所以，妈妈没有说什么。突然，妈妈想起了什么，和丈夫说：“玉秀今天好像不对劲儿啊，你看她，眼睛都哭红了，为什么？哎呀，是李林他？他对玉秀做了什么了吧？”

“不能，林儿可不是那样的人。”父亲还是很了解自己的儿子的，老人为儿子辩护着。

“可他今天喝成了这个样子还是他自己吗？喝醉了啥事做不出来啊。”

“那，等他酒醒了好好问问他。”听老伴这么一说，父亲也害怕了。

第二天，日出三竿了，李林终于醒了过来。他用凉水洗了把脸后来到父母的房里。妈妈说：“总算是醒了，先吃饭吧，然后我和你爸有话要问你。”李林一边吃饭一边问:“啥话啊？有事你们就说呗。”

“昨天晚上你去哪了？都干了什么？”妈妈质问。

“昨晚上？我？哦,我就去秀姐家喝点酒,然后？然后我好像就回家来了吧？”李林还在迷糊着呢。

“胡说！你喝完酒后,把玉秀怎么了？半夜三更的是玉秀来找我们才把你弄回来的。我们看玉秀的神情可是很不对劲,眼睛都哭红了！我们去找你时,你还在树林里昏睡呢,你的身上还盖着玉秀的外套。”

“哎呀！妈呀！我想起来了,真的想起来了,我昨晚上就是把秀姐给……哎呀,我……”李林惊醒了,他突然想起了那惊人的一幕！

“哎,你呀,你呀！干嘛要喝那么多的酒啊？这酒过头了可是能变成杀人的刀啊!”父亲真是急了,打了儿子几个耳光,坐在炕沿上直喘粗气。

妈妈着急了一会儿后突然沉默了,若有所思,她要给儿子拿主意了:“林儿啊,王冰既然和你散了,你就对她死了心吧,其实你爸和我是不怎么喜欢那个王冰的,她就跟小孩子似的,和你是风一阵雨一阵的,说好就好得如胶似漆,说不好就不理你了。你秀姐多懂事啊,她是会对你好一辈子的人！而你却不领她的情。现在,你既然把人家玉秀给欺负了,就得对她负责任,就得娶了她！只有这样才能对得起她。要不,你说你还算人吗？听妈妈的话,你就娶了玉秀吧。”

妈妈说的是真心话,他们喜欢玉秀。李林和王冰好,父母只是没办法。王冰是个浪漫且富有幻想的人,老人看不惯。而玉秀呢,她讲实际,心灵手巧,心地善良,温顺贤淑。哪个父母不喜欢这样的人啊。李林的父母决定顺水推舟,促成李林和玉秀的婚姻。

对李林来说呢,他虽爱王冰,可王冰却不要他了,本来他想让王冰冷静冷静之后再努力一下,可现在自己把玉秀……他来不及细想了，他得赶紧地去看看玉秀。李林匆匆奔往玉秀家里，玉秀的父亲正在扫院子，他进门就问："我秀姐呢？"

"你秀姐啊，还在她那屋里睡着呢。别是病了吧，她从不睡懒觉的，今天不知怎么了，饭也不吃。"父亲小声叨怨着。

李林顾不了再问那么多了，他径直就去了玉秀的房间里。进屋他看见玉秀根本就没睡觉，只见她穿着衣服(其实她昨天晚上就根本没脱衣服睡觉)，她坐在炕上一个角落里，她的神情呆呆的愣愣的，眼里沁满了泪水。

"秀姐！秀姐！我昨晚酒喝多了。我对不起你，我真该死啊！该死！秀姐，你打我吧骂我吧。"李林抓过玉秀的手狠狠地打着自己的嘴巴。

玉秀尴尬地不敢再看李林的脸，她扭过身子用力抽回被李林抓着的手，泪水又哗哗地流了下来。"你，你怎么能这样啊？你叫我以后还怎么活呀？"她已哭成了个泪人！稍稍平静后，她对他说："也怪我，知道你喝过了就该拦着你不再让你喝酒了。我当时也是心疼你，知道你为了王冰心里正难受，想借酒浇愁。谁想到你竟然……好了，李林，你以后就不要再来看我了，免得见面我心里不好受。你放心吧，我不会恨你，也不会把这事儿告诉任何人。我会把痛苦深深地埋在自己的心底的。为了我的父母，我会好好生活的，但是，今生我是不会再出嫁了，我害怕。"

玉秀擦掉泪水，她不想让李林再看见她哭，她不想得到他的愧疚与可怜。她总是为他着想，天下还有姑娘能对他这么好吗？李林被深深地感动了："秀姐，我要娶你！一定要娶你！做我的妻子吧！今生今世我都会对你好。"他发着誓言，把她搂进自己的怀里请求："嫁给我吧！"她带着泪眼直视着他："你是发自内心的话吗？你想好了？"李林重重点头，"我想好了！"玉秀扑倒在他的怀里，紧紧地抱住了李林。

玉秀和李林举行了隆重的订婚仪式。双方的老人们都特别地高兴。玉秀也着实地幸福了一阵子。可渐渐地，玉秀的心里有了几丝苦涩,李林还是心事重重的样子,更甚,每当老人催促他结婚时,他总是一拖再拖,说不急,还小呢。玉秀也问过他:“我们结婚吧?”他总是逃避的眼神,并说:“我觉得自己还不够成熟,岁数还小,先搞好我的事业吧,成家会分心的,我知道你会支持我的。咱再等几年好吗?”还小吗?都二十八岁了!玉秀心里发苦,她知道:是李林的心里还放不下王冰,她知道李林还保留着王冰写给他的日记本,他还在看它。

玉秀也问过李林:“如果你后悔的话,咱就退了吧?强扭的瓜不甜。”而李林却总是说:“秀,别瞎想,我和王冰已经结束了,我的未婚妻是你。”

李林安慰着未婚妻,其实,也是安慰着自己。真心话讲,李林放不下王冰,他好悔好悔啊——后悔自己一次次的过失,让自己失去了王冰,也对不起玉秀。

李林也清楚,自己将和玉秀结婚,可对于王冰,他的心里总是还有一丝幻想,怎么驱赶也赶不走。所以,王冰结婚那天他才控制不住自己的情绪,去拦截了他们。

王冰结婚走了。李林的那丝幻想也彻底地破灭了。在父母的催促下和玉秀结了婚。婚后,他们平平静静地生活着。第二年,玉秀给李林生了一对双胞胎儿子。他们的小家庭看起来倒也是过得平淡而知足。只有李林自己知道,自己的心里是怎么的死气沉沉。

王冰的离婚归来,让李林死灰一样的心又复燃了。几个月来,他们的来往那么密切,怎能逃出玉秀的眼睛!可玉秀本性善良,她很可怜王冰嫁给那样一个丈夫。她曾经自欺欺人地劝诫自己想:自己能嫁给李林是幸福的,从中分点幸福给王冰吧。所以,她装作什么也不知道。她依然是一如既往地对自己的丈夫温柔体贴,爱护有加。

可是,渐渐她发现,这种爱是不能和别人一起分享的,做到这点实在太强人所难,她要努力把丈夫完全拉回到自己身边来。所以,在县城十五花会的前几天,玉秀和李林商量:“咱一起去县城看花会吧？自从我们结婚后，我们就没有好好地玩过一天。我知道，你爱搞什么浪漫，我们好好地玩一天，让我们也浪漫一回？”

可是，李林却说：“对不起，玉秀，那天我有个会呢，得去开会。”他向自己的妻子说着谎话。玉秀没办法，就自己一个人去了县城。可就在县城里那人海里，她却跟李林和王冰碰在了一起！难道，这就是老天安排的？是天意吗？

李林觉得对不起自己的妻子，也觉得对不起王冰，让现在三个人处在这样一个尴尬的境地里。他也不知道以后该咋办了，他觉得自己很累。

## 十一　醒悟

又是个寒冬夜，村里又唱皮影了。

王冰的父母带着小花一起去看皮影了，只有她一个人在家，她心事重重得坐立不安，正在她思绪迷离的时候，她听见了院里传来了轻轻的脚步声，她听得出，那不是李林。自从十五那天在县城她被玉秀碰见了以后，她觉得非常地苦恼和迷茫。自那天还没和李林见过面。王冰从屋里出来问：“谁呀？”

“王冰，是我，玉秀。”哦，原来是玉秀。

“秀姐，你怎么来了？外面冷快进屋吧。”王冰像偷了人家的东西被抓住一样不自在。

“冰妹，我只是来和你谈谈心。我猜想着可能你是一个人在家，我们谈谈好吗？”玉秀很和气，没有看出一点敌意。她和王冰一起进屋坐在大炕上。

王冰等待玉秀的发落。

可玉秀语重心长地说：“冰妹啊，这几天我想了许多，好妹妹，你是受了好多的苦，我和李林一样地心疼你。开始，我也帮不了你什么，就让李林多安慰你吧，你们俩的事儿我早就知道的。只是我装作不知而已。我还愚昧地想：李林他一直都爱你，趁此也了却他的心愿吧，我对你们的宽容，就算是对你们当初没在一起的补偿吧。可是，我越来越觉得这样下去不好，对于我来讲，夫妻的爱是不能和别人共同分享的,一个人的一颗心若被分为了两半了,那还叫心吗?还有李林,他处身在你我之间会很累的。再说你吧,也不能总这样过一辈子啊,老了咋办?要知道你不光光是自己一个人,还有孩子啊,你让孩子怎么办?"玉秀很温和地说着心里话。

其实,玉秀才是个非常聪明的女子。

王冰再也控制不住自己的感情了,要是玉秀骂她打她,她或许心里还会好受些,可玉秀没有这样做。将心比心,王冰突然发现,自己不能再错下去了。她诚恳地对玉秀说:"秀姐,你别说了,啥也别说了!是我对不起你。我虽然爱李林,可我却失去了他,怪只怪我当年太较真儿了,没有好好珍惜我们的感情。现在,你们已经有了幸福的家,有了自己的孩子,你们一家应该过得幸福平静。是我,是我破坏了你们这种平和,在你们夫妻间挡上了一道墙!是我错了,是我对不起你,对不起你们家啊!"王冰失声痛哭起来。

玉秀轻轻搂抱着她的肩,安慰着她:"好妹妹,你别哭,你这样姐姐心里也不好受。"说着说着声音也哽咽了起来,不知道是为了王冰,还是为了她自己。

王冰扪心自问,自己充当了一个什么样的角色啊,太自私了!多亏了李林没有王涛那样的人品,要不,玉秀的命运还不是和自己一样啊。此时此刻的王冰心中充满了悔恨,她悔自己当年没有听李林的一句解释就离开了他;她恨自己现在因为自身的伤痛而去伤害另一个家庭。

王冰在自己与玉秀的眼泪中下定决心要重新做人。她要为李林着想,为玉秀着想,为他们的孩子着想,还给他们一个完整美满的家庭。她对玉秀说:"秀姐,以前,我错便错了,但是我不会再错下去了。我要远远地离开你们,还你们的清静生活。"

玉秀说:"找就找个老实人,不管条件好坏。人品一定要好。咱女人这一辈子就冲着一个人。"

王冰垂泪点点头,心中已经定下了主意。

## 十二　再婚

第二天,王冰来到十里以外的三妹王如家,她说:“我看看你说的那张照片。”

“想通了?”王如表示欣慰。

以前,王如的姨婆给王冰介绍了一个对象,是她的娘家弟弟,叫宋华,四十岁,丧偶几年了,还有两个孩子。由于宋华家境比较困难还有孩子,所以再娶很困难。听他姐说过王冰,就缠着他姐说和说和。王如找过王冰谈过此事,还拿来了宋华的照片。但是,王冰就是不相不看。王如知道姐姐是因为什么,也劝过姐姐:“你也不能总这样啊,你还能这样过一辈子?”可王冰就是听不进去。王如也没办法。今天,王如看见姐姐有了转变,也没问是为了什么,反正想通了就好。

王如找出了宋华的照片让王冰看,王冰说可以。王如又给宋华说着好话:“他虽然有俩孩子,可都大了,都快自立了,不会累你多长时间。宋华在矿上上班,听说挣钱也不少。差不多就行了,哪有忒合适的。要不,就让他来我家你们见见面?”王冰说行。

很快,宋华就来了,和王冰见了面后,又和王冰的父母见了面。王冰和宋华的亲事就算定了下来。在宋华花言巧语的强烈要求下,王冰很快就和他结了婚。她就想早点离开家乡,离开李林。

刚结婚时,宋华欣喜若狂了好一阵子。他可离不开老婆了,去矿上上班也把王冰和小花一起带了去。在矿区,他们租了两间平房住下来。就这样,他们平静地过了半年。

可等过了新鲜时期,宋华的本质就露馅了。他本是个好吃懒做嗜赌成性的人,又开始和一些赌徒们去赌钱了,有几次被矿警给抓住了,又是关押又是罚款的。为此,王冰和他吵闹过,但他也不听,有时还对王冰撒野。原来,宋华的脾气是很野蛮的,不但和王冰吵架,还和同事打架,因为打人要被矿上开除,多亏了他有个亲姐夫在矿上当个小干部,走动关系才又让他去上班。

好在宋华还没有打过王冰和小花。对老婆,也就动动嘴,倒是还没动过手。“嫁汉嫁汉穿衣吃饭”,王冰劝慰自己,也不要求那么多了。和宋华结婚半年后,王冰回娘家,玉秀来看她。

玉秀问:“他对你们娘俩还好吗?咋这么快就结婚了?”

“我现在过得还可以。你们都好吧?”

玉秀知道王冰的心,她坦承地说:“我们都还好。就是,李林怪你结婚太匆忙了,但愿这次你能遇上个好人,能够好好待你们娘俩。”

王冰听后,黯然伤感。

都说苍天有眼,可对于王冰来说,总觉得苍天对她太不公平。

随着时间的增长,宋华越来越暴露了本质。他性情粗暴野蛮,品行懒惰自私,又嫖又赌,和人打架是家常便饭。时间长了,对王冰也不知道疼惜了。更甚,他为了赌博经常旷班挨罚,所以,他的钱总是不够花。有时,整月不向家里交钱。这日子还咋过?

由于没人看小花,也因为王冰不愿再和宋华住在一起了,所以王冰从服装厂辞职后带着女儿回到了宋华的老家,一个似乎与世隔绝的深山小村里。

对于宋华的卑劣行为,王冰只有忍让着,反正离得远了,见得少些。她开始了辛苦的劳作生活,自己在家种地种菜,维持着生活。她想,这就是自己的命吧,忍吧,也许时间长了就好了。然而回到宋华老家后才知道,宋华的前妻,是在无法忍受他的打骂、无法忍受他的恶劣品质,在被宋华暴打以后喝农药自杀的!那个可怜的女人撇下了自己的孩子,结束了自己年轻的生命,这是多么悲惨的结局啊!王如的姨婆却对王冰姐妹俩隐瞒了事实,还说她是得了暴病死的。从知道这个事实后,王冰就总觉得有片阴影飘在自己的心上——和自己生活在一起的宋华是一个多么可怕的人啊!

腊月,宋华放假回到了家里。王冰最头痛的就是他回家。

一个清晨,宋华要邀请本家族的长者们吃饭。这也是这个古老的村庄的习俗。跟王冰说了晚上请客后,宋华就一直在外玩赌,王冰自己忙不过来,想让宋华帮帮忙,找了好几次他都没回家。王冰一个人忙了大半天,准备晚饭的两大桌饭菜。

吃完了晚饭,客人都散去后,劳累的王冰就对宋华开始发牢骚:“你说你要请客,我没意见。难道你就不能在家帮帮忙吗?就让我一个人忙活?你就这么忍心?平日里你出去玩也就罢了,今天你还去,真是没心没肺的。”

宋华本来就是个无赖,又上哪里长这份心肺?听完王冰的话,暴躁脾气一下子就上来了。

“女人家在家做做饭还不是应该的?又不是天天都这么多人吃饭。发什么怨气?”

王冰再也不想搭理这个混蛋,和这种人能有什么理可讲啊。

入夜,宋华想跟王冰亲热。王冰白天忙累一天,再加上对宋华的厌恶,没好气地说:“我累了,不行。”他生气地说:“你不乐意?这可由不得你!别不识抬举!你和李林做的好事我都知道,说不定跟你的前夫也有勾搭,不知道的不一定还有几个,要不你为什么这么不愿意我回家?”听着宋华的无耻话语,王冰真是气愤极了!

“宋华!你这个混蛋!早知道你是这样的人品,我绝不会嫁给你!”

“后悔了?晚了。”他得意洋洋。

王冰真是满胸厌恨,对他说出了自己心里积郁多日的话来。“你看看,咱们现在这样过日子还有啥意思!我不好过你不痛快,还不如结束这样的婚姻。”王冰刚说完宋华就怒火冲天了:“哼!你想和我离婚?告诉你,门儿都没有!我绝不会同意的。你活是我的人,死是我家鬼!一句话:你甭想甩了我!我想怎样就怎样。”他疯狂地把王冰压倒了。

王冰是欲哭无泪,挣扎不动,她觉得自己受到了巨大的侮辱。她欲喊又不行,因为,孩子小花就在外屋睡觉呢。想到孩子,王冰就更痛心了,她怎能让自己的孩子永远生活在这样的家庭里。她痛心极了,那一夜,她哭泣了许久许久。

清晨,王冰想起床去做早饭,因为小花已经在上学前班了。可是,她发现自己病了,刚一起身就觉得头昏昏的,身子软软的。再看看宋华,还在呼呼大睡呢。王冰不想理他,自己强挣扎起来,她不想让孩子吃饭晚了耽误了上学。小花是她的希望和未来。小明毕竟大些了,渐渐地也明白了一些道理了,所以,他除了在姥姥家去看妈妈和妹妹外,他一次也没来过宋华的家。王冰也不想让他来这样的家。王冰只希望这两个孩子能在多变的环境中,快快长大成人。

王冰穿好了衣服,下炕时一阵头晕,她倒在了地上！她碰倒了床头柜子上的茶杯,落地摔碎了。宋华惊醒,外屋的小花也被惊醒了。宋华这下激灵了,赶紧起身就把王冰抱在了炕上,“你咋啦?病了?我去找医生。”他穿好衣服飞奔出去。小花进屋大哭:“妈妈,妈妈……”

医生来了,说她只是劳累再加上过度的气愤所致。留了点药,走了。宋华送医生出来,医生对他说:“对她好点吧。”宋华也明白自己太过分了。他知道自己几斤几两,如果王冰真走了,他是万万也娶不上媳妇了。他低声下气地劝着王冰:“我就是喝酒多了才对你那样,怪我,你就不要生气了,注意身体吧,是我不对。”

王冰不想再听他的忏悔了,她都听够了。小花没去上学,看到妈妈在流泪,幼小的心里对宋华充满了仇恨,小眼睛瞪着宋华。面对孩子的怒视,宋华竟然低下了头。小花对王冰说:“妈妈,咱不待在他们家了,咱回家吧,回姥姥家。”看来她从来也没把这里当作家。

听着孩子的话语,两个大人的心几多触动。沉默,许久的沉默。

“咱们还是离婚吧。”王冰几乎是在央求宋华了。

“不！我绝不离婚。王冰,你别离开我,别啊!”他几乎绝望了,没有再理直气壮,而是倍觉可怜。

又到了正月十五了,县城又闹起了花会。宋华为了缓和和王冰的关系,他哄着王冰去县城看花会。王冰哪里有心思看热闹啊,她思绪很乱,看着眼前的景象,她又想起了去年的今天,又想起了李林。

想到了李林,她又是一阵心酸。眼前的宋华和李林相比,人品那可是相距太远了。可她又不想走离婚这条路了,自己已经离过一次了,还能再离吗?别人会怎么看呢?可再这样住在宋华家里还有啥意思?宋华吃喝嫖赌,连家都养不起。以后小花还要上学,上初中高中大学,宋华是指望不上的。怎么办?王冰看着眼前的那些做买卖的人群,她顿时有了思路:自己也有两只手,何必指望别人呢?但是,在宋华的家乡是没啥可干的,只有走出家门了。对,就这么办吧。既离开了宋华,也不用离婚。靠自己养活自己的孩子。回家后,她就和宋华商量着,说自己想出去做点买卖,解决家里的经济危机。宋华一想,他连自己的孩子都养不起,孩子上学都全靠两个姐姐救济,还真的是养不起小花她们娘俩,也就同意了。

早春二月,王冰在离自己娘家六里地的一个镇上租了两间平房做起了小买卖,主要是卖些儿童服装、玩具、小食品、日杂、妇女用品等,这些本钱小容易做。买卖虽小,也不算太红火,可维持小花和自己的日常开支还是完全可以的。王冰的脸上终于又露出了久违的笑容。

因为是在自己的本乡本土上,又因为有李林的帮助,小花很顺利地在附近的一所小学里上了学。

王冰的日子总算暂时的平静了下来。她想,就这样吧,等孩子长大了,就好了。

小花所在的学校环境和老师都不错。老师和校长还特别喜欢这个孩子。因为小花学习好,又特别懂事儿,所以,小花备受关照。

只要孩子好,对王冰来说就是最大的安慰。而且,儿子小明还能在礼拜天来这里待两天,这就更使王冰的心里痛快了许多。

虽然,宋华时不时地来王冰的小店里住两天,好在他住两天就得回去矿上上班,王冰虽然心烦也忍了。时光流逝,半年过去了。

## 十三　魔鬼

夏天,天气闷热。王冰的心情也是闷闷不乐。因为,宋华又来了好几天了,他本该去上班,可他就是不走。如果是他光待在这吧倒也没什么,可他偏要出去赌钱。十赌九输,输光了他就和王冰要,王冰哪有那么多钱啊,可是不给他钱他就胡闹。王冰实在受不了了。

"你快去好好上班吧,你这样天天待在家里谁给你工资啊?大老爷们儿天天不务正业,赌钱赌输了冲女人伸手要钱,你不觉得太丢人吗?"

对于王冰的苦口婆心,宋华根本不理,还胡说八道:"我不去上班,我要在你跟前看好你,从你来这里后,我就不放心,是不是又和那个李林好上了?还是和那个王涛又接上了关系?"

王冰愤怒了,喊道:"你这个混蛋!真让人看不起。如果你这样想的话,我们离婚算了!你就是个下流的无赖!一个男子汉大丈夫不能养活妻儿子女,还得靠女人养活一大家子,连孩子上学的学费你都给赌了,你臊不臊啊?还叫人吗?我看你连畜生都不如。你滚,我看见你都觉得恶心!"

宋华被王冰骂到了痛处,他无话对付,于是恼羞成怒。他要耍大丈夫的威风了!举手就给了王冰两个大嘴巴。疯狂叫板:"告诉你,少教训我!你就是再看不起我也晚了。既然嫁给了我就是我的人,来这里做买卖是你自己乐意的,出来挣钱就得养活我们全家。我偏不去上班,就在这里待着了。"

王冰真没防备他会这样,她无辜被打,又被他的话激怒,她忍让的防线彻底崩溃了。"我和你拼了!"她猛力地撞到了宋华身上,厮打在了一起!

王冰的小商店里,招来了许多看热闹的人。大家费了好大劲才把他们拉开。还用说,王冰已经是满身是伤了,她的身上青一块紫一块的好几处,脸和胳膊也被宋华打肿了。看到宋华那个疯狂架势,要是没人拉架,王冰恐怕连命都会没了!宋华虽然也有小伤,但比起王冰来,他还是绝没吃亏的。他毕竟是个爷们啊。

王冰软坐在地上,连哭的力气都没有了。

有人指责宋华:“你咋这狠哪!对自己的女人还真下得了手?这要是没人拉架的话,还不出人命啊?”

“还算个爷们吗?”

“真不是个东西!”

“这种人也太狠了,和他一起过日子真是太可怕了!”

王冰更是恨之入骨,她怒视着宋华,她的目光里充满了仇恨的火焰!

宋华终于胆怯了,趁大家忙活着给王冰擦药的时候,溜了出去。

王冰彻底看清了宋华疯狂丑恶的嘴脸,他哪里还有一点夫妻情分?他简直就是个恶狼!

王冰忍受着满身的伤痛,躺在床上暗自落泪。小花睡在妈妈的身边,睡梦中脸上还挂着泪花。看着自己心爱的女儿,王冰更下定了决心离开宋华这个恶魔。夜深了,她辗转反侧,难以入睡,千头万绪涌上心头。她是真的好悔呀!悔恨自己一次又一次的错误。

突然,王冰听到了脚步声,是宋华回来了。门开了,一股冷风吹了进来,王冰打了个冷颤,她下意识地把女儿推到了床里边,给她盖紧了被子,然后她直视着一步一步地走近自己的这个恶魔。宋华不知在哪耍钱玩够了还喝了酒,醉醺醺的。

夜,静静的夜……

没人知道,王冰是怎样度过了这个耻辱的漫漫长夜。她没有一点反抗的力气,更不能喊叫,因为她怕惊醒小花。对于宋华的一切,她麻木得像个死人。

次日,宋华终于走了,他说他要去好好上班了,天才知道呢。

王冰身心疲惫到了极点,她再也无心思做什么买卖了。小花上学走了,她躺在床上,只觉得昏昏沉沉。

傍晚的时候,玉秀来了,她来看王冰。昨天王冰和宋华打得那么热闹,几里地的距离,玉秀早知道了。就在玉秀一进屋的刹那间,王冰的心就像针扎的一样痛出血来。眼泪随之哗哗地流了一脸。玉秀快步来到王冰的床前,拉过王冰的手握在自己的手里,眼里也渗满了泪水。"好妹妹,我们都知道了。李林他让我来看看你,也叫我来劝劝你,下决心吧,离开宋华吧。为了孩子也为了你自己,怎么能再和这种人生活在一起呢。"

王冰泪眼涟涟:"秀姐啊,恨我自己当初没听你的话啊,没有好好地了解他的人品就匆匆地和他结了婚,才有了今天的结果。如果没有父母和孩子的牵挂,我是真的不想活了。"

"冰妹,千万不要这样想。人生本来多坎坷。姐知道,当初你都是为了我才那样匆匆出嫁的。怪姐姐,当时不该去找你的。"玉秀也很难过。

"姐啊,我怎么能怪你呢?我只是找错了人。这也是我的命。姐啊,你嫁给李林是对的,是幸运的。你们一定要彼此好好珍惜。我开始就错了,然后一错再错,我觉得自己活得好累啊,这人生的道路,别人或跑或走,而我是连爬也爬不动了呀。"

王冰悲痛欲绝,泣不成声。

玉秀觉得现在任何语言的劝说,对王冰来说,都是那样苍白无力。她默默陪伴在王冰的身边。夜里她和这个苦命的妹妹就睡在了一张床上。一切话语都是没用的,就是一个决定:赶紧和宋华分开。王冰说:"他死皮赖脸的就是不和我离婚咋办啊?"玉秀想想说:"要不这样吧:你先出去,离家出走。让宋华找不到你。反正夫妻分居六个月后,法律上就算感情彻底破裂了。他不离法院也会判决离婚的。"

也只好这样了。王冰终于下定了决心。

王冰没动声色,先是把商店里值钱点的东西都卖了。宋华又来了一次,待了一天就走了,王冰对他说:不想在这里干了,生气打架的,离我家太近我怕丢人,更怕父母知道了为我担心。还是和你一起去矿上，你就好好上班吧。下个月，正好小花也放暑假了，就搬家。宋华信了。

其实，她是决定到外省的一个朋友那里去，去那里打工，好有个照应。说是朋友，其实也是多年没联系了。那是在王冰 18 岁那年认识的朋友，叫梁云涛。那年，梁玉涛还是省地质队员，他所在的队来到了王冰家的大山里探矿。他就住在王冰家的隔壁。他是队里年龄最小的队员，才 19 岁，刚刚高中毕业。由于年龄一样大，王冰和他很是合得来，在一起有说不完的话语。他是第一次走出城市，第一次来到这样的大山里，所以他看着山里的什么都很新鲜，总是在队员休息的时候去爬山。可他胆子却很小，一个人又不敢出去上山。所以他每次出去都叫上王冰。而大山里出生的王冰，也愿意听梁云涛讲城里的那些新鲜事儿。他亲切地叫她“冰妹”，她就叫他“涛哥”。他们一起去山上，爬上高高的山顶，看蓝天下白云朵朵；聆听林中鸟儿鸣唱；看群峰叠连起伏浩浩茫茫无边无际；看满山的绿草庄稼；看山花烂漫，看彩蝶飞舞，看山中溪流潺潺。那是无忧无虑的快乐时光，终生难忘。

梁云涛所在的地质队在王冰家乡待了一年多，突然就匆匆地离去了。那天正好王冰不在家，他们连告别的机会都没有。如此一别就有 18 年没联系。

现在，王冰又想起了这个涛哥。18 年了，他还记得她吗？好在，王冰还留着梁云涛家里的地址，就在娘家的那个柜子里的小本上。王冰回家翻出小本，试着给梁云涛写了封信。苍天睁眼，尽管这么多年他们从来没联系过，可这个涛哥还真就给王冰回了信！并在回信中说：多年不见，很是想念；他希望困难中的王冰去他那里找他；他会尽最大努力帮助她。王冰看着梁云涛的回信，心情特别激动。她像吃了定心丸，心踏实了。

王冰把要去的地方告诉了父母姐妹，也告诉了玉秀。让大家放心，自己毕竟有了能安顿之处了。而且，梁云涛还说小花可以在那里上学呢，对于当时的王冰来说，去那里可算是一条光明之路了。

有天下午,李林来到王冰的小店里。他知道王冰就快要走了,是来给她送行的。他轻轻地走进屋坐下。许久,两个人谁也没说话。她看着他,眼泪在眼窝里打转;他看着她,心里在颤抖疼痛。他们沉默了许久,许久。她看到了,李林是才40多岁啊,都说男人四十一枝花,可看上去,眼前的他确实很不精神,他身体不好吗?有病了吗?她离开他才两年的时间啊!他咋就变得这样老了呢?他的变化咋就这么快啊?她有千言万语,他有万语千言,可是当他们坐在一起的时候,又似乎无言以对。他们还能说些什么呢?也许,一切都在不言中?也许,他们还在做着不能再做的梦?

王冰看着现在眼前神色黯淡的李林,真是百感交集啊!她小声问:"你是怎么了?为什么这么早就退休了?总在家待着也没意思啊?"她知道他已经办理了早退了。

"身体不太好,精神更不好,不想再干了。"

"身体不好?去医院看过了吗?"

"以后吧,去看看。"

"李林,你头发都白了。"

"你也是。"

他们两个就像两个老人叙谈,完全没有了当初那样的冲动和激情。

最后到李林临走时,他再次叮嘱王冰:"到了那里安顿好了就给家里来封信,让爸妈(指王冰父母)放心,我也好放心。能行的话就在那里待几个月,要是有困难实在不能待的话就早些回来,咱们再想办法。你记住,这里永远是你的家,这里有你的亲人,有爸妈姐妹,还有……"李林是想说还有我来着,可他没有说出来,他还能对王冰承诺些什么呢?

## 十四　南下

1994年8月4日,王冰特意让宋华来自己的小店里,说是让他看家,自己去把东西送往邻镇的朋友那里,小店不开了,店里的许多东西带回家去也没用,得处理了。其实,王冰早把东西转卖了,现在包里的东西是她和女儿的随身所用的物品,只是上面有几件,是商店里应卖的一些轻便的童装。事先,王冰嘱咐了小花:我说去送货物的时候,你一定要拼命地追我一起去啊,只有这样才能带走你。小花多聪明啊,就在宋华来到以后,王冰说去送货了的时候,她就说:“我也去,我也去,带我去嘛。”王冰还故意推辞:“你在家待着吧,带上你挺麻烦的。”因为宋华还真怕小花留在家里给自己找麻烦,他为了自己能安心地去赌博,也说:“她愿意和你去就让她去呗,还能给你拿点东西呢。”王冰嘴上说着不满的话心里早已乐开了花。这样,小花和妈妈一起离开了。就在宋华的眼皮底下,王冰走了。

王冰带着爱女,一起登上了南下的火车。两天的行程,她们来到了外省的一个城市里。从车站走出来,天已经黑了。她身心疲惫,只好就近找了个旅店住下。晚上,她急忙先给梁云涛写了封信,告诉他自己已经来了,住在某某旅店里。次日清晨,王冰就把信发了出去。她估计,在本市,梁云涛一两天就能收到自己的信。王冰是想让梁云涛来接她,她也想在旅店里好好地歇歇了。所以,她住在旅店里等梁云涛来。

一天,两天,三天,梁云涛还没有来。王冰有些坐不住了。难道是自己把他的地址写错了?难道是他家里不同意让他来接?难道他是后悔答应帮忙了?是啊,也不知道他现在的情况,自己的到来会不会打扰了他平静的生活?什么也没来得及细问就匆匆地来了。是自己太着急了。

如果没有梁云涛的帮助,王冰将很难在这个陌生的城市立脚。因为,她不是自己一个人,随便给人打工就能混口饭吃,没有熟人介绍,她也不知道去哪里打工啊,遇上坏人上当受骗咋办?关键的是她还带着小花呢,孩子咋办啊!

也不知自己走后,那个恶魔宋华咋样了?他会疯狂到啥地步?年迈的父母,无辜的姐妹们会不会因此受到牵连?

夜深了，小花早已进入了梦乡，她在睡梦中还在高兴呢，可算是离开那个她讨厌的继父了！然而，王冰却是心乱如麻，翻来覆去怎么也睡不着。她来到窗前，轻轻地推开一扇窗，她遥望星空，百感交集。她回到床边，从包里拿出来那个保留了十八年的当年梁云涛送给她的小小笔记本，那上面只有一句话："送给亲爱的冰妹，愿友谊地久天长。"还有就是当时他亲自写下的他家的地址。王冰在这个本上又写下了她此时此刻的心情：

"旅燕向南飞，风雨群相失。饥渴辛劳两翅重，云海茫茫无处归。无处归，悲声啼。谁听哀鸣急？"

这是一个什么样的心情。只有亲身经历的人才会明白其中的酸楚。

天快亮了，王冰才疲倦地睡着了。太阳出来了。上午了。她还在睡梦中。倒是小花先醒了，孩子懂事，她从不打扰妈妈睡觉。她睁着眼睛，肚子也咕噜咕噜地叫着。她饿了。

突然，有人敲门："梆，梆梆。"小花轻轻地推醒妈妈小声说："妈妈，有人敲门。"王冰激灵地起来，穿着睡衣就去门前，她问："你找谁？"外面答："我是梁云涛，找王冰。"啊！王冰没顾换衣服就开门了。她好激动，开门的手都颤动了。

梁云涛进来了，他仔细地打量着王冰："是冰妹，没错。十八年没见了。"而王冰急切盼望相见的人终于来到了自己身边时，她却什么话也说不出来了。喉咙口就像被棉花团堵住了，而眼泪却似断了线的珍珠，掉了下来。"涛哥……"她终于哭出了声。

梁云涛拉过王冰的手，轻轻拍着她的肩膀，像哄着孩子一样安慰着她："冰妹，不要难过了，一切都会过去的，以后都会好的。走，咱回家，和哥哥回家。"

激动过后，王冰才想起了抱怨："你咋才来啊？我都快急死了。"

梁云涛抱歉地说："我去市里开会了，昨天晚上才到家的，妈妈说有我的信，才知道是你来了。本想晚上就过来接你，可我家离这里太远了，估计得两三小时才能倒车到这里，想想你早该睡了。只好今天才来。"

"我还怕你不来了。"她小声嘀咕。

"以为哥不来认你？可冤死你哥了。冰妹，你忘了我的话吗：我们的友谊地久天长。"

"没忘啊，我不是来了？"她笑了，她终于又笑了。

他也笑了。他是开心地笑了。

快到中午时，梁云涛把王冰接到了自己的家里。他家住房还算宽裕，三室一厅。他爱人在邻市的一家医院里当护士，离家远又忙很少回家；他有一个女儿已经上初中了，学习很紧张，为了早晚自习课方便，就住在学校里。只有在星期天时，她们娘俩才回家待一两天。云涛的父亲在五年前就去世了，现在，家里只有母亲一个人长居。虽然母亲的身体也是不算好，可是在家操持儿子的家务还行。而梁云涛自己呢，他在 27 岁那年，右腿得了严重的风湿病，他被迫离开了国家的地质队，回到家后当起了街道办主任。这一干就是 10 年，也算是个老干部了。

梁云涛把王冰的事详细地和自己妈妈讲了，请求收留。老人很善良。对王冰很同情。老人安慰着王冰："孩子，别着急，先和大妈住着。谁都会遇上坎坷和困难，一切都会过去的。你是云涛的好朋友，他住在你的家乡时你没少照顾他。现在，云涛该帮助你了。让他先给你找份工作，再给孩子找个学校。你就放心吧。"

王冰真是感激万分，她激动地谢着老人："大妈，我太感谢您了！我们住在您家会给您添麻烦的。"

"不会的。孩子，你什么也不用说了，赶紧的吃饭。"

梁云涛和母亲一起忙活了一桌子的饭菜为王冰接风洗尘。其乐融融。一会儿的工夫，小花就和奶奶亲亲热热了，吃完了午饭后，就高高兴兴地和奶奶一起在客厅看起了电视。她甜甜小嘴巴"奶奶、奶奶"地叫着，老人可高兴了。奶奶很喜欢她。

而梁云涛却约上王冰出去散步了。他们漫步在附近的一个公园里。他们谈论更多的话题，还是当年他们在一起登山看水的那些美丽的回忆，那不曾磨灭的梦幻依然蕴藏在心间。他们登上一座假山，坐在高高的山顶上，俯看山下的草坪、花丛。风儿轻轻地吹，心儿轻轻地醉。

不知为什么，今天的王冰却不像当年那样坦然，心儿有些颤抖地跳了。他说："冰妹，每次想起当年的情景时，我依然感到好快乐，好幸福。那时你还小，你叫我涛哥时我心里总是甜甜的，有时，我真的就把你当做了我的亲妹妹了。我是独苗，没有兄弟姐妹，有了你这个妹妹了就感到非常幸运。"她说："我何尝不想有个亲哥哥弟弟的啊，如果我有哥弟保护着我，也不会落到今天这个地步。现在，我就像失舵的船儿顺水漂流。"她一阵难过，眼泪扑簌簌地又落了下来。梁云涛真不知怎么来安慰这个痛苦的妹妹了。

"好妹妹，到了涛哥这里你的船就算靠岸了！有你涛哥在，不会再让你难过了。为了你的父母，你的孩子，为了你自己，你一定要振作起来，好好地生活下去。好妹妹，就在涛哥这里安家吧，工作哥给你找，孩子在这里上学。"他拍着她的肩膀，就像哄着受伤的小绵羊。她哭了起来，泪水里有自己的坎坷悲伤，有靠岸的感激感动。

"谢谢你，涛哥。"她挂着泪花。

"冰妹，以后在涛哥的跟前不许再说谢字了，好吗？"

她重重地点点头。

在梁云涛的精心安排下，王冰到街道的一个皮革厂里上了班。因为是介绍来的，又是人家的妹妹，所以，厂长对王冰格外关照。考虑到她还要照顾孩子，厂里还允许王冰把活儿拿回家里去做。

## 十五　错恋

所谓的家，就是梁云涛给王冰租的两间小平房。这是计划拆迁的原来街道办事处的房子。办事处早就搬进了新的大楼了，但是后来拆迁搁浅了，所以这个房子还在。因为是公家的房子，租金特别便宜，每年 200 块钱。别看屋子不大，可是独门独院的，住着安全。王冰对这个“家”已经很满意了。

到了开学的时候了,小花就在梁云涛所在的街道小学里上学了。学校条件很好,老师和同学对小花也很好。小花很快就适应了新的学校。她聪明,学习好,这样的好学生到哪儿都会受欢迎的。

王冰晚上要干活儿,为了小花安心学习写作业,也为了让她能好好睡觉,王冰就又买了一张床,让小花睡在里屋。梁云涛还给她置办了一套家当:一张小桌子,一台旧电视。孩子做完作业后还可以看电视了。小花对这个家也很满意。

对于梁云涛为王冰所做的一切,她心里充满感激。而梁云涛呢,也会经常的来妹妹“家里”坐坐,串串门儿,对此,王冰的心里又有些忐忑不安,因为她分明看见了他在情感上对自己的微妙的改变。

这一天晚上,他又来了。王冰正赶着做从厂里拿回的活儿,小花在里屋做作业。她是个非常听话懂事的孩子,每天都是按照老师和妈妈的要求,先做完作业,再看定时的电视,然后睡觉。妈妈规定:看电视的时间最多不能超过60分钟,就得睡觉。要不明天上课就会犯困而影响学习。孩子听话,从不让妈妈操心。可能是由于跟随妈妈经受了许多坎坷的缘故吧,小花有些早熟。对于小花,梁云涛也是非常地喜欢。他指了里屋低声问王冰:“小花睡了?”“嗯,早就睡着了。”

梁云涛大胆了起来,他紧紧地挨着她低声说:“别太累了,明天再干吧。”王冰的心立刻紧张了起来:“涛哥,太晚了,你该回家了。”他却很激动,突然紧紧地抓过王冰的双手放在自己的心口窝上:“你还不明白吗?我喜欢你,当年就喜欢你,可那时年少胆怯,走得也匆忙,但是你摸摸哥的心,它早已装下了你。”

王冰急了:“不,涛哥,我知道当年你喜欢我,可那都过去了,现在我们不能,我早已不再是当年的我了,而你,现在有着幸福的家庭,你不能对不起你的妻子,我更不能这样。”她真的不想再像和李林那样了。

梁云涛却说出来让王冰大吃一惊的话来。

梁云涛说:“我没有幸福！没有,根本就没有。”

“啊？你在说什么？”她吃惊地看着他。

“好妹妹,你咋知道这两年涛哥心里的苦啊,我其实已经算离婚了。”他讲起了自己的悲苦。

早在18年前,他住在王冰家时,他就被王冰的天真浪漫善良的纯情打动了,年少的心房泛起了春潮荡漾,一天不见她的面,心里就特别空虚,他知道,这就是爱情,是他珍贵的初恋。只是那时,他还年少,所以总也没敢向她说出自己的心事。当时,他们地质队走得特别突然,当天上午来通知搬家,吃过午饭就来车把他们接走了。那天,就正好赶上王冰不在家,她在公社开会计培训会。他们连一句道别的话都没能说上就永远地分开了。以后,他又辗转了几个地方,没个固定的安居,也没法给她写信。他这一漂泊颠簸就是8年,直到他27岁那年,由于在野外山里水里的跑,他的右腿得了严重的风湿病。只好从地质队里退了下来,回到家来工作了。岁月的流逝,没有打退他对王冰的那份感情,他回家后第一件事就是给王冰写信。可那时王冰却早已嫁给了王涛了。孩子都有了。

他回乡工作后的第二年和郝丽华结了婚。刚结婚时,郝丽华在本市的一家工厂上班。他们的家境也不错。婚后他们就生了女儿,享受天伦之乐时,他渐渐忘却了过去,忘却了那份没有说出口的初恋,也淡化了心里的那个人。

后来郝丽华的工厂倒闭了。她没了工作,整天待在家里生闷气。她看谁都心烦。先后找了几份工作,都嫌工资低不干了。她恨丈夫没本事,不能捞外快多挣钱。就靠那点死工资,这家里上有老下有小的,还得供女儿上学,日子咋过呀？后来,梁云涛托人在邻市给她找了一份工作,在一家医院里当护士,那里工资高,为了多挣些钱,她离开了这个家,和丈夫过上了两地分居的日子。开始,她还能在每个周末回家两天,和丈夫团聚一番。可是,后来,她却渐渐地“忙”了起来，常常是一两个月回家一次。也不管孩子想妈妈，更不体会丈夫的思念和渴望。

有时，梁云涛实在是想念妻子，就去她那里住两天。反正两个城市离得并不远，坐两个小时的车就到了。可是，当他去过几次后，就感觉出妻子并不是像自己一样的渴望相聚，她对他的态度也是不冷不热的，没有久别胜新婚的激情。甚至有时还讥讽他：“总往这跑干啥？家不要了？长点出息呗。”他听着不是滋味，就像自己的热脸贴了人家的冷屁股。可她长时间不回家，他还是忍不住要去住上两天。和自己的妻子计较啥劲啊，谁让自己想媳妇呢。

在一个周末，梁云涛又去了郝丽华那里。下车后他觉得肚子咕咕叫了，就先找了个饭店吃饭。这样一来，时间可就有点晚了。他来到丽华的宿舍门口时已经是晚上九点多了。他看她的门紧关着，屋里连灯也没亮，没在家吗？这么晚了还在加班吗？云涛正想着，刚想敲门，突然，他听见了屋里的声音，是一个男人的说话声和一个女人的娇笑声！

梁云涛一下子明白了，脸色越来越白，屋里传出的打情骂俏对他来说如晴天霹雳！他很想冲进去，可是脚却挪不动，梁云涛被击倒了！难怪，难怪啊。梁云涛的心在滴血，如刀绞般疼痛！

只听那男人说道：“咱俩都好了这么长时间了，我们的感情已经很深了，反正我是离不开你了。要我说，你就干脆和你的那个老态龙钟离了算了，让我们做个光明正大的夫妻。”

郝丽华的声音：“哪有那么容易呀，毕竟我俩还有个女儿呢。再说他还是蛮有用的，哈哈，我在这儿上班，家里我的父母可全指望梁云涛孝顺呢。我就是不和他离婚，也没影响咱俩呀，他一个月能来几天哪。我们就这样吧。”

梁云涛只觉得天旋地转，难道这就是和他结婚十年的妻子吗？她还知道有女儿，还知道有父母，可她却丝毫也没舍不得自己的丈夫！十多年的夫妻啊，这个女人的心真是太龌龊了！他真想冲进去宰了这对狗男女！但他最终转回身走出了妻子的大门，在回家的车上,他强忍着泪水。回到家时已经是深夜了。

妈妈问:“早上你不是说下班就去丽华那吗?咋回来了?”

他平静地对妈妈说着谎言:“今天我没去她那里。单位开会来着。”说完就疲惫地进了自己的房间。他把自己关在屋里,他应该做什么样的决定呢?

妈妈岁数大了,并且身体也不好。老人是经不起这样的重大打击了;女儿还小,弱小感情的嫩芽又怎能经得起这样的风吹雨打!还有就是,他的岳父岳母,他们都是和父亲一起当过兵的战友,是云涛父亲最好的知己。他们都是很善良的人。云涛永远也忘不了他们对自己的大恩。就在他的腿得风湿病那年,是他岳父岳母给了他无微不至的关怀和帮助,他们夫妇想尽了办法费心出力地给他治病,才使他的腿能够得到及时的治疗。后来,他们又把自己的女儿嫁给了他。二老对他就像对待自己的亲生儿子一样疼爱。现在,他又怎么忍心让二老伤心?

梁云涛是思前想后,权衡利弊。他本是个善良的本质,又是个孝顺懂得感恩的人。所以,最后他做了决定:把这件事深深埋在自己的心底,他要用自己一个人的痛苦来换取亲人们的安逸。

那次以后,他再也没去过郝丽华那里。他也没和任何人说起过她的事。而且,郝丽华回家时,他推说自己生病了,也再没和她亲热过。郝丽华表面让他去医院查一查,心里一点也没有在意。

就这样,两口子各怀心事,名存实亡地过着表面平静的家庭生活。就这样,两年过去了。梁云涛用自己一个人的痛苦保护着一个看似完整的“家”。

王冰听着梁云涛带着泪水的诉说,她的心也是好痛好痛。她说到:“涛哥,以前,我总觉得我才是这个世界上最不幸的人,原来,你也是个被人抛弃的苦瓜。”

梁云涛深有感触地说:“是啊。我们都是心里充满了苦痛的人啊。冰妹,说句真心话,当我的生活美满时,几乎就要把你给忘了,因为我们分别的时间太长了。可当我的内心充满痛苦的时候,就突然好想你。好想我们的过去。我是有苦无处诉，只能埋在自己的心底。一个人在孤独的深夜里，总爱回忆那些美好时光，思念那些快乐的时刻，思念我们一起走过的山山水水。可我却不能去找你，我不能打扰你平静的生活。当我接到你的来信时，心情激动极了！看着你的字句，就像一朵红红的火花，燃起了我这颗久置冰凉的心。你来了，看到你我的心暖暖的。我们是同病相怜啊。"

王冰清晰地感受到了他怦怦的心跳，就像无法熄灭的燃烧的火。她无声答应了，可能是自己也太需要一个依靠让自己歇歇了。

他们开始了一个"家"的日子。梁云涛几乎是每天都来这个家里。而王冰呢已经习惯了家里有他的日子，如有几日不见，心里就空空的。

转眼半年多过去了。梁云涛的母亲感觉到了儿子的变化：满面春风，快乐地唱歌。老人提醒儿子："云涛，你咋就这么忙起来了？你该注意休息了。"他对妈妈做着不通的解释："我确实很忙，您就放心吧。"

他的脸上总带着春风，他好像年轻了好几岁。

春天来了，万物重生。河边杨柳又见新绿，路边小草又见新芽。春的生机，春的气息，春天的阳光普照着大地。在这温暖的春天里，王冰似乎就忘掉了过去。她快乐着，幸福着。

梁云涛更是感觉到了比沐浴春风还美妙的心境。他又回到了自己的初恋中，骨子里总有激发不尽的活力。

月有圆有缺，人有聚有别。谁也改变不了这个规律。

这世上本就没有不透风的墙。人们不是睁眼瞎。这么长时间，梁云涛和王冰总在一起，是绝对瞒不过别人的眼睛的。有好事者总会在茶余饭后谈论，说梁云涛的闲话。说者神神秘秘，听者喜闻乐见。而郝丽华终于察觉到了丈夫的变化，他一反常态，不再闷闷不乐、"老态龙钟"，他为何如此这般的兴奋？这样面带春风？

一个周末，郝丽华又回家来了。在家没找到梁云涛，她就去了他的单位找。单位也没有。她问别人，有人摇头不语，有个嘴快的就说:“他肯定在王冰那里了。”郝丽华听了这话心里不是滋味,她气冲冲地就去了王冰的住处。她到了那两间小平房跟前,没打招呼就直接冲进了屋。梁云涛真的就在这里!郝丽华不是傻子,她立即明白了是咋回事。

就在那一瞬间,郝丽华妒心爆发,她如发疯的母狮扑向了自己的丈夫,她咒骂着撕打着他,恨不得撕碎他。

梁云涛本是个老实人,以前他总是让着她。他也从没动手打过谁,就是当他知道了她的那些事后,也没打过她。但此时此刻的他,真是再也忍不住了。他用力推开郝丽华,并严厉斥责着:“你别撒疯了,你早已背叛了我,你没有资格来教训我。别以为你干的好事别人不知道!在你的心里,我早就不是你的丈夫了。两年了,我过的是什么日子你心里最清楚。要不是为了孩子和老人……”

郝丽华突然被丈夫的话击中了要害,心气陡然下降了一千度。“你胡说什么呀?”

梁云涛一脸愤然:“我胡说吗?两年前我就该教训你,为了孩子和老人,我才忍下了。”

郝丽华没有了理直气壮,她也深知,这两年她和丈夫本来就已经是名存实亡的夫妻了。只是,她却不想和梁云涛离婚。因为,她知道,一旦离了婚,她就会失去心爱的女儿,而且那个男人以后也不一定对自己怎么样,权衡利弊,她是不会和丈夫离婚的。

片刻的沉默,郝丽华气愤满胸,梁云涛怨气难平。而王冰则是羞臊不已,怎么说,人家也算是夫妻呀。她低声低气地劝说着:“丽华嫂子,涛哥和我没什么,只是他看我们娘俩可怜,偶尔来照顾一下我们娘俩而已。”郝丽华正有气没处撒呢,立刻把枪口转向了王冰:“住口!你放着自己的丈夫不要,偏偏要千里迢迢的来这边找别人的老公,今天我要教训教训你!”郝丽华说着就要动手打王冰了。

“住手!”只见梁云涛拉过郝丽华用力一推,郝丽华就栽倒在地,她哭号着撒泼。梁云涛接着说道:“不怕告诉你,我们就是好了,我们以后还要在一起过日子呢。既然你发现了,那我们就马上离婚!我也忍够你了!今天,你敢动王冰一指头,我绝饶不了你!你赶快给我滚,滚出这个屋子,我这辈子都不想再见到你!”

郝丽华呆住了。由于梁云涛老实善良,她总是有着居高临下的傲慢。可今天,他却为了王冰对她发了疯,就像睡醒了的雄狮。这让郝丽华又惊又怕。她疯狂地冲出那间小屋,消失在夜幕里。

王冰看着眼前发生的一切,脑子里是一片空白。她知道,今后他们的日子不会好过了。她对梁云涛说:“涛哥,你还是回家去吧。我是真的不该来找你。”

“不!我就是不回去。这里就是我的家。”他还在发着疯狂。

“可是,这里毕竟不是你的家呀,她不会甘心的。”她觉得自己很不光彩。

他倔强地说:“我要和你在一起。”她却忧心重重:“那你就不顾及孩子和老人了吗?”她提到了他的痛处,他沉默了,只是叹气。

那个夜晚,王冰辗转反侧,仔细地回味着自己的坎坷人生,初恋的失败,婚后的挫折,再婚的悲惨。见到了这个涛哥后,就连自己都不清楚,这是不是爱?也许就像在大海里孤独漂泊的小船看到了温馨的港湾,能让她避风挡雨,然而,这个温馨的港湾却不是属于她王冰的。他们之间的所谓真爱是在偷着别人的。一个“偷”字是多么的沉重啊。

那个夜晚,梁云涛的心情也是复杂得很。他几乎都忘记了自己还是个有着束缚的人了。在那两年里,他的心几乎都冷却了,可自从和王冰在一起,他的心又燃烧了起来。他得到了快乐和满足,渴望天天和她守在一起。他发现自己是真离不开王冰了。

次日上午,梁云涛的妈妈来到了王冰的住处。老人是从不爱出门的,王冰这里也是第一次来。王冰和梁云涛都知道老人为啥来。王冰扶老人坐下,就像个犯了错的孩子,“妈妈,都是我不好。”她等老人开口训她。可老人却让王冰先出去,她想单独和儿子说说话。

妈妈语重心长,心疼加责怪。“云涛啊,妈知道你这两年心里有多苦,你和丽华之间的隔阂我早就觉察了,你是我的儿子,你们什么事也瞒不过我。自从冰来了以后,妈妈看到了你心里的甜。为什么这样妈心里是明镜似的。我也愿意你永远这样快乐着。可是我问过丽华以后想咋办?她说不和你离婚,怕孩子和她父母受不了。我训了她。她向我做了保证,说以后改,说她不去那个医院上班了,和那人彻底断了。而且孩子到现在还不知道这些,她还小,你忍心看她受到伤害吗?如果你和丽华离婚,我们老人伤心是小事,毕竟我们还能够理解你们。可孩子不懂这些,可别因为你们把孩子给毁了啊!这些利弊你比我更清楚。妈妈说了这么多,该咋办?还得你自己拿主意。”

听着妈妈的话,梁云涛的心都碎了,他的泪水不断地涌出。

“妈,是儿子不好,老让您操心!您也知道这两年儿子是怎么在万分痛苦中熬过来的!郝丽华她早就背叛了我,我恨她!我们之间早已经没有夫妻感情可言了。王冰来了,她带给我无限的快乐和幸福。我爱她,18 年前就爱她。现在,我不知道离开她我的日子会怎么过?和郝丽华在一起还怎么能再像以前一样?”梁云涛哽咽着。

有哪个做母亲的不疼爱自己的孩子啊!在儿子面前,老人还能说什么呢?“你先出去,让王冰进来。”

梁云涛只好出去。王冰走进屋里,坐在了老人的膝前,也是泪流满面。“妈妈,都是我不好。”老人心疼地摸着王冰的手说:“孩子,你是个懂事的好闺女,我也知道你的难处。你们都是苦孩子。可你们却不能在一起,只能把你们的爱埋在心里。你们都有自己的孩子和老人,为了他们,你们还顾不上你们自己。为了孩子,丽华是不会和云涛离婚的。她又怎么能让你们再在一起呢?我也老了,经不起折腾了,就希望一家人和和气气平平安安的。如果你不走的话,郝丽华整天的闹,那样后果又会怎样呢?丽华和云涛是有隔阂,可他们却是都爱着他们共同拥有的女儿的。为了孩子和我们老人,为了不让云涛为难,孩子,你还是走吧。就算我求你了。”老人也哭了。

老人的话句句扎心啊!王冰的心都碎了。她哭着对老人说:“妈妈您别说了!别说了!我听您的,我走!您就放心吧,我会说服云涛的,让他回到家里去。为了你们,他会想通的。”老人说:“好闺女,有你这句话,我就放心了。”

梁云涛和王冰送妈妈走了,他们回到屋里,默默无言两眼泪。许久,谁也没说话。他拉过她的手在自己胸前,泪水一滴滴地落在了她的手上。

“我妈让你走是不是?可你走了我怎么办?你千里迢迢奔我而来,我怎么能再让你回去?要不,我和你一起走吧?”

这个梁云涛已经有些疯狂了,失去了理智。王冰的心都碎了,可是做人也不能光顾自己呀!她含泪劝说着梁云涛:“涛哥,你不能走,你还有妈妈和女儿,他们离不开你。你的责任还不允许你为自己而活。”她苦口婆心,指出利弊,在王冰的劝说下,梁云涛最终回家去了。

那个夜晚,好漫长啊!王冰彻夜难眠。她感到了巨大的孤独、无助,心里就像装进了杂味瓶,说不出是个啥滋味。她想自己的过去、现在。想自己与梁云涛的感情,这是一种什么样的情感呢?是真爱?还是只是一种寄托依靠?她茫然了,不知所措了,不知下一站该去向何方。

夜,一分一秒地过去了,天渐渐地明亮起来。王冰推开了窗子,一缕清风吹进了屋内,一股新鲜的空气使王冰发胀发昏的大脑顿然清醒了过来!

王冰啊王冰,让一切苦一切难都埋在心底吧。自己本该承担的事情为什么要选择逃避,应该勇敢地面对一切!

## 十六　回归

为了不让梁云涛为难,为了不让他有那种扎心的离别之苦,她决心要悄然离去。她此时甚至恨自己当初就不该来。不就一个宋华吗,为什么怕他而逃走呢?这本不是她王冰的性格呀。思路明朗了,说走就走。她写了一封长信,留给梁云涛。然后收拾行李,叫醒了小花,对她说:“今天咱去你姨家。”小花当然是高兴了。母女悄然离开那间小屋,离开了那座小城,他们登上了北归的列车。

千程路,万程路,走在脚下才是自己的路。王冰和女儿漂来漂去,最终还是回到了自己的家乡。她们先回到了王雪家。王冰把小花留在了小妹家。临走时她对王雪说:“我回去就办理与宋华的离婚一事,如果不顺的话时间可能会长一些,孩子还小,不想让她幼小的心灵受到伤害,就让她在你这里上学吧。只当你是多生了个女儿。”王雪听了姐姐的话心惊胆战,她劝说着姐姐:“一定要理智,不要做傻事,更不能想不开。咱现在是上有父母下有儿女,你肩上的担子不允许你为自己冲动。”王冰答应着王雪,她一个人走了。

回家后,她既没回宋华家,也没回娘家和姐妹家。她先去了一个开饭店的朋友家里。她要先调查清楚自己走后宋华和娘家及其姐妹家之间所发生的一切。王冰让朋友把王如找来,王如详细地讲述了她走后的事情:当时,那个宋华发现了王冰离家出走后,他就像变成了一条咬人的“疯狗”,是逮谁咬谁,他不断地窜到王冰的娘家、姐妹家,向他们要人。这个混蛋,王冰就怕他闹,还是在他的眼皮子底下走的。他却怪上别人,向别人要人。王冰的父母姐妹当然知道她去了哪里,就是不告诉他!这一点宋华是知道的,所以他才闹腾。他是今天去找两位老人闹,明天去找王冰的姐妹闹,还故意喝酒耍酒疯。可怜王冰的父母年迈多病,对于宋华是毫无办法,老人让他搅和得真是心力交瘁了!

王如说:“这两天他又去了咱妈家了,要吃要喝耍酒疯呢。妈有病再也受不了他的闹腾了,就去大姐家住着去了。现在,就他和爸在咱家呢。”王冰听着王如的叙说,心都碎了。自己的离家出走,给父母和姐妹带来多少麻烦啊,这半年多了,她们是怎么熬过来的!她好恨,恨死了那个丧尽天良的宋华!王冰无兄无弟,所以尽管宋华这样胡闹不止,还是没人敢管他。宋华就是看中了这一点,才敢有恃无恐,才敢那样欺负王冰年迈的父母。

王冰是越想越气,越想越恨。气炸连肝肺,咬碎口中牙。她发下了誓言:姓宋的,你这个恶魔!我决不会轻饶了你!

## 十七　前夫

王冰决心要严惩宋华,想狠狠地揍他一顿。可是,又有谁能打他一顿呢?她想来想去,就想到了王涛。她相信,他一定能管。一是因为他们之间的关系;二是,王涛最擅长的业余爱好就是打架。晚上,王冰悄悄来到了王涛家附近的姑姑家里,她托姑姑去把王涛找来。姑姑去找王涛说是找他打牌,王涛跟着姑姑来了。他一进屋就看见了王冰在那里。

"你咋在这里?"他问王冰。

"我来找你的。"她答。

"有事?"

"嗯。当然有事。"她又迫不及待地问他:"小明还好吗?"

"他上学学习不错,没啥不好的。"

"那他这个后妈对他还好吗?"

"这不还有我呢嘛。"

王涛和王冰的突然相见,让他的心很乱。似乎久违了的一种情感涌上了心头。是旧情难忘?还是叫藕断丝连?毕竟他们在一起共同生活了十年,更何况还生了一双儿女呢!虽然,几年过去了,但在他们各自的心里却都还有一些抹不掉的东西。可当两个人真的在一起时,因为没有共同语言,又似无言以对。

王涛约王冰从姑姑家出来,他们顺着那条小河边漫步。这是王冰多么熟悉的小河呀,她在这条小河里洗洗涮涮了十年。还有河岸那片杨树林,那是她曾经放鸡放鸭、陪孩子玩的地方。在树林里,他们坐了下来。

早春二月的晚上,料峭的清风吹拂着解冻的河水。吹抚着他们的脸面,丝丝凉意让人心也随之酸寒。王涛脱下来自己的外套,给王冰披上。“你爱感冒,怕着凉。”王冰的心一下子又热了,她看看他说:“我不冷。”他看看她说:“我身体壮,不怕。”相视无语,默默无言两眼泪,许久,许久。他说:“我想女儿。”她说:“女儿很好,你就放心吧。”

借着月光,他分明看到了她脸上的泪水。“冰……王冰,你不是说找我有事吗?快说说是啥事啊?只要我能办到的绝不会不管。”他这样说着,嗓子有些哽咽了,是因为后悔?还是因为内疚?眼前曾是他的妻子,他也是真心地爱过她,十年的夫妻生活留下了多少回忆啊。可是到了现在,他和她见一面都得这样偷偷摸摸的,他心里咋会不酸呢?他真诚地说:“你有事还能来找我,我很欣慰。我永远是两个孩子的父亲,有孩子的牵连,我们就应该永远是最知心的人。”

王冰说出来来找王涛的原委。最后她说:“我要你帮我出气,找人收拾一下那个宋华,让他和我离婚。”

王涛说:“听说过你们的事了。你早该和他离婚。你还回到我身边来行吗?”

“这哪行啊?你已经结婚了。听说她还怀了孕。你怎么能这样想呢?对得起她吗?”

“如果你肯回来,我就和她离婚。其实,她哪点也不如你。”王涛说得很认真。

王冰诚恳地说:“婚姻不是儿戏,难道你认为就这么简单吗?早知如此,又何必当初呢?”王冰不想再说下去了,还有啥意义啊。

谁也不说话了。静静的夜晚,淡淡的月光。小河初融轻响。不知是一个什么早苏醒过来的昆虫,从他们的眼前飞过。

他感慨:“难道经过严冬的蝶儿就永远也飞不回来了吗?你看这小虫儿还有冬眠,还有春天。”此时的王涛不知道哪来的诗情画意,他不知道怎么样来表达自己的感情了。

聊了一会儿,王冰催着他:“你该回家了。有家室的男人晚上回家要有时间的约束。今后,你应该注意怎样去做个好丈夫。”王冰的话提醒了王涛。“我知道了。”

临别时，王涛说：“你放心吧，明天晚上我就找俩好友，去找那个王八蛋。我要他永远不敢再来欺负你们！”你说这人哪，要是被逼急了，啥事都能做出来。王冰为了和宋华离婚，她做着自己不该做的事情，见着自己不太愿见的人。

到第二天晚上，王冰就坐在自家房西的那个山台上。她的心怦怦地跳着等待王涛的到来。十一点钟左右，王涛和两个好友驱车赶来，他们从被窝里揪出了宋华，一顿拳打脚踢！直打得他是哭爹喊娘，跪地求饶！这个总打媳妇的混蛋，他终于饱尝了挨打的滋味了。“滚！快滚！以后你来一次打你一次！回去就把和王冰的离婚证办了。”王涛命令他。宋华发着誓言说以后再也不敢来了，然后像兔子一样逃窜在夜幕中。宋华心里明镜似的，肯定是王冰找人打的他，就是黑暗中他看不清来人的模样，只好哑巴吃黄连了。

宋华是一直打别人的人，哪里吃过这亏啊。所以，他把恨都加在了王冰身上。

## 十八　监狱

王冰是解了气，但她还是感到了不安。她太了解宋华了，他绝不会善罢甘休的。所以，她做出来一个出乎所有人意料的决定：她到当地的派出所报案了。她说：“宋华是我找人打的，打人的人是我花钱雇来的，我不知道他们是哪里人。已被我送走了，你们永远也找不到他们了，你们就把我关起来吧，所有的责任我一人承担。”可是人家派出所的人却说：“你丈夫不来报案，你们这就是家庭内部矛盾，应该找民调解决，我们不管。你先回去吧。”可王冰就是不走，她恳切地请求：“我不走。就待在这里。宋华算是我打的。因为我们打架，他打我，差点就要了我的命。为了报复他，我找人打了他。他不会善罢甘休的，我待在这里还安全点儿。”派出所的人对她也没办法了。

你看，天下之事，真是无奇不有。王冰想把自己关进牢房里和宋华尽快离婚。她不想连累王涛，毕竟他是为了帮自己出气，更何况儿子还在他家里需要他呢。为什么要这样做呢？王冰自有她的主意：

王冰的意思是告诉众人，特别是告诉那个宋华，打你的人是我，与别人无关。要报复就来找我。我已经在牢房里了，有能耐把我弄出去；以后你姓宋的再敢去撒野的话，就得小心点，我连坐牢都豁出来了，还怕什么？

王冰要用坐牢为代价，来换取父母姐妹家的安宁。

王冰也要用坐牢为代价，来换取一纸和宋华的离婚书。

想想，自己早这样做多好啊，为什么要逃避呢？

王冰在派出所待了两天后，宋华的一个家里哥哥宋礼，为了给宋华出气，把王冰告了。县公安局给王冰所在的派出所打电话，要求抓人。回电：还用抓啥呀，人就在这呢，赶都不走。你们来领吧。

就这样，王冰被拘留了。这是王冰预料到的，在县看守所，她感到的是几年来从未有过的轻松。她可以不再去想那些乱麻一样的事情，她吃得饱，睡得稳，安全可靠。

在看守所王冰住的那个屋里，共住着七个人，也是看守所里仅有的女人。她们当中，有拿刀伤人的、放火的、投毒的、诈骗的，比较她们，王冰可是犯错最轻的。所以，看守所的领导徐克所长就让王冰当号长了。王冰从没来过这地方，也不知道在这里原来还有"官"民之分。王冰当了这七个人的"官"后，就和这里的上层管教所长们接触多了，甚至，有时候还有机会和公安局长谈谈话呢。因为，她每天都得做常规汇报，而那些领导们也是常靠像王冰这样的号长们来了解每个人犯的，要不，这么大一个看守所上千号人，他们怎么能了解得那么清楚呢。

开始，王冰并不觉得住在看守所里很不幸。进牢房是自愿的。有吃有喝还挺省心。然而，两个星期过去了，王冰就感到惆怅忧伤了。首先，这里的规矩太多，不准这个不准那个的。对于王冰她们这七个女的还算可以，可以让她们经常走出屋子，来院里晒太阳、洗衣服,做些活动。而那些男犯人,他们每天除了打饭放风,不准走出牢门半步,得规规矩矩地坐在床上面壁思过。所谓的床,就是用木板搭起的大铺。除了被提审,谁也不准走出那个大铁门半步。

那些杀人放火真正犯了大罪的人,待在那里也不委屈。而王冰也待在那里,心里就有些不平。她没预料到自己会待这么长时间。她感到很委屈:宋华打了她,没罪,而自己找人打他就有罪了?

时间长了,王冰对这个大院已经很熟悉了:从正南一进那扇大铁门,正中是条十米多宽的通道,通道两侧各有四层房屋,第一层有一间是管教室,是管教的办公、登记处;第四层设有管教休息室,是管教们吃饭、睡觉的地方;有库房两间,存放着这里的人犯们的衣物等东西;有一间医务室、药房。而第四层里只有一个牢间,就是王冰他们这七个女的。前三层的距离只一辆卡车那么宽。而第四层与前面的距离很宽,中间是菜地和花园草地。也许,这样是为了把男犯和女犯隔离开吧。

阳春三月,柳绿草儿青。看守所里的桃花开了,春天到了。

在王冰住着的牢间前面,有一块菜地。有几个“劳动号”在菜地里做菜畦,准备种菜了。什么叫劳动号呢?就是经过判决罪较轻还关在这里的人犯。在众多人犯中,他们的地位最高,待遇最优。他们可以管着别的人犯;他们住着的房门不会被锁上,可以自由地出入房间,除了不能走出那扇大铁门之外,在这个大院子里任何地方他们都可以去;他们和公安干警们混得非常熟,亦可以拿着自己的钱请人吃饭喝酒;当然,他们也得劳动,因为只有他们才能自由地出入房间。

几个劳动号还可以来到大后院,和女犯们聊天。因为女牢间也是经常开着门的,所以这几个劳动号和这几个女人之间就出现了许多你意想不到的插曲。可能是被关在这里的人们由于种种原因,心灵歪曲了吧,竟然还有两个女人和他们产生了感情。

这种地方,这些人,这么复杂。这是王冰万万没想到的。王冰经历了太多的风雨坎坷,看淡了世间的冷暖。特别是在这种地方她更是淡然。所以,她从不与任何人交往,总是一个人或在院中晒晒太阳,或躺在床上静静地看着窗外的天空。她自己睡一个床,靠前窗,其余六人睡北边的大铺。因为,她是这个屋里的“官”嘛,这就是做官的最高待遇了。其实,就是为了来人和她问话时方便。

在这里,经常会有人靠打闹哭喊,来发泄内心的压抑。王冰从来不哭也不闹。她总是平静地守候着一个又一个的夜晚,心里泛起一次又一次的波澜:她不知道自己在这里还要待上多少天?

## 十九 离婚

一天,徐克所长把王冰叫到了四层的管教室里谈话,这是非正式的提审,正式的是应该在第一层的那个管教室里才对。自从王冰进来以后,她是第一次单独和所长见面,所以,她不知道他要说些啥,心里很紧张。徐克所长看出了她的紧张,对她说:“王冰,你不要紧张,你们这些人,虽然住在了这里,可你们都是国宝,就像大熊猫,而我们,只不过是看管熊猫的管理员而已。”说完,他自己先笑了。

王冰也笑了,她一下子就放松了。敢情这个徐克一点也不可怕,虽然穿着威严的警服,说话还是挺和气的。

看到王冰放松了,徐克就问:“你们这个屋里有啥新情况没有啊?有人闹情绪吗?”

王冰淡淡一笑,她说:“待在这里的人没情绪才怪呢,不用汇报别人了,我就有很大的情绪。”

“哦?是吗?那可不行。谁有情绪就给谁解除。你们的怨气可是闹事的根源,在我的眼皮底下,是不允许出现任何差错的。”显然,徐克有些着急。

“徐所长,你们这些警察根本就不能理解我们这些人心里的结。”

徐克知道王冰说的有道理,沉思了一会儿,他说:“这里有各种各样的人,犯了各种各样的罪。我知道,有的人本不是坏人,是某种原因被迫无奈才犯的罪。那么,王冰,你是为了什么呢?”

看守所的任务,就是看好这些犯人,很少清楚他们这些人的来龙去脉。

王冰听着徐克问到自己,她的委屈、她的苦水立即涌上了心头,眼泪似断了线的珍珠从脸上滚下,声音哽咽:"徐所长,我从没有干过一件害人的事,这次纯属是被逼无奈。我认为自己没有罪!我只是想离婚。"

徐克说:"没有罪?那你为什么会进到这里来呢?"

王冰说:"是我自己想这样容易离婚。"本来就是,如果当时她一走了之的话,就算宋华的那个宋礼哥哥要告她,为了这点家庭内部矛盾的这点小事,公安机关也不会下多大力量去抓她的。

"你自己非要进来?就为了离婚?"徐克真不明白了。

"太复杂了,一时半会儿的也说不清楚。"

"哦?还挺复杂的呀?今天,正好我有时间,你就和我详细说说你自己的事好吗?"

了解每个人也是徐克他们的工作和责任。

王冰的泪水如注。徐克拿过毛巾递给她说:"擦擦泪,慢慢说。"

徐克温和的态度,让王冰很感激,好像见到了包青天。她委屈的内心使她心口发堵,竟一时说不出话来了。徐克本是个善良的人,他对她说:"如果你觉得太委屈就痛痛快快地哭出来吧,要不,总憋在心里会生病的。"王冰真的就趴在了桌上大哭了起来!

哭过了,王冰觉得好受了许多,她心情不再那样压抑了。她感激徐克所长,真诚地说:"徐所长,我没想到在这种地方,还会有你这样理解我们的人,还把我们当人看,谢谢!我今天的泪水里,有委屈也有感激。"

徐克听了王冰的这些话时,心情很欣慰。他对她说道:"你们也是普通的人,虽然因为犯了这样那样的错误被关在了这里,每个人都受到了法律的相对制裁,但是,法律同样也赋予你们应有的权利,申诉、辩护等。"

王冰听着徐克的谈话,使她明白了许多道理。“徐所长,非常感谢你给我讲了这么多道理,更感谢你能听我的诉说。”徐克笑了,他点头示意让王冰说下去。王冰就把自己是如何被宋华欺负的走投无路、宋华是多么的无耻野蛮欺负年迈多病的父母,欺负无能软弱的姐妹,如何打的自己差点送命,讲述了自己无兄无弟没依靠,她实在是被这个禽兽不如的东西逼得才找人报复了一下。

听完了王冰的讲述,徐克也气的够呛。“这个宋华,简直就是个混蛋!男人大丈夫,欺负弱小年迈,还算是人吗?换是我,也得狠狠地揍他一顿!”

敢情这个徐克所长也是个爱憎分明的人。也许,他还是个性情中人。显然,通过这次谈话,拉近了两人之间的距离。他问王冰:“你以后打算怎么办?还能和宋华过吗?”王冰斩钉截铁地回答:“坚决和他离婚!越快越好。”

徐克想了想却说:“王冰,要我说你现在还不能提出和宋华离婚。是这样,既然他家把你给告了,这点小事法院也不会判你什么大罪。可宋华毕竟是被打了,民事责任你还是要负的。如果你现在和他离婚了,他们是不会轻饶你的。这也是他们告你的目的。我估计他们得和你要上几千块钱。这样,你只有掏钱才能出去。如果你不和他离婚的话,你们还是一家人,他就是户主。他们就没法和你要钱。法院抓人就得判决。像你们这样的小案子,法院最多会判你6个月拘役而已。等法院的判决书下来了,你再和他离婚。其实离婚不是非得宋华同意才行,法院可根据事实存在的问题判决离婚的。你在这里委屈待几个月,等出去了,就是个自由之身了。以后还是别做这种傻事,要相信法律会主持公道。”

经过徐克的详细分析和出的主意,王冰心里就像开了一扇窗,明亮了,轻松了。她激动地说:“谢谢你,徐所长。你真是好人。世上像你这样的好人还有几个呢?”他说:“别这样想,世上还是好人多。今天我算初步了解你了,愿你以后的心情轻松愉快起来。”

的确是,从那天以后,王冰变了,她有说有笑了;她和别人一样谈天论地了；和别人一起唱“前途是光明的”了；吃饭多了。一次，她在室外溜达，看见徐克一个人在那间休息室里，便轻轻地溜进去，站在他身后。

“王冰，你有事吗？”徐克问。

“你也没回头啊，咋知道是我？”她伸了伸舌头。

“别忘了，我可是个出色的公安干警哦。”

“徐所长，我想问问，我的案子咋样了？咋还不判呢？都快两个月了，他们是不是把我放在这里就给忘了？”

徐克笑了：“哪能忘了呢？都是有备案的。人家法院大案要案多着呢，没看见这看守所里就有这么多犯人吗？哪个案子不比你的大啊。人家法院咋能净管你的事呢。”

她小声埋怨：“我这不是着急嘛。”

“好好好，赶明儿我就去法院问问，催催他们。”

“谢谢！”

她笑了。他也笑了：“回去吧。”“嗯。”

晚上，王冰躺在床上又失眠了。她望着窗外天空上的淡淡星光，望着背着大枪在房顶上来回走动的武警兵，聆听着三月春风的吹鸣，心里是波涛起伏。以前，自己做梦也没想过，自己这一生还能来在这样的地方。这完全是自己的不幸婚姻造成的。李林的失节；王涛的出轨；宋华的歹毒。看看自己所经历的这些男人，都是啥人啊！咋都让自己碰上呢？是自己不幸，还是自己不会做合格的女人？她是咋想也没想明白。她很后悔：如果自己当年能原谅了李林；如果王涛接自己能回去；如果和宋华结婚别那么匆忙。是自己的一次次失误导致了不幸的婚姻，而自己的婚姻错误导致了自己悲剧的人生。真是没有后悔药啊！

如今，王冰为了摆脱与宋华的婚姻关系，还得以坐牢为代价换取一纸离婚书。这个代价付出得真是太大了！也不知自己还要在这里待上多长时间？她想念亲人，想念父母，想小明想小花。她多么渴望自由啊！

转眼两个多月过去了。

院里的石榴花开了,红红的花朵随风摆动;菜地里的白菜、油菜长大了;花池里的月季五颜六色。王冰万万也没想到会在这里迎来一个春天,而这里的春天和别处其实没什么区别,花照样开,菜照样长。

有一天,徐克穿个风衣进来了,别人笑他:"大夏天的,你冷啊?"他答:"有点感冒,就是觉得冷呢。"他两手紧紧抱住风衣捂着肚子,来到了最后面的休息室里,把风衣脱下,从里面拿出了一大包东西。回头叫王冰过来。他说:"刚才我像做贼似的把你的东西拿了进来。"他指了指放在从桌子上的那一大包东西。其实,看守所有明文规定:关在这里的人犯,不允许从外面送东西进来。徐克虽然是这里的头,也不能明目张胆地破坏规定。所以,徐克才穿上了风衣掩饰。他自己都觉得很搞笑。

他告诉王冰:"送东西的人,说要见你,按规定不能见。我来时他正和看门的警察说话呢,我就随口问他,你想见谁呀?他就说,王冰。我立即把他叫到了跟前,我问他是你什么人?他只是说是同村的。我告诉他:你在这里一点罪也没受,身体也不错。用不了多长时间就能和宋华离婚了。并说你不会在这里待的时间太长的,很快就会出去的。让他转告你的亲人们,不用惦记你。他听了我这些话后,很激动,紧紧握住我的手连连说:太好了,她等这一纸离婚书好苦啊,该还她自由了。他请求我把东西带给你,什么也没说就走了。"

王冰知道他是谁了。是李林。

王冰在看守所待了四个月后,法院的判决终于下来了:故意伤害罪,拘役6个月。王冰哭了,她很委屈。人家打我没罪,我打了人家就有罪了。徐克劝她:"四个月都熬过来了,就再忍两月吧。"

王冰的离婚起诉书递到了县法院民事庭,不到一个礼拜,判决书就到了王冰手里。判决离婚!

对此判决,宋华是坚决不服,他提起上诉。但是上诉被驳回,支持原判。是他道德败坏的人品,致使他的家庭又一次瓦解。

王冰用坐六个月牢为代价,换来了一纸离婚判决书,她终于要自由了。

## 二十　自由

终于,王冰出狱的日子来到了。她是归心似箭,她想自己的孩子,想自己走过的坡坡坎坎;想自己所受到的诸多磨难;想自己以后的人生之路怎么走;想自己爱过的男人;想爱过自己的男人……想得太多了。复杂的心境让她又是一夜没合眼。早饭也没吃,她开始收拾行囊衣物,有些是父母姐妹送进来的,有些是李林给她买的。她看到同屋的难友们一双双泪眼,同情之心油然而生。她把一些带不走的东西分给大家:"留个纪念吧。"

八点,徐克叫来一辆出租车,在那扇大铁门外,他把她送到车上,说道:"王如一会儿来接你了。我给她打了电话。"看守所想得真周到啊,是想让她感到离开这里之后的温暖吧。

王如来了。王冰和亲人一起回家了!

车儿飞奔,王冰的心就像那出笼的鸟儿,重新享受蓝天白云的慰藉。六个月的监狱生活,让她的人生得到了另一种磨炼。在今后的人生道路上,还会有什么过不去的坎呢?

一个多小时,王冰到家了,到了生她养她的那个深山小村里。父母早就等在大门外了,王冰从车里出来,她眼含泪水叫着:"爸,妈! 我回来了!"父母也是泪眼涟涟:"回来就好,回来就好。"

大姐也在,她早把饭做好了,就等她们回来吃饭呢。大家吃了团圆饭。融融亲情在心间。

茫茫人海,奔走天际,大梦醒来,方知昨岁已去。王冰感慨万千。

晚上,姐妹都回家去了。父亲也出去溜达了。屋里只有母亲和王冰了。妈妈看着这个坎坷多灾的女儿,又心疼又难过。"你们姐妹四个,就你让我最牵挂。这回,你总算是又回到了我身边了,孩子,就别再走了,留在妈妈身边吧?"

王冰发自内心地说:“妈妈,我再也不走了,哪也不去了。我再也不找男人了,我在家种地养鸡鸭,养活二老和小花。”

妈妈却说:“你还年轻呢,不找哪行啊。”

王冰知道妈妈的意思。她心有所触:“妈,我知道分寸的。”

王冰从小妹家接回女儿小花,让她在村里的小学入了学。

时间长了,有人张罗着给王冰找对象。更有上门求亲的,说是乐意到王冰家做倒插门女婿。

可王冰总是心如坚石,固若金汤。她说:决不再嫁。她彻底变了:在她心里,只有情谊,而没有了男女之间的那种特别之事。

## 二十一　再叙

冬去春来,二月杨柳绿。三月桃花红。十五的月亮明又亮,静静的夜晚,轻轻的春风。

王冰在家里待了半年多了。忙也忙过,闲也闲过。有过快乐,但更多的是惆怅。晚上,她觉得无聊,就一个人走在乡间的小路上随便地闲游。走着,走着,不知不觉,她又走到了那棵苹果树下。她又闻到了苹果花的清香。是啊,苹果花又开了,冬去春来一年一度,花开花谢又一春。“唉!”她一声叹息。触景生情,多少往事一起涌上了心头。

“你终于来了。”是谁在说话?

王冰吓了一跳!

“你呀,还记得这棵树吗?”树下坐着一人,是李林。

“李林,你怎么会在这?”

“我常来。”

“我快把这棵树给忘了。”王冰感到了一种强大的歉疚、自责和难过。

李林慢慢地站起来,他们俩走到一起。月光下,王冰看见了挂在李林脸上的泪花。王冰心如刀绞。“李林,你身体不好,这晚上还冷呢,你还来这里。你冻着了咋办?”

李林轻笑:“你呀,唠唠叨叨的咋像个老太婆了呢?现在,我感觉身体越来越不好了,越是这样,我就越是想来这里待着。我知道,早晚有一天,你也会来。"

是啊,这片苹果树林,记载着他和她多少甜蜜!这棵老树下,留下了多少回忆!夜晚静悄悄,谁也不说话,还有什么语言能表达彼此的心声呢?

李林说:"你在那里(指看守所)时,我的心无时无刻不在忍受着巨大的煎熬,总之,我认为你所有的苦都是我造成的。如果当年我不……"

"不要说了!李林。"王冰打断了李林的话。"哪能怪你呢?路是自己走出来的。我明白你的心。到现在,我是什么都明白了,可是明白得太晚了。这么多年了,我知道你的心里一直有我。可我呢,我是随波逐流,就要把你给忘了。李林,对不起。"王冰是真的流泪了,是悔恨的泪。

的确,在李林心里总装着王冰,只是他对家庭有着无法割舍的责任感,才一直把王冰深深装在心底。他和她,都是自己初恋的情人,按理,应该是终生难忘的。可王冰呢,是转啊转,走啊走,转了多少伤心的弯儿,走了多少坎坷的路,转来转去的,最后还是又转到了这棵苹果树下。人多情,树亦多情。它永远站在那里,守候、坚定,一动也不动。

那个晚上,李林和王冰款款畅谈,星月为之动情;花儿为之落泪,草儿为之感叹!

最后王冰对李林说:"你身体不好,以后不要再来这里了。我会常去看你的。"他点头答应。

王冰真的做到了。隔个十天八天的,就去李林家待会儿,和他说说话;陪同他一起看书写字;给他整理文稿。她又带给了他许多安慰。对此,李林好知足。

春去夏也过。秋天来了,由于王冰的父母岁数大了,王冰得多帮家里干活。庄户人家盼个秋不易,珍惜,收获,王冰忙了起来。她整天累得筋疲力尽的,从山里到家里,还得做饭喂猪喂鸡鸭。她身边没有男人啊。

黑白交替，时间转移。今天变为昨天，变为回忆。由于忙收秋，王冰没有再去看李林。待秋后了，王冰的妈妈又病了，住院、吃药、打针输液的，她得陪在妈妈身边，有时李林也过来看一下老人。时间像流水，半年过去了。

严冬来了。树叶落下，花儿凋谢，草儿枯萎，它们等待着来年的春天。

傍晚，余霞尽散。王冰感到疲惫。她想散散心，又来到了那片苹果园里。多长时间没来过她记不得了。她又朝着那棵老树走过去，远远的，远远的，她看见它！突然，她惊异地发现，它的枝子干枯了！她急忙走近它，用手一摸，树枝断了，它死了。老树啊，你咋就死了呢？是因为你每年开花结果、结果开花太累了吗？是不是你也厌倦了这世间的烦恼？是不是你也感到太累了，想休息了？

苹果树死了，王冰的心也好像死了。树上那黄黄的叶、干枯的枝，总在脑海里出现。树死了就是死了，而王冰却是似有感触。她要去看望李林。

次日，王冰早早起床，匆匆吃了口饭，就赶往李林家。他们随着由恋人到情人，又到现在的纯洁真情，感情也在逐步加深。随着年龄的增长，越发珍惜这份情感。虽没有了男女之情，却也算是心心相印。

## 二十二　伤痛

王冰走进李林家的大门，发现他家里静静的，她叫着："李林，秀姐。"

门开了，迎接她的不是李林，也不是玉秀，是李林的老母亲。

"冰啊，你可来了啊！"老人现在对王冰很亲，拿她当作亲闺女一样。可今天她是怎么了？眼里含着泪。

"大妈，我李林哥呢？我秀姐呢？"王冰着急地问着。

"你哥，他病了，去了县医院。快二十天了。"老人抹着眼泪。

"啊？他病了？我怎么一点也不知道？"

“他不让告诉你,说怕你着急。其实,他是很想你的。孩子,你还是快去看看他吧。”

“我就去医院。”王冰心如火焚,她是跑步到了车站,坐车直奔县城医院。

以前,王冰也知道李林有病,身体一直不好。她问过他,他只说是胃不好,常常犯病。没啥大毛病。她信了。可胃病咋还这么严重了呢?哥,你说过,你没大毛病,你说过你没事的。坐在车上,王冰着急地直落泪。车啊,你快点跑啊!她恨不得生双翅立即飞到他的身边。60多分钟,就像过了一个世纪,她终于到了县医院的大门口。

王冰大步飞奔往里跑,匆忙中和一个往外急走的人撞了个满怀。那人骂道:“怎么走路呢!没长眼啊?疯子似的。”王冰忙道歉:“对不起,我着急看病人。”那人也觉得自己说话太没礼貌了,解释说:“唉,你要看的好歹是病人,我们这里人都死了!我也是着急去接他的家人,走得急没注意,我不该骂人。”那人也是心急如焚的样子,他转身对身边的一个年轻人吩咐:“小刘,你快去,把徐克的家人都接来。”

似雷声一般,王冰返回身一把拉住那人:“你说谁?谁死了?”“不关你事。”小刘认出了她:“你是王冰,我跟徐克所长一个看守所上班,我认得你。徐克所长他,刚才出了车祸去世了。”

王冰只觉得天旋地转,大脑里嗡嗡作响,他们又说了啥话她根本没听见,她不知道是怎么奔进抢救室的,只见在床上白白的床单盖着一个人!她用颤抖的手揭开白布单,是徐克!“徐哥!你那么善良厚道,老天不睁眼啊!”王冰悲痛欲绝,泣不成声。有人劝解着扶起她。估计一会儿徐克的家人就该来了,王冰不得已只好离去。

王冰步履蹒跚地去了李林的病房,她进屋,倒把玉秀吓了一跳,只见她脸色苍白,眼睛哭得又红又肿。“王冰,你咋了?”

“秀姐,我没啥。我来看李林,他咋样啊?”

玉秀指了指病床上沉睡的李林:“刚输完液,睡着了。”

王冰看到李林的脸色蜡黄,眼睛塌陷,骨瘦如柴,躺在床上跟个小孩似的,小小的躯体哪里还像个男人大汉。王冰看着他更是心如刀绞,她含着眼泪说:“咋就病成这样了?什么时候的事啊?为什么不早点告诉我?秀姐……”她再也控制不住了,抱住玉秀泣不成声。

而玉秀没有了她原有的柔弱,她表现出超人的坚强,因为她深深地知道,自己将是家里撑天的柱。孩子还小,婆婆年迈,她要接替丈夫撑起家里的一片天。面对现实,她不是没有泪,只是因为她的泪水早已偷偷地流干了!残酷的事实告诉她:绝不能倒下!她要让丈夫放心。她平静地告诉王冰:

“李林早就有病,两年前他说是胃疼,我催他去医院看看,他总是拖着不去。说吃点药就好了。今年秋天,他还帮我收秋呢,可能是累着了,他终于坚持不住了。到了医院,我才知道他得的是胃癌,已经是晚期了。听到这个消息时,突然就觉得天都塌了,我是死的心都有了。可他却告诉我:他自己早就知道了,他偷偷地来过医院。他不想过早地让老妈和我为他痛心。他还嘱咐我:一定要坚强,老人和孩子需要一个坚强的撑天的柱。只有看到我的坚强,他才能放心地走。他是我的最爱,我不能让他看到我的痛苦和软弱,要让他安然放心地离去。李林,他可能是在等你,你来了,他会满足地走了。我们不要在他的面前落泪。王冰,听姐姐的话,快把眼泪擦干。”

对于王冰来说,这又是一个晴天霹雳,苍天哪,你为什么这样折磨我?好人为什么不能一生平安?她再也支撑不住了,无力地瘫软在李林的病床上!玉秀看到王冰这样,心都碎了。喉咙塞满了哽咽,说不出一句话。

玉秀和王冰守在李林的身边,不说话,不流泪。默默无言。也不知过了多久,李林慢慢地醒了过来。他看到了王冰,微笑着说道:“你来了?我还以自己等不到再见你了呢。”

玉秀说："别瞎想。你会好的。"王冰也忙强装微笑地说："李林，你要坚强，有信心，你的病一定会好起来的。"李林也笑了："我知道。你们放心吧。等明年春暖花开时，我们一起去登山踏青，一起看山花、看绿水……你们，是我的牵挂，作为一个男人，今生欠你们的真是太多了……你们……你们都不要记恨我，欠你们的，等下辈子……我再还了……"

王冰再也忍不住了，泪水哗哗地流了下来："李林，别说了，你不欠我们的，一点也没有。"

玉秀也是泪流满面："李林，你是个好丈夫，好男人。这辈子能嫁给你，我就很知足了，你不欠我什么。如果你自己觉得对不起我的话，就赶快的好起来，我不要你下辈子还，要你这辈子就还。"

"是啊，你快好起来吧，带我们去看山花烂漫，听溪水潺潺。"

李林平静地听着玉秀和王冰的话。只见他伸出手来，玉秀忙把手抓住，李林看着王冰，玉秀赶紧拉过王冰的手，他们三个人的手紧紧地握在了一起！李林脸上挂着微笑和平静，慢慢地闭上了眼睛，他终于停止了心跳。他放心了。他累了。他真的要休息了。

李林带着对王冰的歉疚，带着对妻子的歉疚，带着对母亲和儿子的牵挂，他带着遗憾，带着迷恋，他走了。

王冰是放声大哭："李林，李林！你就这样走了？你不管我们了？苍天啊，你为什么要这样？为什么？"

玉秀就是玉秀，到什么时候都比王冰成熟。她没有哭，而是整理着李林的遗容。擦脸擦手、换衣梳头。她要接过李林的担子，放在自己的肩上，今后，风雨一担挑。

按照李林的遗嘱，玉秀在李林的坟墓旁边，栽上了苹果树。她知道：他最爱闻苹果花香。也许她不知道为什么，也许她知道为什么。反正丈夫喜欢的，她就会让他的愿望实现。她还把那本尘封了已久的王冰当年送给李林的笔记本送还给王冰。

李林的父亲几年前已经去世，现在家里还有老母，还有两个儿子。玉秀决心，要给老妈妈养老送终，要把两个孩子养大成人。她要让李林天上有灵放心。

而王冰却是很脆弱,她几天几夜的吃不下饭,几天几夜的睡不着觉,憔悴得让人看了都心疼。

雪花漫天飞舞,王冰踏着积雪,把那本笔记本焚烧在他的坟前。“这里都是我对你说的话,就让它永远地陪着你吧,你就不会寂寞孤单了。”

王冰的妈妈也是病情日益加重了。住了几次医院也不见好转。最后,老人说啥也不住院了。“治不好了,不要再花钱了。留下了欠债,你咋还呀?”妈妈最放心不下的就是王冰,“孩子,你就这样过了? 有合适的再走一步吧?”

王冰安慰着妈妈:“您放心,我会把这个家担起的,会把小花带大。我要她好好上学,要她上大学!”

是啊,爱她的人都走了。她嫁也嫁过了,爱也爱过了,恨也恨过了。今生今世还有啥遗憾呢?

尽管,王冰是多么舍不得妈妈,可是老天就是不睁眼,春草发芽时节,妈妈也去世了。

王冰的心,又被刀子割了一遍。她心里的热血就快流尽了。

王冰每日里,照看年迈老父亲,抚养年幼女儿。她种地种菜,做饭拾柴。养鸡养猪又养鸭,用微薄的收入供孩子上学。她忘记了自己,忘记了,还有蓝天,还有绿草鲜花,忘记了山岗溪流。只是默默地劳作、操劳。她断绝了一切朋友的来往。她只剩下个没有了灵魂的躯壳。

都说这女人的命太惨,可再惨也要一次一次咬紧牙闯难关;

都说这女人的路太难,可再难也得一步一步往前赶;

都说这女人的肩太软,可再软也要扛上一座山!

王冰决心一个人撑起这个家。她是上有老下有小,可她不怕。有人还想给她介绍对象。都被她婉言谢绝。她说,身体的累她不怕,她已经再也承受不起心里的累了。

尽管,春天还是百花盛开,溪流潺潺,可她从不再去观看,因为在她心里没有了春天,春天和冬天一样的寒。

尽管,有阳光明媚的白天,也有月光如洗的夜晚,她从不去赏观。因为在她心里没有白天没有夜晚,白天和夜晚都是一样的暗。

她想哭,泪水却是早已哭干;想对人笑,可却是怎么也装不出虚假的笑脸。她似乎过了几生几世,爱也太多,恨也太多。为了爱醉过,为了恨疯过。她的心除了痛,还是痛。她经历的风雨太多了,她的整个世界都被无情的风雨淹没了。

王冰变了,除了默默地干活,从不多说一句话。两年过去了,她的两鬓染上了白霜,她的额头增添了道道岁月的沧桑。

老父亲本是个老实人,看到女儿这个样子,心疼而无奈。小花上四年级了,她上学冰雪聪明,年年考试第一;在家里非常懂事,帮妈妈洗衣做饭,拾柴打猪草,能干的活儿都会主动地帮妈妈。王冰看着女儿一天天长大,心中就有幸福,就有希望,就有未来。孩子永远是妈妈的精神支柱。小花就是王冰生活下去的动力。每每看到女儿,王冰的心才会热起来。也许,这就是苍天对她最大的恩赐吧。

日复一日,年复一年。

冬天过去了,春天也过去了……

## 二十三　尾声

炎热的夏天,骄阳似火,蝉儿争鸣,闷热的空气让人心燥。王冰一个人来到了山村小路下面的小河边,在杨树林里坐下来。这里也是她常来的地方。她愿意一个人静静地待在那里,闭上双眼,聆听小河流水,鸟儿争鸣。

山坡一棵大树上的高音喇叭响了起来,那是村里安上的。喇叭里在唱着一首著名歌星的曲子:

曾经年少爱追梦,
一心只想往前飞。
飞遍千山与万水,
一路走来不能回。

蓦然回首情已远，
身不由己到天边。
才明白爱恨情仇。
最伤最痛是后悔。
如果你不曾心碎，
不会懂得我伤悲。
啊……
给我一杯忘情水，
换我一夜不流泪；
啊……
给我一杯忘情水，
换我一生不伤悲……

王冰听着歌曲，泪水不断地涌出。她的心碎了。“如果你不曾心碎，不会懂得我伤悲”。又有谁能真正理解她的伤悲呢？“给我一杯忘情水，换我一生不伤悲”。可怜的王冰啊，她又能去哪里寻找这杯忘情水呢？

今后的路该怎么走？人世间，路不平。慢慢人生路上，铺满荆棘和坎坷。王冰是真的快爬不动了！

河边的绿草悠悠。王冰望着小河里的流水，不断地从她的眼前流过去，流过去……

她看见小河流水的上游中，漂流着一棵无名小草，随波漂流到了眼前，又漂流到远处。她看见那棵无名小草已经枯黄了，只见它一会儿随激流沉入河底，一会儿又被河流浪花翻上水面，它就这样被流水冲卷着忽上忽下，远远地，远远地漂走了。再也看不见它了。

也许，这棵无名的小草，也曾经有过它娇嫩碧绿的时候。但它枯黄了，又不知是经历了啥样的过程而落入到了这激流里。

也许，这棵枯黄无名的小草，会被激流冲进深深的水底，被淤泥埋没后，化作一粒泥土，谁也不曾会记得过它的存在。

也许,这棵小草也会被激流冲进一个小小的港湾里,靠岸,再扎根生长,来年的春天再放出新绿……

反正,小草的命运,谁也无法估计和猜测得到。

随波逐流吧。

人生啊,就是一条有头没尾的长河。

王冰啊,你就是漂流在这激流中一棵枯黄了的无名小草,又有谁能猜测得准她的未来呢?

随波逐流吧。

(完)

# 诗歌篇

# 栗乡赞歌

一
红太阳的光芒，
照在高高的群山上，
青山绿水披上了霞光。
巍巍燕山深处，
迁西的板栗林布满了山岗。
待到满山红叶飘香，
颗颗“紫玉”闪闪亮亮。

二
劈开高山，
大地献宝藏，
开发矿山，
建造工厂……
祖祖辈辈的老农民，
也把工人当！

三
清清滦河水，
百年，千年，万年，
在大山里流淌。
国之大计，
慧眼识珍藏——
拦河筑坝，
燕山深处建水库。

明镜高悬，
为中华民族献力量。
百万军民造水渠，
引水进津唐。
甜甜的滦河水，
把亿万人们抚养！

四
小江南，赛上海，
喜迎海外游客来。
大黑汀游船唱响迁西曲，
小黑汀亚滦湾相聚天下贵客。
景中山天下奇观，
凤凰山驰名中外，
青山关万年风采。
大刀园中华贵魂的记载，
太阳峪民族风情桃源世外。
迁西板栗世界喝彩，
亿万年的古岩诉说着洪荒年代。

五
燕山的山，
山连着山。
祖国大地，
山山水水紧相连。
燕山深处有美丽富饶的迁西县。
大山的赞歌，
美丽的诗篇，
喜迎明朝日，

栗乡更辉煌，
大山更璀璨！

# 蒲公英

我是一棵蒲公英,
金黄的花瓣是我的梦,
衣袂飘飘,
就是蒲公英的情。
蒲公英的种子,
情醉晨风,
把心锁定,
轻装简行。
乘一缕夏日的风。
没有行囊,
没有歌声,
更没有忧愁,
放弃所有的依恋,
飞进了蓝色的天空。

# 山野踏青

芳草如茵春意浓，
阳光和煦阵阵风。
柳絮轻飘杨花落，
蜂歌蝶舞花丛中。
桃李芬芳清雅秀，
杏粉梨白桃花红。
山野春光多明媚，
晨踩露珠好踏青。

# 高山雪

絮絮扬扬的飞雪，
飘洒在天空旷野。
披雪挂冰的劲草，
欲然开朗的心跳，
都随着雪花飘越。
白雪款款的真情，
化作了潺潺溪流，
纯洁净化了世界。

# 雪

晨起开门远观看，
茫茫白雪好画面。
群峰峻岭披白纱，
丛林浸染结白花。
消尘洗礼纯净地，
漫天飞雪靓天暇。
瑞雪纷飞兆丰年，
幸福生活千万家。

## 梦中相遇

苍凉的夜，
我的思绪迷离，
无力闭上疲惫的双眼，
期待与你梦中的相遇。
梦中的你，
是我永远不变的记忆。
也曾经与你，
无数次的梦中相遇……
而现实之中，
爱过恨过也痛过，
但闭上双眼进入梦里，
依然是你我欢乐的天地。
我多么想，
把梦变成现实，
来演绎今生最美丽的传奇。

# 网上相望

只要你在线上，
就能感觉到你的目光。
像一双飞翔的海燕，
穿过空间，
落在身上。
我们彼此相悉，
真挚的心。
留住了这份美好，
这份感动。
茫茫人海里，
相望于回味。
这就是缘，
我们要好好珍惜。

# 后记

我是河北省迁西县滦阳镇黄石哨二村人，普通农妇。1958 年生人。小时候由于家里贫困，十岁才开始上一年级，仅仅上学六年就辍学了。在大山深处闭塞的农村里，在家境十分困难的情况下，能上六年学也是相当不易的，父母为了我上这六年学也是付出了许多的辛劳。

后来，在生活、工作的空闲里，我最喜欢的事就是看书。

一次读书的时候，我注意到一件事：有的文章是出自普通的农民之手。于是我心想，他们能写，我也能写！我就有了写作投稿的尝试。一次，两次……一年，两年……时间就像流水，而我投出去的稿子数也数不清。在这期间，遭到过朋友的反对、村里人的讥讽，更遭到过家里人的极力阻扰。但是，倔强的我却从没屈服过，因为在读书和写作中使自己充实，更让自己快乐，这就足够了。

坚持不懈，一路走来，三十载笔耕不辍。只要有决心，黄土能变金。我一直坚持写作，所写的手稿超过了 100 多万字。我先后加入了中国妇女报的《农家女》杂志、《河北农民报》的通讯员队伍，并多次被评为优秀通讯员。每年能在报纸和杂志上发表自己的文章，让我感到了莫大的欣慰。

值得庆幸的是，在我的文学生涯中，得到了我们县的各级领导的大力支持和鼓励。在各级领导的殷切关怀下，我也取得了迁西县优秀农民作家、迁西县自强不息道德模范等荣誉，这些荣誉不是终点，而是鞭策我更加努力前行的动力。

这么多年的执着写作，好多的文字随着时间的流逝而模糊了，为了自己的梦能够圆满，我决定出版这本文集。在这本文集里，整理收录了自己的几篇拙作。由于自己的文化底子薄，一定会有很多的缺陷与不足，希望老师和读者朋友们给予指导。

在我的文学生涯中，要特别感谢一直鼓励和支持我的各级领导们，帮助指导我的老师们。特别感谢中国妇女报《农家女》杂志社的编辑、记者们，关心我、鼓励我的迁西县宣传部以及县作协的领导们。特别感谢迁西县妇联的于桂新主席、文联的孟祥莲主席，感谢她们在百忙之中多次来我家看望、指导和鼓励。感谢任永生老师的支持。感谢海帆老师的辛苦付出。感谢大家给予我无限的关怀。领导的鼓励和支持是我最大的幸福！老师的帮助和指导是我进步的阶梯。特别感谢尹淑莲大姐、杨亚玲大姐、杜宝贤妹妹、高云平兄、赵印国兄、李秀春兄。感谢兄弟姐妹们，你们的帮助是我进步的最大动力。还要特别感谢我的家人，我的老公给予了我无微不至的关怀和支持；我女儿韩蕾更是对我帮助很多，在我的文字里有女儿很多的辛劳，是女儿不厌其烦地帮助我修改文字里的病句、错字，并帮助我学习使用电脑。

最后，向所有帮助过我的人真诚地说声谢谢。

韩玉珠

2013 年 10 月